KITEN BOOKS
奇想天外の本棚

山口雅也＝製作総指揮

濃《のう》霧《む》は危《き》険《けん》

クリスチアナ・ブランド

宮脇裕子 訳

国書刊行会

CHRISTIANNA BRAND

WELCOME TO DANGER

Christianna Brand
Welcome to Danger
1949

Illustrated by William Stobbs

目次《もくじ》

【炉辺談話《ろへんだんわ》】『濃霧《のうむ》は危険《きけん》』

山口雅也《やまぐちまさや》 (Masaya Yamaguchi)

ようこそ、わたしの奇想天外《きそうてんがい》の書斎《しょさい》へ。ここは——三方《ぼう》の書棚《しょだな》に万巻《ばんかん》の稀覯本《きこうぼん》が揃《そろ》い、暖炉《だんろ》が赤々《あかあか》と燃《も》え、読書用《どくしょよう》の安楽椅子《あんらくいす》が据《す》えられているという——まさに、あなたのような読書通人《ウェル・リード・コノサー》にとって《理想郷《シャングリラ》》のような部屋《へや》なのです。

——そうです、旧版元《きゅうはんもと》の反古《ほご》により三冊《さつ》で途絶《とぜつ》した《奇想天外の本棚《ほんだな》》を、生死不明《せいしふめい》のまま待《ま》っていてくれた読者《ワトスン》の皆《みな》さん、どうか卒倒《そっとう》しないでください。私の執念《しゅうねん》と新《あら》たな版元として名乗《なの》りを上《あ》げた国書刊行会《こくしょかんこうかい》の誠意《せいい》ある助力《じょりょく》によって、かの名探偵《めいたんてい》ホームズのように三年《ねん》ぶりに読書界《かい》に《奇想天外の本棚》が生還《せいかん》を果《は》たしたのです。

甦《よみがえ》った《奇想天外の本棚》（KITEN BOOKS）は、従来通《じゅうらいどお》り読書通人《ウェル・リード・コノサー》のための叢書《そうしょ》というコンセプトを継承《けいしょう》します。これからわたしは、読書通人のための「都市伝説的《としでんせつてき》」作《さく》品《ひん》――噂《うわさ》には聞《き》くが、様々《さまざま》な理由《りゆう》で、通人《つうじん》でも読《よ》んでいる人が少《すく》ない作品《さくひん》、あるいは本邦《ほんぽう》未紹介《みしょうかい》作品の数々《かずかず》をご紹介《しょうかい》します。ジャンルについても、ミステリ、ＳＦ、ホラーから普《ふ》通文学《つうぶんがく》、児童文学《ジュヴナイル》、戯曲《ぎきょく》まで――をご紹介《しょうかい》してゆくつもりです。つまり、ジャンル・形式《けいしき》の垣根《かきね》などどうでもいい、奇想天外な話《はなし》ならなんでも出す――ということです。

新装《しんそう》《奇想天外《きそうてんがい》の本棚《ほんだな》》の今回《こんかい》の配本《はいほん》はシリーズ初《はつ》の児童文学《ジュヴナイル》の『濃霧《のうむ》は危険《きけん》(*Welcome to Danger*, 1949)』です（註《ちゅう》①～③参照《さんしょう》）。

◆少年少女読者《どくしゃ》の皆《みな》さんへ◆

『濃霧は危険』を読み進《すす》む前に、特《とく》に少年少女の読者の皆さんに知《し》っておいてもらいたいことが、五つあります。

①舞台《ぶたい》について――

　本作《ほんさく》の舞台はイギリス（英国《えいこく》）ですが、イギリスいう国《くに》のなりたちは日本とはだいぶ違《ちが》っています。イギリスという国名《こくめい》は、日本で用《もち》いられている通称《つうしょう》で、正式《せいしき》な名称《めいしょう》は、「グレートブリテン及《およ》び北《きた》アイルランド連合王国《れんごうおうこく》」――ずいぶん長《なが》ったらしい国名ですが、これには理由《りゆう》があります。イギリスという連合王国《ユナイテッド・キングダム》（略称《りゃくしょう》ＵＫ）は、言語《げんご》も歴史《れきし》・文化《ぶんか》も国旗《こっき》も異《こと》なる四つの国《くに》——イングランド、ウェールズ、スコットランド、北《きた》アイルランドという四つのカントリー（「国」）が、同君《どうくん》（イングランド国王《こくおう》・女王《じょおう》）連合型《れんごうがた》の単一主権国家《たんいつしゅけんこっか》を形成《けいせい》している——ということです。

　四つの国が連合した国家なんて、なかなか想像《そうぞう》できないでしょうが、例《れい》をあげるとすれば、二〇二二年のサッカー・ワールドカップのことを思《おも》い出《だ》してください。イングランド代表《だいひょう》チームとウェールズ代表チームが一次《じ》リーグで戦《たたか》っていましたね。イングランドとウェールズは言葉《ことば》が異なる二つの国——このことを頭《あたま》に入《い》れてもらえば、本作《ほんさく》の主《しゅ》人公《じんこう》、イングランド出身《しゅっしん》の地主《じぬし》の息子《むすこ》ビルがウェールズへ旅立《たびだ》つということが、いかに大きな冒険《ぼうけん》であるか、また、彼がウェールズ語《ご》交《ま》じりの悪者《わるもの》たちの暗号《あんごう》メッセージ解読《かいどく》にいかに苦心《くしん》したが、理解《りかい》できるかと思います。

②児童文学《チルドレンズ・レタラチャー》の伝統《でんとう》——

　本書《ほんしょ》『濃霧《のうむ》は危険《きけん》』は、児童文学《じどうぶんがく》に属《ぞく》する作品《さくひん》です。児童文学（最近《さいきん》ではジュヴナイルと呼《よ》ばれることもあります）に、学問的《がくもんてき》に定《さだ》められた定義《ていぎ》はありませんが、若者《わかもの》を楽《たの》しませたり指導《しどう》したりするために書《か》かれた文芸《ぶんげい》作品とそれに付随《ふずい》するイラストの入《はい》った本《ほん》として説明《せつめい》することができます。

本書《ほんしょ》はイギリスのミステリ作家《さっか》クリスチアナ・ブランドが書《か》いたもので、最初《さいしょ》（一九四九年《ねん》）にイギリスで出版《しゅっぱん》されました。大人向《おとなむ》けのミステリを書いていたブランドが児《じ》童物《どうもの》を書いた理由《りゆう》として、彼女《かのじょ》が大人向けに書いたミステリが映画《えいが》やラジオドラマになって子供《こども》たちにも人気《にんき》を博《はく》したという当時《とうじ》の作者《さくしゃ》をとりまく状況《じょうきょう》が指摘《してき》されていますが、もう一つ、イギリスには十九世紀《せいき》以来《いらい》の児童文学《ぶんがく》の伝統《でんとう》があるということも執筆《しっぴつ》の動機《どうき》の一因《いちいん》だったのではないかと考《かんが》えています。イギリス産《さん》の児童文学にいかに名作《めいさく》が多《おお》いか、タイトルのみを列挙《れっきょ》しておきます。

『不思議《ふしぎ》の国《くに》のアリス』『ピーターラビット』『ジャングルブック』『ピーター・パン』『秘密《ひみつ》の花園《はなぞの》』『ドリトル先生《せんせい》』『クマのプーさん』（作者はミステリも書いているA・A・ミルン）『ホビットの冒険《ぼうけん》』『ナルニア国物語《こくものがたり》』『指輪《ゆびわ》物語（ロード・オブ・ザ・リング）』『チャーリーとチョコレート工場《こうじょう》』（作者はミステリも書いているロアルド・ダール）等々《とうとう》……どうです、小説《しょうせつ》でなくとも漫画《まんが》やアニメ、映画《えいが》、ノベルティー・グッズなどで親《した》しんだことがある作品《さくひん》ばかりが並《なら》んでいますね。

③書《リ》き直《ライ》し《ト》児童文学から大人向けの小説へ――

児童文学の定義《ていぎ》についてお話《はな》ししましたが、先《さき》にふれなかったタイプの児童文学がありました。大人向《おとなむ》けの小説《しょうせつ》を子供《こども》向けにリライトした児童物《じどうもの》というのが、それにあたります。

わたしの体験《たいけん》から例《れい》をお話《はな》ししますと、小学校低学年《しょうがっこうていがくねん》の頃《ころ》は児童向けの『不思議《ふしぎ》の国《くに》のアリス』や『孫悟空《そんごくう》』を読《よ》んでいましたが、小学校高《こう》学年になってポプラ社《しゃ》の《名探偵《めいたんてい》明智小五郎文庫《あけちこごろうぶんこ》》（文庫といっても、普通《ふつう》の単行本《たんこうぼん》サイズ四六判《ばん》ハードカヴァーです）全《ぜん》十七巻《かん》に出会《であ》ったのです。このシリーズは最初《さいしょ》から児童向けに書《か》かれた《少年探偵団《たんていだん》シリーズ》ではなくて、江戸川乱歩《えどがわらんぽ》の大人向け作品《さくひん》を代作者《だいさくしゃ》が子供向けに書き直し《リライト》た内容《ないよう》だったのです。ですから、毎度《まいど》、怪人二十面相《かいじんにじゅうめんそう》との対決《たいけつ》で「明智先生《せんせい》バンザーイ」で終《お》わるマンネリ幼稚《ようち》な児童向けの《少年探偵団シリーズ》（『濃霧《のうむ》は危険《きけん》』のように暗号解読《あんごうかいどく》に工夫《くふう》を凝《こ》らした第《だい》四作『大金塊《だいきんかい》』は別格《べっかく》の面白《おもしろ》さですが）にない、大人向けの乱歩小説の魅力《みりょく》――猟奇《りょうき》（異常《いじょう》なものに関心《かんしん》を持《も》ち、探《さが》し求《もと》めること）、犯罪心理学《はんざいしんりがく》、謎解《なぞと》き推理《すいり》――が、つまっておりました。つまり、わたしは、小学生にして大人の世界《せかい》を理解《りかい》していたわけです。

それからは、ポプラ社《しゃ》のリライト児童物のシャーロック・ホームズやアルセーヌ・ルパンを読み、市立児童図書館《しりつじどうとしょかん》から借《か》りてきた、あかね書房《しょぼう》の《少年少女世界推理文学全《せかいすいりぶんがくぜん》集《しゅう》》（新井《あらい》素子《もとこ》さんをはじめ、あかね書房《しょぼう》の優《すぐ》れた児童書《じどうしょ》を読《よ》んでプロの物書《ものか》きになった人は多《おお》いのです）で、エラリイ・クイーンやG・K・チェスタートンの作品《さくひん》の面白《おもしろ》さに打《う》ちのめされ、ついには、「これからは大人向《おとなむ》けの探偵小説《たんていしょうせつ》を読もう」と決心《けっしん》したのでした。そうです、リライトの児童書には、子供《こども》が大人の小説へステップアップする橋《はし》渡《わた》しの役割《やくわり》もあるのです。

ここで、クリスチアナ・ブランド自身《じしん》が本書《ほんしょ》について語《かた》っている言葉《ことば》をご紹介《しょうかい》します。

「少年少女向け専門《せんもん》の作品を書く作家《さっか》は非常《ひじょう》にたくさんいます。この作品は少年少女について書いたものですが、大人向けの小説のように書いてあります」

この「大人向けの小説のように書いてあります」という言葉の裏《うら》には、「この作品を読みこなせるぐらいのあなた（少年少女）なら、大人向けの小説を読んでも大丈夫《だいじょうぶ》よ」というブランドの――本書《ほんしょ》が児童文学《ぶんがく》から大人の文学への橋渡しの役割を果《は》たしてほしい――という想《おも》いが伝《つた》わってきますね。

④作者《さくしゃ》クリスチアナ・ブランドについて／ミステリの読書案内《どくしょあんない》――

本書の作者クリスチアナ・ブランドはわたしの最《もっと》も敬愛《けいあい》する作家のひとりです。かつて「謎解き《パズル・プロッティング》のすごい作家では、ながいミステリの歴史《れきし》の中でも、確実《かくじつ》に五本の指《ゆび》に入《はい》る」と発言《はつげん》しましたし、わたしは作家《さっか》になる直前《ちょくぜん》にロンドンのブランドの自宅《じたく》を訪《おとず》れ、インタヴューの後《あと》、彼女《かのじょ》から小説作法《しょうせつさほう》の伝授《でんじゅ》を受《う》けております。そんなわけで、わたしの中でブランドは、アガサ・クリスティーを上回《うわまわ》る《ミステリの女王《じょおう》》なのですが、謎解《なぞと》き探偵小説《たんていしょうせつ》の黄金時代《おうごんじだい》（一九二〇〜三〇年代《ねんだい》）から少《すこ》し遅《おく》れてデビューした作家《さっか》であること、黄金時代の巨匠《きょしょう》たちに比《くら》べて作品数《さくひんすう》が少《すく》ないことから、海外《かいがい》でも知名度《ちめいど》の点《てん》でやや劣《おと》っています。

本書《ほんしょ》をお読《よ》みの少年少女の皆《みな》さん、次《つぎ》に大人向《おとなむ》けのミステリとして、ブランドの作品を選《えら》ぶのは、ちょっと待《ま》ってください。なぜなら、ミステリを読むということは、科学《かがく》の研究《けんきゅう》に似《に》ているからです。ミステリの要《かなめ》となっている推理《すいり》の道筋《みちすじ》やトリックは、科学のように時代《じだい》とともに発達《はったつ》しつづけているからです。

ですから、まずは、ミステリの基礎《きそ》研究として大人向けの《シャーロック・ホームズ》を読んでください。次にクリスティーなど、黄金時代の巨匠《きょしょう》たちの名作《めいさく》を読んでください。それができて初《はじ》めて、ブランドの真価《しんか》がわかるかと思います。再度《さいど》、科学に例《たと》えるなら、少し大げさですが、ニュートンからアインシュタインへいたるという読書案内《どくしょあんない》のコースです。

また、本書《ほんしょ》が少《すこ》しムズカシイと感《かん》じた皆《みな》さんには、ブランドの別《べつ》の児童物《じどうもの》シリーズ《マチルダばあや》（六三年〜七四年《ねん》まで三冊出《さつで》ています）をおススメします。このシリーズはブランド版《ばん》《メアリー・ポピンズ》みたいなお話《はなし》で、『濃霧《のうむ》は危険《きけん》』より低年齢《ていねんれい》層《そう》向《む》けのやさしい文章《ぶんしょう》で書《か》かれているのですが、そこはブランド作《さく》のこと、彼女《かのじょ》の大人《おとな》向け作品《さくひん》にあるチョー過激《かげき》な筋《すじ》の展開《てんかい》といい、ブラック・ユーモア（陰湿《いんしつ》で気味《きみ》のわるいユーモアや、道徳《どうとく》やタブーにわざわざ触《ふ》れるようなユーモア）・タッチといい、低年齢でも特《とく》に「悪《わる》ガキ」向きの面白本《おもしろぼん》になっております。

⑤本書《ほんしょ》の内容《ないよう》について

『濃霧は危険』は、十五歳《さい》の少年を主人公《しゅじんこう》にした冒険小説《ぼうけんしょうせつ》といっていい内容ですが、そこは、④の項目《こうもく》でも説明《せつめい》したように謎《なぞと》解きに長《た》けた作者《さくしゃ》のこと、全編《ぜんぺん》にわたって、謎解きミステリのテクニックを読《よ》み取《と》ることができます。例《たと》えば、乱歩《らんぽ》の『大金塊《だいきんかい》』ばりの、難解《なんかい》な暗号解読《あんごうかいどく》の興味《きょうみ》、主人公以外《いがい》、誰《だれ》が悪者《わるもの》かわからないサスペンス、「意外《いがい》な結末《けつまつ》」とそれにつながるいくつもの伏線《ふくせん》（何気《なにげ》ない文章に隠《かく》されたヒントのことです）などなど……。そうです、作者の言葉《ことば》どおり、本書《ほんしょ》は大人の読者《どくしゃ》が読んでも楽《たの》しい謎解きミステリでもあるのです。

――さて、前口上《まえこうじょう》は、これくらいにしておきましょう。窓《まど》の外には濃霧《のうむ》が立《た》ち込《こ》めてまいりました。霧《きり》の向《む》こうには少年の影《かげ》も見えています。読者《どくしゃ》の皆《みな》さん、イングランドの濃《のう》霧《む》は危険《きけん》です。どうか、少年との旅《たび》の道中《どうちゅう》には、くれぐれも気をつけて!

(註①) 発表年《はっぴょうねん》――英国版《えいこくばん》 *Welcome to Danger* の刊行《かんこう》が一九四九年《ねん》、同《どう》年『ジェゼベルの死《し》』が刊行、翌《よく》五〇年、*Welcome to Danger* の米国版《べいこくばん》が *Danger Unlimited* というタイトルで刊行。ちなみに事典《じてん》 *Twentieth Century Crime and Mystery Writers* 第《だい》三版《ばん》では英国版が四八年刊行となっているが、これは誤《あやま》り。わたしの所持《しょじ》している原書《げんしょ》では四九年刊行(『ジェゼベルの死』刊行直後《ちょくご》)とクレジットされている。

(註②) 本作《ほんさく》は英国版 *Welcome to Danger* を底本《ていほん》としつつ作者《さくしゃ》がより読《よ》みやすく改稿《かいこう》した改訂《かいてい》米国版のいいところを訳者《やくしゃ》の宮脇裕子《みやわきゆうこ》さんが取捨選択《しゅしゃせんたく》した、Japanese Edition(もちろん完訳版《かんやくばん》)ということになる。

(註③) 邦題《ほうだい》について――ブランドの代表作《だいひょうさく》『緑《みどり》は危険《きけん》(*Green for Danger*)』と『疑惑《ぎわく》の霧《きり》(*The Fog of Doubt*)』を結合《けつごう》してわたしが訳者と協議《きょうぎ》の上、この邦題に決定《けってい》した。

本作《ほんさく》にも出《で》てくるシャム猫《ねこ》を抱《だ》いた
若《わか》き日《ひ》のクリスチアナ・ブランド

濃《のう》霧《む》は危《き》険《けん》

主要登場人物《しゅようとうじょうじんぶつ》

ビル・レデヴン…………デヴォンシャーの大地主《おおじぬし》レデヴン家《け》の跡取《あとと》り息子《むすこ》、15歳

ブランドン……………レデヴン家の運転手《うんてんしゅ》

バーグル………………漁師《りょうし》。〈やかまし屋のじいさん《アーグル・バーグル》〉と呼《よ》ばれている

ウィリアム・フィップス…ボースタル少年院《しょうねんいん》からの脱走者《だっそうしゃ》。20歳。〈ナイフ〉、〈にやついた若者《わかもの》〉、〈にやついた刑《けい》事《じ》〉と呼ばれている

パッチ…………………ビルが荒《あ》れ地《ち》で知り合った少年。片目《かため》に眼帯《パッチ》をつけている

パッチの妹《いもうと》……………パッチの双子《ふたご》の妹

サンタクロース…………パッチの飼《か》っているシャム猫《ねこ》

ヴァイオリン……………大柄《おおがら》な男、〈ヴァイオリン〉、〈恐怖《きょうふ》の音楽家《おんがくか》〉と呼ばれている

ミス・テレサ・アーディゾーニ、ミス・ジェイン・フェアリー、
および私の知っているすべての魅力的《みりょくてき》な少女たち（巻末註）へ

第一章

霧《きり》が出《で》て、ダートムアに広《ひろ》がっていった。湿気《しっけ》を帯《お》びた白《しろ》い柔《やわ》らかな霧が、どこまでも続《つづ》く荒《あ》れ地《ち》に立《た》ちこめていく。ちょうど刑務所《けいむしょ》の灰色《はいいろ》の石塀《いしべい》にこっそり忍《しの》び寄《よ》る幽霊《ゆうれい》のように。現在《げんざい》、ダートムア刑務所に大人《おとな》の囚人《しゅうじん》はいない。ここにいるのは、成人《せいじん》と同《おな》じ処分《しょぶん》を課《か》すには年齢《ねんれい》が低《ひく》すぎるが、犯《おか》した罪《つみ》が重大《じゅうだい》で収監《しゅうかん》すべき年齢に達《たっ》している青少年《せいしょうねん》たちだ。あの陰鬱《いんうつ》な灰色の塀の向《む》こうで、レデヴン家《け》の子息《しそく》ビルとさほど年の違《ちが》わない少年たちが、この霧による容赦《ようしゃ》ない寒《さむ》さに震《ふる》えている。あるいは、霧は彼らにとって味方《みかた》なのかもしれない、とビルは思った。今このときにも脱走《だっそう》を試《こころ》み、刑務所の塀を越《こ》え、人々の視《し》界《かい》を遮《さえぎ》る巨大《きょだい》な白《しろ》いマントにくるまって行方《ゆくえ》をくらまそうとしている者《もの》がいるのではないだろうか。

　シルバーのロールスロイスに乗《の》り、少年刑務所を見渡《みわた》す小高《こだか》い荒野《こうや》の山道を登《のぼ》りながら、ビルは体《からだ》が震《ふる》え、恐怖《きょうふ》を覚《おぼ》えた。レデヴン館《かん》を出発《しゅっぱつ》したとき、運転手《うんてんしゅ》のブランドンは霧《きり》を軽《かる》く見ていた。地平線《ちへいせん》に覆《おお》い被《かぶ》さるように近《ちか》づいてくる霧を心配顔《しんぱいがお》で見つめているビルの家庭教師《かていきょうし》に、「晴《は》れますよ」といつものの んきな口ぶりで言った。「デヴォンのことはよくわかってます。荒《あ》れ地《ち》のこともね。晴れるに決《き》まってますよ」ブランドンはその日の午後《ごご》、ビルを送《おく》り届《とど》けたがっていた。「ビル坊《ぼっ》ちゃん、あしたまでに出かけないと、お父上《ちちうえ》が戻《もど》られるから、坊ちゃんは年寄《としよ》りの運転手《うんてんしゅ》に連《つ》れていってもらうことになりますよ。そうなったら、バーグルも同乗《どうじょう》させられませんからね。レディ・アーデンからはいつ来てもいいと言われているんですから、今日《きょう》行けばいいじゃないですか」

家庭教師はビルをレディ・アーデンの家に預《あず》けて、自分《じぶん》は早《はや》く休暇《きゅうか》に入《はい》りたいと考《かんが》えていたし、バーグルじいさんは同乗させてもらえるのを大喜《おおよろこ》びしていたので、結局《けっきょく》、ブランドンの思惑《おもわく》どおりに話は進《すす》んだ。出発までに霧は少《すこ》しも晴れなかったが、あれこれ準備《じゅんび》が整《ととの》い、もう予定《よてい》を変更《へんこう》することはできなかった。家庭教師も「これから行く」と友人《ゆうじん》たちに電報《でんぽう》を打《う》ち、そそくさと自分の生徒《せいと》を車《くるま》の後部座席《こうぶざせき》に押《お》し込《こ》んだ。

「ブランドンといっしょに前にすわりたいな」と、ビルは言った。

「とんでもない。前の席にはバーグルに乗《の》ってもらうんだからね」

「だったら、バーグルにもぼくといっしょに後《うし》ろにすわってもらうのはどう？」

「漁師《りょうし》のじいさんがロールスロイスの後部座席《こうぶざせき》に？　ばかなことを言うんじゃない。さあ、早《はや》く乗《の》って。さもないと、いつまでも出発《しゅっぱつ》できないじゃないか」

ビルはぶつぶつ言いながら乗りこむと、膝掛《ひざか》けを掛けられ、保温《ほおん》ポットとサンドイッチを持《も》たされた。上質《じょうしつ》な豚革《ぶたがわ》スーツケースがトランクにしまわれ、バーグルが助手席《じょしゅせき》に乗りこむと、車《くるま》は軽快《けいかい》なエンジン音《おん》とともに曲《ま》がりくねった道を滑《すべ》るように走《はし》り出《だ》した。

「まったく、大騒《おおさわ》ぎだな」ビルは内心《ないしん》うんざりしていた。「会ったこともない女の子のうちにわざわざ行って泊《と》まるなんて」

ビルは意気消沈《いきしょうちん》して座席に収《おさ》まっていた。脚《あし》の長《なが》い痩《や》せた少年で、顔《かお》は丸顔《まるがお》、家族《かぞく》も手に負《お》えないブロンドの縮《ちぢ》れ毛《げ》に容赦《ようしゃ》なくブラシをかけてなでつけている。細《ほそ》い茶色《ちゃいろ》っぽい手は落《お》ち着《つ》きなく動《うご》き、上を向《む》いた鼻《はな》と、檻《おり》に入《い》れられた動物《どうぶつ》のような愁《うれ》いに沈《しず》んだ褐《かっ》色《しょく》の瞳《ひとみ》をしている。でも、まあ、顔も知らない名《な》づけ親《おや》と退屈《たいくつ》なその娘《むすめ》と休暇《きゅうか》を過《す》ごすのは、レデヴン館《かん》でうるさい大人《おとな》たちに囲《かこ》まれているよりはましかもしれない。

バーグルは、魚《さかな》の臭《にお》いのする不細工《ぶさいく》な古《ふる》いバスケットを抱《かか》えて、ブランドンの隣《となり》にすわっていた。「もちろん、魚なんか入《はい》っちゃいねえよ」ビルが臭いを指摘《してき》したとき、バーグ

目はこれまで彼《かれ》が魚《さかな》を捕《と》ってきた海《うみ》のように深《ふか》い青《あお》。

ルは言った。「魚《さかな》が相手《あいて》の商売《しょうばい》なんだ。漁師《りょうし》が魚の臭《にお》いをさせているのは当《あ》たり前のことだろ」バーグルは漁師なので、〈ザ・プリティガール〉号《ごう》という船《ふね》を所有《しょゆう》している。ビルもよく船に乗《の》せてもらい、バーグルは数少《かずすく》ない友だちの一人だった。デヴォンの人々は彼を〈やかまし屋《アーグル・バーグル》のじいさん〉と呼《よ》ぶ。気のいい老人《ろうじん》で、まるで包装紙《ほうそうし》で作《つく》られたような皺《しわ》だらけの茶色《ちゃいろ》い顔《かお》をし、目はこれまで彼が魚を捕《と》ってきた海《うみ》のように深《ふか》い青《あお》、声はあるときは穏《おだ》やかで不明瞭《ふめいりょう》、またあるときはデヴォンの海岸《かいがん》に砕《くだ》け散《ち》る波《なみ》のように荒々《あらあら》しかった。

運転席《うんてんせき》とのあいだにあるガラスの仕《し》切《き》り板《いた》から、とぎれとぎれの会話《かいわ》がビルの耳《みみ》に入《はい》ってきた。霧《きり》がどうだの、ブランドンの〈好《す》き勝手《かって》な振《ふ》る舞《ま》い〉だの、〈あいつ〉がどうだの……。

「〈あいつ〉にひどいことをすると、親父《おやじ》と揉《も》めるぞ」濃《こ》くなってくる外の霧を心配《しんぱい》そうに見やりながら、バーグルが言った。

ブランドンは苛立《いらだ》って肩《かた》をすくめた。「せいぜい鼻風邪《はなかぜ》をひくぐらいだよ」

「男の子が風邪をひくのはしょうがないな」バーグルがもっともらしく言った。「甘《あま》やかされてるから、窓《まど》から顔を出したくらいでくしゃみをして、大騒《おおさわ》ぎだ……」

「わしの船ではくしゃみなんかしねえぞ」

「おれたちがあんたの船《ふね》に乗《の》ってたことがばれたら、それこそ大騒《おおさわ》ぎだ！〈あいつ〉を乗《の》せて、入《い》り江《え》のあたりまでドライブしたことになってるんだからな」

〈あいつ〉が悪《わる》いわけじゃない」バーグルは言った。

「偉《えら》そうにすわってるよ」ブランドンが声を荒《あら》らげた。「おれみたいな男——年齢《ねんれい》が倍《ばい》で、将来《しょうらい》の自分《じぶん》より四倍も優《すぐ》れた人物《じんぶつ》——の運転《うんてん》で送《おく》り届《とど》けてもらえるんだからな。女の子と二週間過《しゅうかんす》ごすためのお出かけだとよ。考《かんが》えてみりゃ、〈あいつ〉にはちょうどいい相手《あいて》じゃないか。つんとすました十四歳《さい》の気取《きど》り屋《や》は！」

「一度《ど》も聞いたことねえな、ミス・テレサ・アーデンがすんとつました……だっけ？」バーグルはくすくす笑《わら》いながら言った。「こういう田舎《いなか》じゃ、娘《むすめ》っこの評判《ひょうばん》は知《し》れ渡《わた》ってるものさ。すんとつましただったか……とうていあんたの言うような娘じゃねえことが。あんたの言ってる意味《いみ》をおれがちゃんと理解《りかい》できていればだが」

「じゅうぶん理解できてるよ」ブランドンは言った。彼は、ビル・レデヴンの自宅《じたく》から十二マイル〔一マイルは約《やく》一・六キロメートル〕ほど離れた小さな漁村《ぎょそん》の埠頭《ふとう》に車を停《と》めた。「さあ、じいさん、降りてくれ」

ビルは後部座席《こうぶざせき》の窓《まど》から顔《かお》を出した。「ブランドン、助手席《じょしゅせき》に移《うつ》ってもいい？」

「あんたはそこにすわってな」ブランドンは失礼《しつれい》な言《い》い方《かた》をし、バーグルに荷物《にもつ》を手渡《てわた》した。「だいじょうぶだろうな、バーグル。憶《おぼ》えてるか?」

バーグルはトラサウナスと聞こえるような言葉《ことば》をつぶやいた。「この奇《き》っ怪《かい》な単語《たんご》、ちゃんと発音《はつおん》できやしねえ」

「島の入り江《ベイ・オブ・ジ・アイランド》」ブランドンが苛立《いらだ》たしげに言った。少《すく》なくとも、ビルにはそう聞こえた。運転手《うんてんしゅ》は肩越《かたご》しに後部座席《こうぶざせき》を見て、きつい口調《くちょう》で言った。「窓《まど》は閉《し》めとけって言ったはずだろ!」

「閉めっきりだと息苦《いきぐる》しいんだけど」ビルは機嫌《きげん》を損《そこ》ねていたが、おとなしく従《したが》う癖《くせ》がついているので黙《だま》って窓を閉めた。

それから三時間後《じかんご》、ビルは膝掛《ひざか》けの下で体《からだ》を丸《まる》め、窓を閉めておいてよかったと思った。閉めてあるにもかかわらず、霧《きり》は幽霊《ゆうれい》のように真《ま》っ白《しろ》な手袋《てぶくろ》をはめた手で窓ガラスを叩き、入《はい》り込《こ》める小さな継《つ》ぎ目《め》や隙間《すきま》はないかと、骨《ほね》のない無数《むすう》の手で車体《しゃたい》を探《さぐ》っている。ビルは運転席と後部座席とのあいだのガラスの仕切《しき》り板《いた》を軽《かる》く叩《たた》いた。「ブランドン! どうして停《と》まってるんだい? これより先《さき》には行けないの?」

ブランドンは膝《ひざ》の上に地図《ちず》を広《ひろ》げて調《しら》べていた。ビルの声を聞くと、地図をたたんでポケットに入《い》れ、仕切《しき》り板《いた》を開《あ》けてぶっきらぼうに言《い》った。「ああ、この先《さき》には行《い》けないよ。あんたにはここで降《お》りてもらう」

「外へ出るってこと？」

「聞こえただろ。降りるんだ」

ブランドンは愛想《あいそ》がよく、話しやすい人で、レデヴン館《かん》に来てからの数《すう》か月間《げつかん》、気さくで優《やさ》しかった。だが、今《いま》はそうは見えない。顔《かお》は怒《いか》りに染《そ》まり、唇《くちびる》から笑《え》みは消《き》え、目は冷《つめ》たい光《ひかり》を放《はな》っている。「戻《もど》らなくちゃいけなくなってね」ブランドンは言った。「あんたを送《おく》っていく時間《じかん》はないんだ。時間がかかっちまったから。さあ、降りてくれ」

「戻《もど》らなくちゃいけないんなら、ぼくもいっしょに帰《かえ》るよ」

「そいつはありがたい」ブランドンは皮肉《ひにく》たっぷりに言った。「だが、お断《ことわ》りするよ。さあ、降りるんだ」

思いがけない言葉《ことば》に、ビルは自分《じぶん》の耳《みみ》が信《しん》じられなかった。言葉遣《ことばづか》いのきちんとした使用人《ようにん》で、けっして語気《ごき》を強《つよ》めたり敵意《てきい》をのぞかせたりしないだけでなく、なれなれしくすることもないブランドン、肯定《こうてい》でも否定《ひてい》でも礼儀《れいぎ》正《ただ》しく返事《へんじ》をするブランドン、乳母《うば》やほかの使用人と違《ちが》って、ビルのことを〈坊《ぼっ》ちゃま〉ではなく、〈ビル坊ちゃん〉と呼《よ》んでくれる。よりによってそのブランドンが、ビルの父親所有《ちちおやしょゆう》の車《くるま》から、自分《じぶん》を追《お》い出《だ》そうとしているなんて……。ビルは驚《おどろ》きと困惑《こんわく》とでうまく言葉《ことば》が出なかった。「いったい……どういうこと、ブランドン？　ぼくは降《お》りないからね」

ブランドンはいったん帽子《ぼうし》を取《と》り、頭《あたま》を掻《か》いてから、また帽子を頭にのせた。「だったら、おれがそっちへ行ってつまみ出《だ》すしかないな。いいか、手加減《てかげん》はしないぞ」

「そんな、ブランドン、わけがわかんないよ。こんな霧《きり》が出てて……ダートムアのまっただなかで……。どこへ行けばいいんだい？　どうしたらいい？　だいたい、なぜぼくが車《くるま》に乗《の》ってちゃいけないのかな？」

返事《へんじ》の代《か》わりに、ブランドンは突然《とつぜん》、行動《こうどう》に出た。手近《てぢか》なドアを開《あ》けたかと思うと、一瞬《いっしゅん》、霧の渦《うず》の中に姿《すがた》が消《き》えた。まもなく大きな恐怖《きょうふ》の影《かげ》となってビルのわきの窓《まど》を覆《おお》い、乱暴《らんぼう》にドアを開けて車内《しゃない》に身《み》を乗《の》り出《だ》し、震《ふる》える少年を大きな手でつかんで外に引《ひ》っ張《ぱ》り出した。

ビルはよろけながらブランドンの手を振《ふ》り払《はら》った。「なんてことするんだ、ブランドン。よくもこんなことを」けれども、頭が混乱《こんらん》して何もできなかった。ブランドンと交渉《こうしょう》することも、力《ちから》ずくで立《た》ち向《む》かうことも、せめて目の前で車が走《はし》り去《さ》る前になんとかして車内に転《ころ》がり込《こ》むことも。ぼうっと立《た》ち尽《つ》くしていると、ブランドンはビルの体《からだ》を一突《ひとつ》きして道端《みちばた》の溝《みぞ》に落《お》とし、運転席《うんてんせき》に戻《もど》ってギヤを入《い》れた。

高級大型車《こうきゅうおおがたしゃ》は滑《すべ》るように動《うご》き出《だ》し、シルバーの車体《しゃたい》が銀色《ぎんいろ》の霧《きり》に溶《と》け込《こ》んだ。レデヴン館《かん》を含《ふく》めた広大《こうだい》な所有地《しょゆうち》及《およ》び財産《ざいさん》の継承者《けいしょうしゃ》であるビル・レデヴン坊《ぼっ》ちゃまは、ダートムアにたった一人残《のこ》された。周囲《しゅうい》を覆《おお》い尽《つ》くしている霧はどんどん濃《こ》く、そして白《しろ》くなっている。夜《よる》には、さらに濃くなり今度《こんど》は黒一色《くろいっしょく》に埋《う》め尽《つ》くされるのだ。

一マイルほど離《はな》れたボースタル少年院《しょうねんいん》では、ウィル・フィップスが三階《かい》の房《ぼう》の窓《まど》から垂《た》らした一本《ぽん》のロープを握《にぎ》り、じめじめした壁《かべ》にぶら下《さ》がっていた。彼は醜悪《しゅうあく》な凶器《きょうき》のナイフを好《この》んで用《もち》いることから、〈ナイフ〉という通称《つうしょう》で呼《よ》ばれている。「九月になってダートムアに初《はじ》めて霧が立ちこめる晩《ばん》」——だいぶ前、少年院に入れられるのが次第《しだい》に現実味《げんじつみ》をおびてきたころにそう取《と》り決《き》めてあり、ついにその夜《よる》が来た。霧が少年院の壁を伝《つた》って上《あ》がってきたころ、彼はロープ——長《なが》く待《ま》ちわびていた時期《じき》に、苦労《くろう》して盗《ぬす》んでは隠《かく》しておいた数《かぞ》え切《き》れない端切《はぎ》れを結《むす》び合《あ》わせて作《つく》った長いロープ——の片端《かたはし》をしっかり鉄格子《てつごうし》に結びつけて窓の外に垂《た》らし、ロープのたるみをたぐり寄《よ》せ、手や肘《ひじ》を傷《きず》だらけにしながら窓《まど》によじ登《のぼ》った。そして今《いま》、湿《しめ》った石壁《いしかべ》にぶら下《さ》がっていると、看守《かんしゅ》がビーフィーの房《ぼう》の扉《とびら》を開《あ》ける音《おと》が聞こえた。ビーフィーは硬《かた》いベッドに横《よこ》たわり、眠《ねむ》そうな声で答《こた》えている。

「おれはなんにも知らねえよ……。やつが逃《に》げ出《だ》したとしても、おれには関係《かんけい》ない。ふだんどおり、自分《じぶん》の房に行ったと思ってたよ。ああ、そうだ、友だちだけど、だからって脱《だっ》走《そう》を手伝《てつだ》ったことにはならないだろ！」

〈ナイフ〉はビーフィーの友だちではなかった。〈ナイフ〉には友だちなどいなかったが、相手《あいて》を味方《みかた》に引《ひ》き込《こ》み、友だちだと思い込ませる術《すべ》を心得《こころえ》ていた。もし、看守《かんしゅ》たちがビーフィーの返事《へんじ》にそれほど注意《ちゅうい》を向《む》けていなかったなら、鉄格子《てつごうし》の一本《ぽん》にロープが結《むす》びつけられているのを見逃《みのが》すことはなかったかもしれない。だが、霧《きり》は窓《まど》から侵入《しんにゅう》し、渦《うず》を巻《ま》いて鉄格子の下部《かぶ》を覆《おお》っていた。看守の一人は窓辺《まどべ》に近《ちか》づき、鉄格子の強度《きょうど》を一本一本確《たし》かめたにもかかわらず、ロープは目に入《はい》らなかった。そして、外では、両手《りょうて》でロープにぶら下がりながら、〈ナイフ〉ことウィル・フィップスが会話《かいわ》のすべてを聞いていた。

ウィルはこれまで冷気《れいき》がこれほど身《み》に応《こた》え、痛《いた》みが骨《ほね》まで達《たっ》することを知らなかった。顔《かお》や手の皮《かわ》が剝《む》け、ひりひり痛《いた》む。霧は体内《たいない》に侵入し、蝕《むしば》みながら心臓《しんぞう》をめがけて進《すす》んでいく白《しろ》い虫《むし》のようだ。激《はげ》しい震《ふる》えを抑《おさ》えきれず、歯《は》がガチガチと鳴《な》り、鋭《するど》い痛みに目を閉《と》

外では、両手《りょうて》でロープにぶら下《さ》がりながら、ウィル・フィップスが会話《かいわ》のすべてを聞《き》いていた。

じた。ロープにかかる体重《たいじゅう》を支《ささ》えている両腕《りょううで》は関節《かんせつ》からちぎれそうだったが、地上《ちじょう》での騒《さわ》ぎが収《おさ》まるまで、おそらくあと何時間《じかん》もこうしてぶら下《さ》がっていなくてはならないだろう。看守《かんしゅ》たちが下で交《か》わしている声が、湿《しめ》った空気《くうき》によって耳障《みみざわ》りな声となって聞こえてきた。それぞれが持《も》つ懐中電灯《かいちゅうでんとう》の光が、濃霧《のうむ》のせいでいくつもの小さな点《てん》となって見える。「やつは院内《いんない》のどこにもいない……。ほかの建物《たてもの》にもいない……」以前《いぜん》の脱走事件《だっそうじけん》を思い出して、ひじょうに滑《すべ》りやすい屋根《やね》まで捜索《そうさく》がおこなわれたが、そこにもいなかった。建物の壁面《へきめん》を捜索することはできなかったし、濃霧のせいで懐中電灯の明《あ》かりも届《とど》かない。だいたい、小さな吸気口《きゅうきこう》の窓《まど》が並《なら》んでいるだけで、足をかける場所《ばしょ》もしがみつく出《で》っ張《ぱ》りもないところで、どうやって人が壁《かべ》に貼《は》り付いていられようか。「今《いま》ごろはもう、敷地《しきち》の外に出ているにちがいない。タヴィストックやプリマス、エクセターにも警報《けいほう》を発《はっ》しておこう。荒《あ》れ地《ち》のずっと先《さき》まで警報を鳴《な》らすんだ」看守たちは言葉《ことば》を交《か》わしていた。「遠《とお》くまでは行ってないだろう。こんな濃《こ》い霧《きり》のなか、荒れ地を抜《ぬ》けて逃《に》げられるはずがない」けれども、〈ナイフ〉は抜《ぬ》かりなく準備《じゅんび》を整《ととの》えてあった。

捜索隊《そうさくたい》が出発《しゅっぱつ》すると、少年院《しょうねんいん》も敷地内《ない》も静《しず》かになった。かすかなシューッという音《おと》を聞きつけて、それまで硬《かた》いベッドに横《よこ》たわり、落《お》ち着《つ》かない思いで待《ま》っていたビーフィーが起《お》き上《あ》がって、最大限《さいだいげん》の注意《ちゅうい》を払《はら》いながら静《しず》かにゆっくりと窓辺《まどべ》に近《ちか》づき、ロープを窓の外に繰《く》り出《だ》した。〈ナイフ〉ことウィリアム・フィップスも最大限の注意を払いながら静かにゆっくりと地面《じめん》に降《お》り、輪縄《わなわ》から手を離《はな》した。最後《さいご》の脱出口《だっしゅつこう》は塀《へい》に用意《ようい》してある。猫《ねこ》のように足音《あしおと》を立てずにそちらへ向《む》かった。違法行為《いほうこうい》がばれてダートムアに収監《しゅうかん》された場《ば》合《あい》、どこで落《お》ち合《あ》うかは、ずいぶん前に〈ブランディ〉と打《う》ち合《あ》わせてある。〈ナイフ〉は霧《きり》に包《つつ》まれるようにして待《ま》ち合《あ》わせ場所《ばしょ》へと足を速《はや》めた。

その途中《とちゅう》、ずっと口元《くちもと》に笑《え》みを浮《う》かべていた。制服《せいふく》を着《き》た運転手《うんてんしゅ》が待つシルバーグレーのロールスロイスで少年院《しょうねんいん》を去《さ》る若者《わかもの》など、めったにいないのだから。

第二章

突然《とつぜん》、世界《せかい》がひっくり返《かえ》り、これまで礼儀《れいぎ》正《ただ》しかったお抱《かか》え運転手《うんてんしゅ》が、なんの前触《まえぶ》れもなく凶暴《きょうぼう》になってお坊《ぼっ》ちゃまを車《くるま》から引《ひ》きずり下《お》ろし、（幸《さいわ》い水《みず》のない）溝《みぞ》に突《つ》き落《お》とした場《ば》合《あい》、お坊ちゃまにできることはほとんど何もない。立ち上がって肩《かた》をすくめ、服《ふく》の汚《よご》れを払《はら》って、これからどうするかを考《かんが》えることぐらいだ。ビルにとって、選択肢《せんたくし》はほとんどないように思われた。ここがダートムアのどこかだということはわかっている。だが、広《ひろ》い後部座席《こうぶざせき》を占有《せんゆう》しているのを利用《りよう》して、学校《がっこう》の休《やす》みの課題《かだい》（古《ふる》くておもしろくもないシェイクスピアの『マクベス』）に取《と》り組《く》んでいたし、外の景色《けしき》が霧《きり》で見えなかったため、どのあたりまで来ていたのか、まったくわからなかった。タヴィストックは通《とお》り過《す》ぎたように思った。プリンスタウンを抜《ぬ》けたのかどうかはわからない。招待《しょうたい》されている邸宅《ていたく》はプリンスタウンの先《さき》のツー・ブリッジーズ・ロードにある。「道路《どうろ》わきを歩《ある》いていけば、最《さい》後《ご》にはどこかに着《つ》くはずだ。それに体《からだ》も温《あたた》まるだろう」と、ビルは思った。
九月なので、ビルは薄手《うすで》のツイードのジャケットにグレーのフランネルのズボンという軽装《けいそう》だった。霧《きり》はたいしたことない、とブランドンが断言《だんげん》していたからだ。なぜブランドンはあそこまで言い切《き》れたのだろう。今日《きょう》でかけることになぜこだわったのか？　今《いま》、一人で車《くるま》を運転《うんてん》し、何をするつもりなのだろうか。謎《なぞ》だらけだ。ビルは考《かんが》えるのをやめて、歩《ある》きながら『マクベス』を暗唱《あんしょう》し始《はじ》めた。

こんな声が聞こえたと思った。「もう眠《ねむ》れないからな。マクベスは眠りを殺《ころ》した、無《む》実《じっ》の眠り……」〈第《だい》二幕《まく》第二場《ば》〉

けれども、不気味《ぶきみ》な静寂《せいじゃく》のなか、荒《あ》れ地《ち》をたった一人で歩いているときに〈殺し〉について考えるのは気分《きぶん》がいいものではない。キュッ、キュッ、キュッと軽《かる》い靴《くつ》が硬《かた》い路面《ろめん》を蹴《け》る音《おと》が、小声で話しかけられているように聞こえる。聞き取《と》りにくい一つの言葉《ことば》だけを何度《ど》も繰《く》り返《かえ》しつぶやいている、あるいは何かを訴《うった》えているか、伝《つた》えようとしているか、警告《けいこく》でもしているように。ビルは思わず体《からだ》を震《ふる》わせ、道端《みちばた》の草地《くさち》を歩くことにした。足音は消《き》えたわけではないが、別《べつ》の音《おと》に変《か》わった。もっと柔《やわ》らかなサッ、サッ、サッという音。聞き取《と》りにくい言葉《ことば》はささやきに代《か》わった。キュッ、キュッよりましなのかどうかはよくわからない。

もう一度《ど》、道路《どうろ》の音と聞き比《くら》べてみようと思って足を横《よこ》に踏《ふ》み出した。そこは道路ではなかった。何歩《ぽ》か歩《ある》き続《つづ》けたが、まだ草《くさ》の上だ。やけを起《お》こしてあっちへこっちへと走《はし》ってみる。ついに、霧《きり》の中で道路から離《はな》れてしまい、荒《あ》れ地《ち》で迷子《まいご》になったことを悟《さと》った。

こうなると、心《こころ》の中に冷《つめ》たく貼《は》り付《つ》いた恐怖《きょうふ》――霧に閉《と》ざされたダートムアで道に迷《まよ》うこと――に比《くら》べれば、湿《しめ》った霧の冷たさなどなんでもない。これからの長《なが》い一夜《いちや》――今《いま》は八時から九時のあいだにちがいない――とうてい夜《よる》を明《あ》かすのは不可能《ふかのう》だと思われる場所《ばしょ》に留《とど》まり、霧に濡《ぬ》れた草しかない場所で体《からだ》を休《やす》め、寒《さむ》さと湿気《しっけ》と空腹《くうふく》と闘《たたか》うことになるのだろうか。無理《むり》をして歩き続けたら、足をとられやすい沼地《ぬまち》に踏《ふ》み込《こ》んでしまうかもしれない。荒れ地には老人《ろうじん》の手の染《し》みのように沼が点在《てんざい》している。あるいは、兎《うさぎ》の巣穴《すあな》に足を突《つ》っこんだり、転《ころ》んで草に覆《おお》われた丘《おか》を頭《あたま》から転《ころ》がり落《お》ちて怪我《けが》をし、身動《みうご》きできなくなるかもしれない。民家《みんか》や道路など影《かげ》も形《かたち》も見えない場所で……。

「おとなしくして動《うご》かないことにしよう」と、ビルは思った。「周囲《しゅうい》の地面《じめん》を調《しら》べて、ここで一晩過《ひとばんす》ごすことにしよう。少なくとも、道路《どうろ》からそれほど離《はな》れていないのはわかっている。きっと朝《あさ》までには霧《きり》も晴《は》れるだろう」

霧は晴れないかもしれない、何日も閉《と》ざされる可能性《かのうせい》があるなどと、今考《いまかんが》えるべきではない。「朝になったら、きっと誰《だれ》かが通《とお》りかかるだろう。足音《あしおと》が聞こえたら、大声で呼《よ》んで、道路まで案内《あんない》してもらおう」ビルは両親《りょうしん》が今《いま》、家《いえ》を空《あ》けていることにほっとしていた。息子《むすこ》が霧の中で道に迷《まよ》っていることや、車が戻《もど》っていないこと（自分《じぶん》をここに残《のこ》したまま、ブランドンがレデヴン館《かん》に戻《もど》るはずはない）、ビルがレディ・アーデンの屋敷《やしき》に着《つ》いていないことも、両親の耳には入《はい》っていないのだから。

「おかげで、テレサ・アーデンとトランプをしなくてすんだ」そう思って、ビルはいやそうに笑《わら》った。女の子と仲良《なかよ》くするなんて気持《きも》ち悪《わる》い、と何度《なんど》もブランドンと今回《こんかい》の訪問《ほうもん》を笑いとばしていた。「今の状況《じょうきょう》のほうがまだましだ」ブランドンは明《あき》らかにそう思ってこんなことをしたのだろう。ビルはおそるおそる足もとを確《たし》かめ、しっかりしていると判断《はんだん》して腰《こし》を下《お》ろした。でこぼこした地面《じめん》の盛《も》り上《あ》がった草《くさ》によりかかって、ふたたび暗唱《あんしょう》を始《はじ》めた。

今度《こんど》三人で集《あつ》まるのはいつにしよう？
雷《かみなり》が鳴《な》り、稲妻《いなづま》が走《はし》るとき？　それとも雨が降《ふ》るとき……。
〈第《だい》一幕《まく》　第一場《ば》〉

こういうときに『マクベス』の暗唱《あんしょう》をするのはひどく気が滅入《めい》る。だが、ブランドンのことを考《かんが》えるのは不愉快《ふゆかい》だった。

ふいに、ビルは誰《だれ》かが、あるいは何かがたたずみ、自分《じぶん》を見下《みお》ろしていることに気がついた。大きくて黒《くろ》っぽい、想像《そうぞう》を絶《ぜっ》するほどの脅威《きょうい》を感《かん》じさせるもの。霧《きり》の中を、暗《くら》くなっていく夜《よる》の中を音《おと》もなく近《ちか》づいてきて、今《いま》、足を止《と》め、静《しず》かに呼吸《こきゅう》しながらこちらを見下ろしている。心臓《しんぞう》が激《はげ》しく打《う》ち始《はじ》めた。ビルは盛《も》り上《あ》がった草地《くさち》に身《み》じろぎもせずじっと横《よこ》たわったまま、言いようのない恐怖《きょうふ》に体《からだ》をこわばらせ、形《かたち》のはっきりしないものを見《み》上《あ》げていた。何か考《かんが》えや理由《りゆう》や意図《いと》があるわけではなく、自分が何をしているのかも意識《いしき》しないまま、ビルはいきなり立ち上がると、その大きな得体《えたい》の知れない物体《ぶったい》を押《お》しのけて駆《か》け出《だ》した。膝《ひざ》ががくがくし、呼吸《こきゅう》が苦《くる》しいなか、精一杯《せいいっぱい》のスピードででこぼこした草地を走《はし》って逃《に》げた。

背後《はいご》で甲高《かんだか》いいななきと長《なが》い草の上で蹄《ひづめ》を引《ひ》きずる音が聞こえ、怯《おび》えたポニーもまた駆け出《だ》した。けれども、いったん走《はし》り出すと、ビルはどこまでも走り続《つづ》けた。沼地《ぬまち》や兎《うさぎ》の巣《す》穴《あな》や草《くさ》に足を取られることもなかった。前方《ぜんぽう》に明《あ》かりがともっているのが目に入《はい》ったとき、ようやく足を止《と》めた。

ぽつんと建《た》つ一軒《いっけん》の農家《のうか》だった。妻《つま》が子供《こども》を膝《ひざ》にのせ、夫《おっと》のライフル銃《じゅう》を椅子《いす》のわきに置《お》いてすわっている。彼女《かのじょ》はラジオで九時のニュースを聞いたときからずっとこうしていた。今《いま》は十時で、ラジオからよどみない口調《くちょう》でさっきと同《おな》じ内容《ないよう》を繰《く》り返《かえ》しているのが聞こえた。「今日《きょう》の夕方《ゆうがた》、ダートムア刑務《けいむ》所内《しょない》のボースタル少年院《しょうねんいん》から収容中《しゅうようちゅう》の青年《せいねん》が逃亡《とうぼう》しました。本日夕刻《ほんじつゆうこく》の閉鎖《へいさ》時刻《じこく》までに居室《きょしつ》に戻《もど》らず、濃霧《のうむ》に紛《まぎ》れて刑務所の塀《へい》を乗《の》り越《こ》え、現在《げんざい》、荒《あ》れ地《ち》を逃《に》げていると思われます。脱走者《だっそうしゃ》の氏名《しめい》はウィリアム・フィップス、二十歳。つねにナイフを持《も》ち歩《ある》き、かっとなると使用《しよう》に及《およ》ぶことから〈ナイフ〉と呼《よ》ばれています。食料《しょくりょう》や現金《げんきん》、着替《きが》えを求《もと》めて人家《じんか》に侵入《しんにゅう》する恐《おそ》れがありますので、周辺《しゅうへん》にお住《す》まいのかたはお気をつけください。平均《へいきん》より身長《しんちょう》の低《ひく》い細身《ほそみ》の青年で、黒《くろ》っぽい瞳《ひとみ》、髪《かみ》はダークブラウン、笑《わら》っているときの癖《くせ》は……」

農家の妻《つま》はいきなりラジオを消《け》した。「こういう晩《ばん》に限《かぎ》ってお父さんは留守《るす》なのよね」

腹立《はらだ》たしげに言って、赤《あか》ん坊《ぼう》を抱《だ》き寄《よ》せ、不安《ふあん》そうな目をライフルに向《む》けた。

こういう状況《じょうきょう》のせいで、ビルが安堵《あんど》と疲労《ひろう》で泣《な》きそうになりながらドアをノックしたとき、「近《ちか》づくな！　さもないと、撃《う》つわよ！」という暴言《ぼうげん》が飛《と》んできた。

「ぼく一人なんですよ」助《たす》けを断《ことわ》られたことが信《しん》じられなくて、ビルはぐったりと小さなポーチの柱《はしら》に寄《よ》りかかり、ばかみたいに訴《うった》えた。「荒《あ》れ地《ち》で迷子《まいご》になったんです。霧《きり》が深《ふか》くて。でも、ようやくここの明《あ》かりが見えたもので……」

「どっか行けと言ってるの。銃《じゅう》をぶっ放《ぱな》すわよ」怯《おび》えた女性《じょせい》は勇《いさ》ましく窓際《まどぎわ》に立ち、ポーチに銃を向《む》けて叫《さけ》んだ。「そっちからは見えないだろうけど、こっちからはちゃんと見えてるんだからね」

たしかに、彼女《かのじょ》にはビルの姿《すがた》が見えた。細身《ほそみ》の少年――「平均《へいきん》より身長《しんちょう》の低《ひく》い細身の青《せい》年《ねん》」だ。「さっきラジオであんたのことを聞いたばかりよ。危険《きけん》な人物《じんぶつ》だと言ってたわ。行きなさい。ここには何もないわ、あんたにあげるものなんか」重《おも》い銃にかけた手の位置《いち》をずらしながら、もう一度《ど》叫んだ。「これ以上《いじょう》、持《も》っていられないの。十数《かぞ》えるうちに消《き》えなかったら、引《ひ》き金《がね》を引くわよ」

ビルはしかたなく扉《とびら》から離《はな》れ、その家をあとにした。「納屋《なや》へ行きそうだわ」と女性は思った。「でも、あそこにいるだけなら危害《きがい》を加《くわ》えられることもないでしょう。扉も窓《まど》も全部《ぜんぶ》かんぬきが掛《か》かってるし、こっちにはライフルがあるんだもの」横《よこ》のアームチェアに赤《あか》ん坊《ぼう》を寝《ね》かせ、一晩中寝《ひとばんじゅうね》ずの番《ばん》をするつもりでライフルを抱《だ》いてすわった。「こんな夜《よる》だし、納屋《なや》ぐらい貸《か》してあげてもいいわ。ひどく疲《つか》れた声をしていたし、まだ少年と呼《よ》ぶのがふさわしいくらいの若《わか》さで……」だが、そのとき、この人物《じんぶつ》がつねにナイフを持《も》ち歩《ある》いている、とラジオで言っていたのを思い出した。「見せかけよ。脅《おど》しに過《す》ぎないわ」どういうわけか、納屋の使用《しよう》まで拒《こば》む気持《きも》ちにはなれなかった。

案《あん》の定《じょう》、ビルは納屋を見つけ、手探《てさぐ》りで中に入《はい》った。とても暗《くら》いし、こんなところまで霧《きり》が入り込《こ》み、薄気味悪《うすきみわる》いクモの巣《す》にも降《お》り、その小さなデリケートなべとべとした手でビルの顔《かお》を撫《な》でた。けれども、片隅《かたすみ》にはワラの山がある。

「『さっきラジオであんたのことを聞いたばかりよ』……」ビルはワラの上に横《よこ》になり、すでに眠《ねむ》りかけていた。「あれはどういう意味《いみ》だったんだろう」

ぼくが行方不明《ゆくえふめい》になり、荒《あ》れ地《ち》をさまよっていることについて、ブランドンが適当《てきとう》な話をこしらえたのだろうか？　もしかしたら、レディ・アーデンがうちに電話《でんわ》をかけて、ぼくの詳《くわ》しい特徴《とくちょう》が警察《けいさつ》に伝《つた》えられたのかもしれない。ビルは、もうどちらでもかまわないと思った。「あの人は十時のニュースを聞いたにちがいない。とすると、もう十時を過ぎていて……」そう考《かんが》えているうちに、ビルは眠《ねむ》りに落《お》ち、自分《じぶん》がマクベスになって風吹《かぜふ》きすさぶヒースの丘《おか》をさまよっている夢《ゆめ》を見た。まわりには痩《や》せこけた三人の魔女《まじょ》がいて、夜《よる》の暗《くら》がりの中で、こちらを見ながら踊《おど》り、早口《はやくち》でささやくように歌《うた》っている。「今度《ど》三人で集《あつ》まるのはいつにしよう？　雷《かみなり》が鳴《な》り、稲妻《いなづま》が走《はし》るとき？　それとも雨《あめ》が降《ふ》るとき……」

眠りが浅《あさ》くなって覚醒《かくせい》に近《ちか》づいたとき、自分が言葉《ことば》を声に出して言っているのがわかった。

納屋《なや》の暗がりから、早口《はやくち》でささやく声がした。「そいつはシェイクスピアだ！」

「そうさ」ビルは寝《ね》ぼけた声で言った。「誰《だれ》だって知ってるよ」

突然《とつぜん》、目がさめて、ビルは飛《と》び起《お》き、強《つよ》い口調《くちょう》で言った。「誰だ？　そこにいるのは誰だ？」

「おれさ。ばかだな」じれったそうな小声《こごえ》が返《かえ》ってきた。「思ったより、遅《おそ》くなっちまった。お誂《あつら》え向《む》きの霧《きり》だったが、道を見つけるのが一苦労《ひとくろう》だったよ。まあ、あんたもわかっただろうが。それに、あちこちに警官《けいかん》がいる。人気者《にんきもの》はしかたないな。いいか、おれの上着《うわぎ》のせいでつかまるなよ。さあ、どこにある……」カサカサというワラの音《おと》がしたあと、また声が聞こえた。「ああ、あった！　よし。じゃ、おれは行くからな。フィリピで会《あ》おう〔シェイクスピア作《さく》『ジュリアス・シーザー』第《だい》四幕《まく》第三場《ば》〕」抑《おさ》えた中にも浮《うわ》ついた調子《ちょうし》が感《かん》じられる押《お》し殺《ころ》した笑《わら》いが聞こえた。ビルは頭《あたま》がくらくらするまま、何も言えずワラの上にすわっていたが、ふたたび一人になったことがわかった。

何から何まで不可解《ふかかい》で現実離《げんじつばな》れしていたが、疲《つか》れ果《は》てて考《かんが》えることも気にかけることもできなかった。寝転《ねころ》がり、またぐっすり眠《ねむ》った。そして、目が覚《さ》めたとき、もう霧《きり》は晴《は》れていた。暖《あたた》かな夜明《よあ》けの光《ひかり》が、埃《ほこり》だらけの窓《まど》や半開《はんびら》きになった納屋《なや》の扉《とびら》から差《さ》し込《こ》んでいる。ビルは無意識《むいしき》にジャケットに手を伸《の》ばした。

ジャケットはなかった。

代《か》わりに、ボースタル少年院《しょうねんいん》の粗末《そまつ》な制服《せいふく》の上着《うわぎ》が置《お》かれていた。

第三章

昨夜《さくや》、オーダーメイドの高級《こうきゅう》なツイードのジャケット姿《すがた》で懇願《こんがん》しても無駄《むだ》だったのだから、刑務所《けいむしょ》の制服《せいふく》しか着《き》る物《もの》がなくなった今《いま》、この家の女性《じょせい》から助力《じょりょく》が得《え》られる可能性《かのうせい》はどれほど低《ひく》くなったことか。ビルはしぶしぶ制服の袖《そで》に腕《うで》を通《とお》した。サイズはちょうどよかった。「ともかく、寒《さむ》さはしのげるだろう」と、ビルは思った。霧深《きりぶか》い夜《よる》のあと、朝《あさ》の空気《くうき》は肌《はだ》にこたえるほど冷《つめ》たい。「日《ひ》が高《たか》くなったら脱《ぬ》ぎ捨《す》てればいい。今大事《だいじ》なのはここから出ることだ」

気《き》の毒《どく》に、この家の妻《つま》は居間《いま》の暖炉《だんろ》わきで残《のこ》り火《び》にあたりながら、膝《ひざ》にライフル銃《じゅう》を載《の》せてうとうとしていた。けれども、ビルはそんなことは知らないので、細心《さいしん》の注意《ちゅうい》を払《はら》って、一晩《ひとばん》お世話《せわ》になった納屋《なや》からそっと抜《ぬ》け出し、扉《とびら》の外で一瞬《いっしゅん》立ち止まって周囲《しゅうい》を見渡《みわた》した。

この農場《のうじょう》から出る小道が一本《ぽん》あるが、ちゃんとした道路《どうろ》ではない。ほかに民家《みんか》らしきものは見当《みあ》たらないし、その気配《けはい》すら見られない。周囲《しゅうい》には何マイルも際限《さいげん》のない荒《あ》れ地《ち》が広《ひろ》がっているようだ。昨夜《さくや》、野生《やせい》のポニーに驚《おどろ》いて慌《あわ》てて逃《に》げてきたのがどの方角《ほうがく》からだったか、見当《けんとう》がつかなかった。あのポニーも仰天《ぎょうてん》したことだろう。ビルは荷馬車道《にばしゃみち》を歩《ある》き出した。どこかの道《みち》に通《つう》じているはずだが、農場へ働《はたら》きに出る人たちと会《あ》うかもしれないと思うと、足はふたたび荒れ地のほうに向《む》かった。

「事情《じじょう》を説明《せつめい》する前に撃《う》たれてしまうかもしれない」昨夜《さくや》の女性《じょせい》のことが頭《あたま》に浮《う》かんだ。今《いま》すべきことは、警察《けいさつ》に行って、事実《じじつ》だと納得《なっとく》してもらえる話をすることだ。大地主《おおじぬし》のレデヴン家《け》の息子《むすこ》が少年院《しょうねんいん》の収容者《しゅうようしゃ》と間違《まちが》えられているとは！　はるか昔《むかし》から一家《いっか》の名前《なまえ》が知れ渡《わた》り、尊敬《そんけい》され、愛《あい》されているこのデヴォン周辺《しゅうへん》で、この一件《けん》はどんなふうに広《ひろ》まるだろうか。ビルは鼻《はな》をすすった。「風邪《かぜ》を引《ひ》いてはいないようだ」ありがたいことに。「風邪も引かずにこの窮状《きゅうじょう》を脱《だっ》したら、みんなもぼくのことを過保護《かほご》に扱《あつか》う必要《ひつよう》がないとわかるだろう」ただ、〈この窮状〉がどんなものだったかを母にどう説明《せつめい》すればいいか……。

「まあ、あなたったら大げさね」そう言って、母《はは》は形《かたち》のよい口元《くちもと》にからかうような笑《え》みを浮《う》かべ、美《うつく》しい首《くび》を振《ふ》るだろう。「その話がほんの少しでも事実《じじつ》なら、ばあやに今すぐ寝《ね》かせてもらわなくちゃいけないわ。いいこと、今すぐですよ。それから、薬箱《くすりばこ》に入っているあらゆるお薬をたっぷり飲《の》ませてもらいなさい！」

ビルはときどき思っていた。こういう曖昧《あいまい》で優《やさ》しい命令《めいれい》をばあやがどの程度《ていど》まともに受《う》け止《と》めているか、母《はは》は知っているのだろうか、と。そもそも何はさておきばあやとは……。十五歳《さい》にもなる男子のためにいまだにばあやが雇《やと》われ、子供部屋《べや》と呼《よ》び続《つづ》けている持《も》ち場《ば》で権力《けんりょく》を振《ふ》るっているのだ。「ビル坊《ぼっ》ちゃま、ただちに子供部屋へお行きください。奥様《おくさま》から坊ちゃまにシャツを重《かさ》ね着《ぎ》させるようにと……」これまでに二、三度《ど》、反抗《はんこう》したことがある。おとなしく子供部屋へは行かずに、長時間《ちょうじかん》、魚釣《さかなつ》りに出かけた。いつも着《き》ている分厚《ぶあつ》いウールのシャツの上に、上等《じょうとう》なウールの服《ふく》を重《かさ》ねていたにもかかわらず、帰《かえ》ってくると例《れい》によって大騒《おおさわ》ぎだった。母が取《と》り乱《みだ》したせいで、父は顔色《かおいろ》が悪《わる》く、口数《くちかず》が少《すく》なくなり、眉目秀麗《びもくしゅうれい》な母は大きな目を三角《さんかく》にし、ばあやは怒《いか》りの涙《なみだ》を流《なが》し、ビルが生《う》まれるずっと前からレデヴン館《かん》で働《はたら》いている、先代《せんだい》の運転手《うんてんしゅ》――ブランドンが〈オールド・ビーバー〉と呼んでいる――は、「ビル坊ちゃま、奥様《おくさま》はそれはご心配《しんぱい》になられて……」「坊ちゃま、お気《き》の毒《どく》に奥様は精神《せいしん》が不安定《ふあんてい》になられて……」「ビル坊ちゃま、どうしてみんなに心配《しんぱい》をかけるようなことをなさるんです？」「ビル坊ちゃま、お屋敷中《やしきじゅう》、大混乱《だいこんらん》だったのですよ……」と、たたみかけた。

ビルはむっとしてこう言い返《かえ》した。「魚釣《さかなつ》りに出かけただけだよ。黙《だま》って出かけたのは、言ったら行かせてくれないだろうと思ったからさ」しかし、たいした違《ちが》いはなかった。

こういう騒《さわ》ぎは過去《かこ》のある出来事《できごと》と関係《かんけい》がある。当時《とうじ》、ビルには兄《あに》がいて、その兄の身《み》に何かが起《お》こったのだ。事故《じこ》なのか？　ビルは詳《くわ》しいことは知らなかったが、母の顔《かお》に張《は》り詰《つ》めた硬《かた》い表情《ひょうじょう》が見られるようになったのはそのときからだった。上品《じょうひん》な魅力《みりょく》をたたえた陽気《ようき》な笑顔《えがお》の陰《かげ》で、母は残《のこ》ったもう一人の息子《むすこ》にもいつ何が起こるかわからないという恐怖《きょうふ》と闘《たたか》っていることを、ビルも知っていた。

そして今《いま》、ビルはボースタル少年院《しょうねんいん》の制服《せいふく》を着《き》、見かけた者《もの》に問答無用《もんどうむよう》で発砲《はっぽう》されかねない状況《じょうきょう》で、ダートムアをさまよっている。「これを乗《の》り切《き》れたら」ビルは思った。「ようやくみんなもぼくを女の子みたいに扱《あつか》うのをやめて、一人前《いちにんまえ》の男子として扱ってくれるようになるだろう」現実離《げんじつばな》れしたこの十二時間のことを思い返《かえ》し、女の子ではなく男らしくふるまった、と自身《じしん》に言い聞かせようとした。「ほんとは怖《こわ》かった」と、ビルは認《みと》めた。「ぼくは何もしてはいない。それなのに、次々《つぎつぎ》にいろんなことが起こって、驚《おどろ》いてばかりだった」しかし、信《しん》じてもらえそうにはない。「もしかしたら、やっぱりぼくは弱虫《よわむし》なのかもしれないな」ビルは悲《かな》しい気持《きも》ちになった。そうでないことを証明《しょうめい》するいいチャンスだったかもしれないのに。警察署《けいさつしょ》を見つけて、この冒険《ぼうけん》を終《お》わらせなくてはならないことを、ビルは残念《ざんねん》だとさえ思った。

そんなことを考《かんが》えながら、荒《あ》れ地《ち》にあるいくつもの岩山《いわやま》や小高《こだか》い丘《おか》を越《こ》えて進《すす》んでいくうちに、かつては堅牢《けんろう》な建物《たてもの》だったはずの廃墟《はいきょ》が眼下《がんか》に見えてきた。崩《くず》れた壁《かべ》のどこからか細《ぼそ》い煙《けむり》が立《た》ち上《のぼ》り、ビルが注意《ちゅうい》を払《はら》いながら近《ちか》づくと、気持《きも》ちのよい朝《あさ》の空気《くうき》の中にある匂《にお》いが漂《ただよ》っていて、あまりの空腹《くうふく》に胃《い》がきりきりした。たっぷりした油《あぶら》で焼《や》いたベーコンの匂いだ。廃墟の外にポニーが二頭《とう》つながれ、満足《まんぞく》そうに草《くさ》を食《た》べている。ポニーを見て、ビルは思わず身《み》を引いたが、とても小さなポニーで、体格《たいかく》のいい手ごわい人間《にんげん》が乗《の》ってきたとは思えなかった。それに、ベーコンの匂いを嗅《か》いだら、飢《う》え死《じ》にするより、撃《う》たれる危険《きけん》を冒《おか》すほうがましだと思った。ビルは腹《はら》ばいで近づき、向《む》こう側《がわ》がのぞける、崩れて一番低《いちばんひく》くなった壁のところまで行って、用心深《ようじんぶか》く立ち上がった。古《ふる》いレンガに載《の》せられたフライパンの中で、薄切《うすぎ》りベーコンがジュージュー音《おと》を立てているのが目に入り、空《くう》腹《ふく》で気を失《うしな》いそうになった。熱《ねっ》で温《あたた》まるよう火《ひ》の傍《かたわ》らにコーヒーポットとパンが置《お》かれている。包《つつ》んであるナプキンが半分開《はんぶんひら》きかけ、バターを塗《ぬ》ったパンが何枚《まい》も重《かさ》なっているのが見える。近《ちか》くに人の姿《すがた》はなかった。

ビルはもう一度《ど》、壁《かべ》に隠《かく》れるよう身《み》をかがめて、誤解《ごかい》を招《まね》く少年院《しょうねんいん》の制服《せいふく》を急《いそ》いで脱《ぬ》いだ。「見られても、シャツとフランネルのズボンだけなら怪《あや》しまれることはないだろう。ともかく、何か食《た》べるあいだぐらいは」もう一度、立ち上がってフライパンを見下《みお》ろし、壁の上で慎重《しんちょう》に体のバランスを取《と》った。

急《きゅう》に足《あし》が滑《すべ》り、ビルはフライパンのすぐそばに転《ころ》がり落《お》ちた。背後《はいご》から冷《ひ》ややかな声が浴《あ》びせられた。「ちょっと！　あなたは誰《だれ》？」

服の汚《よご》れを払《はら》いながら、ビルはさっきまで立っていた壁を見上《みあ》げた。そこに人がいた。褐色《かっしょく》の瞳《ひとみ》がこちらを見下ろしている。日《ひ》に焼《や》けた丸《まる》い顔《かお》、上向《むむ》きの鼻《はな》、生意気《なまいき》な感《かん》じの小さな口もと、そして、古《ふる》い麦《むぎ》わら帽子《ぼうし》の下からはカールした短《みじか》い髪《かみ》がのぞいていた。女の子と関《かか》わらなくちゃいけないなら、かわいい子のほうがましだ、とビルは思った。この子はこれまでお目にかかったことがないほどかわいい女の子だ。立ち尽《つ》くしたまま、見上げていると、彼女は細《ほそ》くて長《なが》い脚《あし》で崩《くず》れかけた壁をまたぎ、明《あか》るいブルーのオーバーオールが汚れるのも気にしないでずるずる滑りおりた。ビルの隣《となり》に降《お》り立つと、もう一度冷ややかに尋《たず》ねた。「ねえ、あなたは誰なの？」

冷《ひ》ややかな声が浴《あ》びせられた。「ちょっと！　あなたは誰《だれ》？」

「ゆうべ、霧《きり》の中で迷子《まいご》になったんだ」ビルは答《こた》えた。「それで、おなかがすいていて」物欲《ものほ》しそうな目を食《た》べ物《もの》に向《む》けたが、見つかってしまったことでよけい心配《しんぱい》になった。

「きみ以外《いがい》に誰《だれ》かここにいるのかい？」

「お兄《にい》ちゃんがいるわ」女の子は即座《そくざ》に答《こた》えた。

ビルはポニーが二頭《とう》いたことを思い出した。兄と聞くと偉《えら》そうで脅威《きょうい》を感《かん》じるが、あのポニーの乗《の》り手《て》なら、体《からだ》の大きさはビルとあまり変《か》わらないのではないだろうか。それなら、なんとか対処《たいしょ》できそうに思った——それで食べ物を分《わ》けてもらえるのなら！　ビルは彼女《かのじょ》の兄のことは忘《わす》れることにした。「おなかがすいてるんだ」

彼女はビルとフライパンの中間《ちゅうかん》に立っていた。「名前《なまえ》はなんて言うの？」

「ぼくは、ビル……」と言いかけたが、もし、ビル・レデヴンと名乗《なの》ったら、デヴォンの住人《じゅうにん》の誰もが知っているように、この子も名前を聞いたことがあり、いつまでも質問《しつもん》攻めが続《つづ》きかねない。ビルが今欲《いまほ》しいのは食べ物だけなのだ。「ビルだよ」と、唐突《とうとつ》に言い切《き》ったが、彼女はそれでかまわなかったようだ。

「じゃ、ベーコンを食べてね、ビル」彼女はフライパンから何枚《まい》かベーコンを取《と》ってパンに挟《はさ》み、ベーコンサンドを差《さ》し出《だ》した。

寒《さむ》い早朝《そうちょう》の戸外《こがい》で食《た》べた、甘《あま》いコーヒーで喉《のど》に流《なが》し込《こ》んだ熱々《あつあつ》のベーコンサンドほどおいしいものはこの世《よ》にない！

ビルが食べているあいだに、彼女《かのじょ》は姿《すがた》を消《け》した。ポニーに話しかけている彼女の声が聞こえ、そのうち、もっと早口《はやくち》でぶっきらぼうな低《ひく》い声が加《くわ》わった。壁《かべ》の上からひょこっと彼女が顔《かお》を出した。「お兄《にい》ちゃんよ。パッチっていうの」少《すこ》したって、崩《くず》れた壁の隅《すみ》から一人の男の子が現《あらわ》れ、ちょっと立《た》ち止《ど》まってまじめな顔でビルを見つめた。この二人は双《ふた》子《ご》にちがいない、とビルは思った。身長《しんちょう》はほとんど同《おな》じだし、顔つきも似《に》ている。ただ、女の子は大きな帽子《ぼうし》の下から乱《みだ》れたカールがのぞいていたが、男の子はきちんとブラシをかけ、つやのある褐色《かっしょく》の髪《かみ》がきれいなウェーブを描《えが》いている。ビルがぎょっとしたのは、片方《かたほう》の目を覆《おお》っている黒《くろ》い眼帯《がんたい》だ。頭《あたま》に巻《ま》いたゴムで留《と》めてある。眼帯と呼《よ》ばれているということは、一時的《いちじてき》につけているのではなく、ふだんもずっとしているのだろう。

ビルは食事《しょくじ》を終《お》え、申《もう》し訳《わけ》なさそうに残《のこ》っている料理《りょうり》を見つめた。どうやら、パッチだけでなく妹《いもうと》の分《ぶん》も食べてしまったようだ。「いっぱい食べてしまったようで……」

「それだけ腹《はら》が減《へ》ってたんだろう」パッチが言った。

ビルは説明《せつめい》し始《はじ》めた。「そうなんだ。一晩中《ひとばんじゅう》、荒《あ》れ地《ち》にいたもので。車《くるま》がね……つまり、運転手《うんてんしゅ》が……」相手《あいて》に信《しん》じてもらえるようにブランドンの行動《こうどう》を説明《せつめい》するのはひじょうに難《むずか》しい。パッチはとても奇妙《きみょう》なしゃべり方《かた》をする、とビルは思った。眉《まゆ》の下から相手を見《み》上《あ》げながら――正確《せいかく》に言えば、よいほうの片目《かため》で落《お》ち着《つ》きなくビルを観察《かんさつ》しながら――下《した》唇《くちびる》を突《つ》き出《だ》し、自分《じぶん》の立場《たちば》を大声で主張《しゅちょう》した。だが、この少年には妙に惹《ひ》きつけられるところがある――つやつやした髪《かみ》や輝《かがや》く褐色《かっしょく》の瞳《ひとみ》、細《ほそ》くて長《なが》い上品《じょうひん》な脚《あし》。パッチと同《おな》じように、ビルも唐突《とうとつ》に質問《しつもん》した。「きみたちはいくつなんだい？」

「きみと同じくらいだよ」否定《ひてい》させまいと片目《かため》でじろりと見たが、ビルにはそれが事実《じじつ》ではないのがわかっていた。十四歳《さい》ということはあるかもしれないが、それ以上《いじょう》ではないはずだ。ガラスの入《はい》ってない壊《こわ》れた壁《かべ》の窓《まど》をちらりと見ながら、パッチは言い添《そ》えた。

「妹《いもうと》はタヴィストックへでかけたよ。いろんな情報《じょうほう》を手に入れるために」

パッチの視線《しせん》を追《お》うと、遠《とお》くにポニーに乗《の》った小さな人影《ひとかげ》らしい黒《くろ》い点《てん》が見えた。タヴィストックで入手《にゅうしゅ》する情報とは、農場《のうじょう》の女性《じょせい》が言っていたボースタル少年院《しょうねんいん》からの危険《きけん》な脱走者《だっそうしゃ》のことだろう。ビルはパッチにすべてを打《う》ち明《あ》けようか、何も言わずにいようかと迷《まよ》っていた。この双子《ふたご》は昨夜《さくや》のラジオのニュースを聞いているだろうか？　周囲《しゅうい》にラジオは見当《みあ》たらない。それに、ちょっとおもしろい状況《じょうきょう》だとも思った。ぴりっとするような味《あじ》付《つ》けがされている。少年院《しょうねんいん》からの脱走者《だっそうしゃ》で危険《きけん》な人物《じんぶつ》だと思われているなら、けっして女々《めめ》しくはないわけだし……。

事実《じじつ》を告《つ》げるか、もう少しこのおもしろい状況《じょうきょう》を続《つづ》けようか、と迷《まよ》っているうちに、崩《くず》れた壁《かべ》の向《む》こうから別《べつ》の声が聞こえてきた。特別《とくべつ》な人だけが理解《りかい》できる、異国《いこく》の言葉《ことば》をしゃべっている声。いつでもほとんど同《おな》じことしか言わない声。「何か食《た》べるものはないの？」

こちらを見下《みお》ろしているシャム猫《ねこ》を見て、ビルはこんな美《うつく》しいシャム猫は見たことがないと思った。柔《やわ》らかくなめらかな短毛種《たんもうしゅ》で、顔《かお》は黒《くろ》っぽく、顎《あご》がとがっていて、大きなつり上がった青《あお》い目をしている。

パッチのことも気になったが、ビルはとっさに答《こた》えた。残念《ざんねん》ながら目の前のフライパンはからっぽだ。「ごめんね、ぼくがほとんど全部《ぜんぶ》食べてしまって」

パッチは敬意《けいい》のこもった目を向けた。「こいつの言葉がわかるんだね」下唇《したくちびる》を突《つ》き出《だ》し、頬《ほお》を膨《ふく》らませた。「食《く》いしん坊《ぼう》なんだよ」

「シャム猫だからね」ビルは納得顔《なっとくがお》で言った。自分《じぶん》の腹具合《はらぐあい》のことしか考《かんが》えないのは当然《とうぜん》だ。

猫《ねこ》のほうもこの良識《りょうしき》あるアプローチに気をよくしたようで、壁《かべ》の上から軽々《かるがる》とビルの肩《かた》に飛《と》び移《うつ》り、バランスを取《と》りながら車《くるま》のエンジンに似《に》た音《おと》を響《ひび》かせて満足《まんぞく》そうに喉《のど》を鳴《な》らした。ロールスロイスのエンジン音《おん》を聞いて、猫が喉を鳴らす音に似ていると思ったのはつい最近《さいきん》のことだ、とビルは思った。そして、ここにはロールスロイスのエンジンに似た音を出す猫がいる。「名前《なまえ》は何？」

「サンタの爪《クローズ》だよ」パッチが答《こた》えた。「二年前のクリスマスにうちに来たんだ。それからは、もちろん……」

「そうだよね」ビルはつぶやいた。シャム猫のほうは人を傷《きず》つけるつもりなどない（もし、飼《か》い主《ぬし》への愛情《あいじょう》があれば）が、うまく爪《つめ》をコントロールできないのだ。パッチと妹《いもうと》の手や手首《てくび》にかなりのひっかき傷がついている理由《りゆう》が、今《いま》わかった。ビル自身《じしん》の手にも、家《いえ》にいる愛《いと》しいシャム猫ナイスリーとの触《ふ》れ合《あ》いを示《しめ》す痕《あと》が残《のこ》っている。

二人は互《たが》いに向《む》かい合《あ》って立っていた。ビルの肩には、シルバーがかったビスケット色《いろ》の体《からだ》に、黒《くろ》い尻尾《しっぽ》と脚《あし》を持った猫が、美《うつく》しい形《かたち》のこげ茶色《ちゃいろ》の耳《みみ》を傾《かたむ》けて乗《の》っている。パッチへの共感《きょうかん》を覚《おぼ》え、この新《あたら》しい友だちに自分《じぶん》の冒険《ぼうけん》について打《う》ち明《あ》けようとビルが心《こころ》を決《き》めかけたとき……。

そのとき……。

パッチはふたたび窓《まど》の外にちらりと目をやり、慌《あわ》てた様子《ようす》で言った。「急《いそ》いで！　誰《だれ》か来《く》る。司祭隠れ場《プリーストホール》に入《はい》って。早《はや》く！」

ビルはすでに危険《きけん》やその兆候《ちょうこう》に素早《すばや》く対応《たいおう》できるようになっていた。猫《ねこ》は音《おと》もなく地面《じめん》に飛《と》び降《お》りると、半《なか》ばビルを案内《あんない》するように先《さき》に立って壁《かべ》の開口部《かいこうぶ》へと向《む》かった。

「ここは大昔《おおむかし》の家なんだ」そう言いながら、パッチも足を速《はや》めた。「壁と壁のあいだに食器戸棚《しょっきとだな》みたいなのがあって、宗教改革《しゅうきょうかいかく》のあとの時代《じだい》にカトリックの司祭《しさい》を隠《かく》すために使《つか》われていたんだ……。ここだよ！　早く入って」パッチの姿《すがた》が見えなくなった。ビルが手《て》探《さぐ》りで壁のあいだの暗《くら》い小部屋《こべや》に入り、背《せ》の高《たか》い十五歳《さい》の少年がちょうど立っていられるくらいの高さであることがわかったころ、パッチがまた戻《もど》ってきた。片手《かたて》を後《うし》ろに回《まわ》していた。「ここにいてくれよ。絶対《ぜったい》に声を出しちゃだめだからね。ここなら見つかりっこないから、ぼくがなんとかする」

「どういうこと？　何をするつもり？　どう言うつもりなんだい？」

「適当《てきとう》に作《つく》り話《ばなし》を考《かんが》えるよ」パッチは言った。

「嘘《うそ》だらけの話はいやだなあ」ビルは暗《くら》い表情《ひょうじょう》で言った。

「ぼくだってそうさ。だけど、命《いのち》がかかってる場合《ばあい》、そうしなくちゃならないこともある」パッチは二人の命がどのように危険《きけん》にさらされているか考《かんが》える余裕《よゆう》も与《あた》えずに、目をきらめかせ、生意気《なまいき》な感《かん》じの自信《じしん》ありげな笑《え》みを浮《う》かべた。「心配《しんぱい》ないって。だいじょうぶ。ぼくがやつをなんとかするから」

「なんとかするって誰《だれ》を?」ビルは訊いた。

「知るもんか。誰だろうとここに来るやつさ。なんの見返《みかえ》りもないのに、はるばる荒《あ》れ地《ち》の向《む》こうから来るわけないだろ?」どうやら見知《みし》らぬ人間《にんげん》が近《ちか》づいてくるのが見えているらしい。パッチは遠《とお》くに目を向《む》け、にやりとして言い添《そ》えた。「あんな服《ふく》なんか着《き》て」

あんな服? どんな服だろう? 警官《けいかん》の制服《せいふく》だろうか、とビルは思った。あるいは、看《かん》守《しゅ》の制服だろうか。もしそうなら、冒険《ぼうけん》はここでおしまいということだ。警官にしろ看守にしろ、ビルの話を信《しん》じてはくれないだろうが、いきなり発砲《はっぽう》することもないだろう。警《けい》察署《さつしょ》か少年院《しょうねんいん》に連《つ》れて行かれて、すべてが明《あき》らかになるはずだ。「どうしてぼくが見つかるとまずいの?」ビルはパッチに尋《たず》ねた。だんだん腹立《はらだ》たしくなって、語気《ごき》を強《つよ》めた。

「なぜぼくにやましいところがあると思ってるんだい?」

「これだよ」パッチは落《お》ち着《つ》きはらって言うと、ビルが壁《かべ》の外で脱《ぬ》ぎ捨《す》てたボースタル少《しょう》年院《ねんいん》の上着《うわぎ》を放《ほう》りこんだ。それから、茨《いばら》で隠《かく》れ場所《ばしょ》の入《い》り口《ぐち》を隠して、廃墟《はいきょ》へとやってきた見知《みし》らぬ人間《にんげん》のほうを向《む》いた。その人物《じんぶつ》が崩《くず》れた玄関《げんかん》のところに立っているのがちょうどビルの視界《しかい》に入った。

こうして、二人は初《はじ》めてその男を見た。これからの冒険《ぼうけん》の最中《さいちゅう》、絶《た》えず二人を悩《なや》ませつづけることになる不気味《ぶきみ》な人物――〈にやついた若者《わかもの》〉――を。

第四章

その男は壊《こわ》れた戸口《とぐち》に寄《よ》りかかり、口元《くちもと》に笑《え》みをちらつかせながら、黙《だま》って、冷《ひ》ややかな目で中をのぞき込《こ》んでいた。ごく普通《ふつう》の青年《せいねん》だ。小柄《こがら》でほっそりとして、肌《はだ》のつるつるしたちょっとずる賢《がしこ》そうな顔、きれいに揃《そろ》った先《さき》のとがった白《しろ》い歯《は》、黒《くろ》っぽいちょび髭《ひげ》――だが、その笑《え》みには不気味《ぶきみ》さが感《かん》じられた。「すべてお見通《みとお》しだ。おれに隠《かく》しごとなどできないぞ」と、言っているようだ。「その卑《いや》しい心《こころ》の奥底《おくそこ》で考《かんが》えていることもわかってる――下劣《げれつ》なやつめ……」彼《かれ》はチョコレート色《いろ》のスーツを着《き》ている。洗練《せんれん》されすぎていて、かえってうさんくさい、とビルが思っているような服装《ふくそう》だ。ネクタイとシャツはスーツによく合《あ》うやや薄《うす》い茶系《ちゃけい》の色で、茶のフェルト帽《ぼう》を片目《かため》にかかるくらい斜《なな》めにかぶっていた。おしゃれな茶色の革靴《かわぐつ》は荒《あ》れ地《ち》を歩いてきたため埃《ほこり》だらけで、傷《きず》もついていた。この格好《かっこう》でダートムアをうろついているのをパッチが笑《わら》っていたのも無理《むり》はない。

その男は壊《こわ》れた戸口《とぐち》に寄《よ》りかかり、口元《くちもと》に笑《え》みをちらつかせながら、黙《だま》って、冷《ひ》ややかな目で中をのぞき込《こ》んでいた。

パッチの姿《すがた》はビルには見えなかった。崩《くず》れかけた壁《かべ》と戸口《とぐち》に立って微笑《ほほえ》んでいる若い男《わかおとこ》が、細《ほそ》い隙間《すきま》から見えるだけだ。男はパッチに顔《かお》を向《む》けているらしい。「コーダーの城主《じょうしゅ》、万歳《ばんざい》！」〔『マクベス』第《だい》一幕《まく》第三場《ば》〕

「誰《だれ》に万歳だって？」パッチが言った。下唇《したくちびる》を突《つ》き出《だ》しているのだろう、とビルは想像《そうぞう》した。

「気にしなくてけっこう」若者は取《と》り合《あ》わなかった。「きみの名前《なまえ》は？」

「なんだと思う？」パッチは言った。

「そうだな、パッチかな」若者《わかもの》は言った。

パッチもビルもちょっと驚《おどろ》いたが、考《かんが》えてみれば、眼帯《パッチ》をしている者《もの》ならそう呼《よ》ばれて不思議《ふしぎ》はない。けれども、パッチは隠《かく》れているビルが呼吸《こきゅう》を整《ととの》えるより早《はや》く立ち直《なお》り、いくぶんぶっきらぼうに言った。「きみの名前は？」

「マクベスだよ」若者は言った。

「『マクベス』は戯曲《ぎきょく》じゃないか。ほかに、お母さんが読《よ》んでる小説《しょうせつ》に出てくる探偵《たんてい》（註）の名前もそうだったな」

「まあ、おれは戯曲のほうじゃない」男は言った。

パッチは小さく息《いき》を呑《の》んだ。「ということは……。探偵《たんてい》？」パッチは気を取《と》り直《なお》して、冷静《れいせい》に訊《き》き直《なお》した。「こんなところで何を調《しら》べているんだい？」

「少し前にここにいた少年のことを調べているんだよ」あいかわらず、いまいましい笑《え》みをちらつかせている。

「誰《だれ》もいなかったよ」パッチは言った。

「ここへ歩《ある》いてくるのを見たが、まだこの廃墟《はいきょ》から出てきてはいない。十数《かぞ》えよう」男はシガレット・ケースを取《と》り出《だ》すと、今は適切《てきせつ》な一本《ぽん》を選《えら》ぶことが何より大切《たいせつ》だといわんばかりに選びはじめた。「それまでに出てこなかったら、捜索《そうさく》を始《はじ》めるからな。もし、そいつが見つかったなら――」男は言葉《ことば》を切《き》って、にやりと笑《わら》った。「きみは泣《な》きを見ることになるぞ」男は煙草《たばこ》を取り出して火《ひ》をつけ、ゆっくり数え始めた。

隠《かく》れ場《ば》所《しょ》で身《み》をかがめていたビルは、男の笑い顔《がお》を見て、背《せ》すじが凍《こお》りついた。「おとなしく降参《こうさん》しなくちゃいけない。さもないと、パッチに迷惑《めいわく》がかかる」そう思ったものの、白《しろ》い歯《は》を見せてにやにや笑っている、爬虫類《はちゅうるい》のような男に身《み》を任《まか》せるのは……。「そんなことを心配《しんぱい》するのはばかげている」と、ビルは思った。「警察署《けいさつしょ》だかロンドン警視庁《けいしちょう》だか、どこに連《つ》れていかれるにせよ、すべて説明《せつめい》がつくのだから収《おさ》まるべき所《ところ》に収まるはずだ。

あの男はぼくにひどいことはできない。ぼくを無事《ぶじ》に連《つ》れ戻《もど》すのが彼《かれ》の義務《ぎむ》なのだ」

　刑事《けいじ》はゆっくりと数《かぞ》えている。「五……六……七……」

「九まで数えたら」ビルは思った。「出て行こう」そこで、そのときに言う文句《もんく》を暗唱《あんしょう》した。「マクベス刑事、ぼくはボースタル少年院《しょうねんいん》の収容者《しゅうようしゃ》じゃありません。名前《なまえ》は、ビル・レデヴンで――マクベス刑事、ぼくはビル・レデヴンという名前で、ボースタル少年院の収容者じゃないんです……。マクベス刑事……」

　マクベス……。

　マクベスだ！

「コーダーの城主《じょうしゅ》、万歳《ばんざい》！」あれは『マクベス』の一節《いっせつ》だ。「コーダーの城主、万歳！」あの〈にやついた若者《わかもの》〉はパッチにそう言った。まるで、パッチがどんな応答《おうとう》をするか試《ため》しているように。それから、昨夜《さくや》、真《ま》っ暗《くら》な納屋《なや》の中で、ビルが目を覚《さ》まし、『マクベス』の魔女《まじょ》の台詞《せりふ》の二行目《ぎょうめ》「雷《かみなり》が鳴《な》り、稲妻《いなづま》が走《はし》るとき？　それとも雨《あめ》が降《ふ》るとき……」を口ずさんだとき、誰《だれ》かが言った。「そいつはシェイクスピアだ！」それを聞いて、ビルはうとうとしながら返事《へんじ》をした。「そうさ、誰だって知ってるよ」すると、声《こえ》の主《ぬし》は安心《あんしん》したようだった。互《たが》いに相手《あいて》を知っているものと思い、先方《せんぽう》は当然《とうぜん》のようにビルのジャケットを持《も》ち去《さ》り、代《か》わりに少年院《しょうねんいん》の制服《せいふく》を置《お》いていった。ジャケットだけを持って行ったのがビルには不思議《ふしぎ》に思えた。どうしてフラノのズボンもいっしょに持って行かなかったのだろう。借《か》り物《もの》のツイードのジャケットに、下だけ少年院の制服のズボンをはいて荒《あ》れ地《ち》をうろつき回《まわ》るなんて、自《みずか》ら災難《さいなん》を招《まね》くだけではないか。さっきパッチが放《ほう》り込《こ》んでくれた制服をつかむと、ポケットに入っている紙切《かみき》れが指《ゆび》に触《ふ》れた。

この件《けん》には見かけ以上《いじょう》に複雑《ふくざつ》な裏《うら》があるのかもしれない。それに、どういうわけか『マクベス』も関《かか》わっている。あの刑事《けいじ》は用心深《ようじんぶか》く探《さぐ》りを入《い》れ、『マクベス』を引用《いんよう》し……。

「あいつは刑事なんかじゃない」ビルは思い当《あ》たった。「悪党《あくとう》の一味《いちみ》だ」自分《じぶん》からここを出て、愚《おろ》かにもあの情《なさ》け容赦《ようしゃ》のない男に身《み》を委《ゆだ》ねようとしていたかと思うと、胸《むね》が激《はげ》しく波打《なみう》った。

「八……九……」〈にやついた若者《わかもの》〉は数《かぞ》え続《つづ》けた。

突然《とつぜん》、パッチが声を上《あ》げた。「妹《いもうと》を呼《よ》んでくるよ。妹なら何か知ってるかもしれない」

男は数《かぞ》えるのをやめて、煙草《たばこ》を持《も》つ手を動《うご》かした。「へえ。妹さんもここにいるのかい？　連《つ》れてきてくれよ」

似《に》つかわしくない茶《ちゃ》のスーツを着《き》た体《からだ》を側柱《がわばしら》にもたせかけ、男は爬虫類《はちゅうるい》を思わせる不気《ぶき》味《み》だが優雅《ゆうが》でもある体勢《たいせい》で、平然《へいぜん》と煙草《たばこ》を吸《す》い続《つづ》けていた。一分《ぷん》ほどたったころ、男が急《きゅう》に顔《かお》を上《あ》げた。「パッチが逃《に》げた」と、ビルは思った。「ポニーに飛《と》び乗《の》って逃げていったんだ」それが事実《じじつ》で、パッチが無事《ぶじ》に逃げのびてくれることを願《ねが》った。と、同時《どうじ》に、親《した》しくなった友だちがいなくなってがっかりする気持《きも》ちもあった。

ふいに、パッチの妹《いもうと》が姿《すがた》を見せたのがわかった。彼女は冷《ひ》ややかな声で〈にやついた刑《けい》事《じ》〉に言った。「あたしに用《よう》ですって?」

ビルには彼女《かのじょ》の姿《すがた》は見えないが、男が側柱《がわばしら》にもたれてすわりこむのが見え、その緊張感《きんちょうかん》から、男もまたビルと同《おな》じことを考《かんが》えていたにちがいないと思った。「ああ、きみがさっきの少年の妹さんだね?」

「そうよ」

「そうか。実《じっ》は、教《おし》えてもらいたいんだが、一時間《じかん》ほど前にここに来た男の子はどこにいるのかな?」

「誰《だれ》も来てないわ」

「男の子が来たはずだ。その子は刑務《けいむ》所《しょ》から逃《に》げ出《だ》した囚人《しゅうじん》でね」

「今《いま》はあの刑務所に囚人なんか一人もいないわよ」女の子は言った。

「若《わか》い子たちがいるんだよ。あそこにはボースタル少年院《しょうねんいん》があってね。収容者《しゅうようしゃ》の中には矯《きょう》正可能《せいかのう》な者《もの》もいるが、大人《おとな》の囚人《しゅうじん》となんら変《か》わりない者もいる。同《おな》じくらいずる賢《がしこ》い者もね」若い男は煙草《たばこ》の吸《す》い殻《がら》を放《ほう》り投《な》げた。「その脱走者《だっそうしゃ》は頭《あたま》がいい。それに、冷酷《れいこく》だ。ウィリアム・フィップスという名前《なまえ》だが、〈ナイフ〉というニックネームで知《し》られている。人を見かけるとたちまち腹《はら》を切《き》り裂《さ》いたり、喉《のど》を掻《か》き切《き》ったりする。耳《みみ》を切り落《お》としてきちんと箱《はこ》に入れて包装《ほうそう》し、愛情深《あいじょうぶか》い両親《りょうしん》に送《おく》りつけたりするんだよ」

「信《しん》じられないわ」少女は言ったが、その声の震《ふる》えが意味《いみ》することをビルは理解《りかい》した。

「ビルがそんな人だなんて信じられない」

「本当《ほんとう》だよ。誠実《せいじつ》さだの友情《ゆうじょう》だの困《こま》ったときの助《たす》けだの、そんなものが彼に通《つう》じると思っちゃいけない。きみたちを利用《りよう》し、友情や誠実《せいじつ》さや援助《えんじょ》を力《ちから》ずくで奪《うば》い取《と》り、もし、きみたちを生《い》かしておくことが自分《じぶん》にとって危険《きけん》だと思えば、すかさず命《いのち》を奪《うば》ってしまう」彼《かの》女《じょ》が黙《だま》っているので、男は先《さき》を続《つづ》けた。「彼《かれ》は魅力的《みりょくてき》な青年《せいねん》に思えるだろうね。気さくで、正直《しょうじき》そうな顔《かお》、ウェーブした髪《かみ》や整《ととの》った目《め》鼻《はな》立ち、それに体《からだ》は引《ひ》き締《し》まっている。きみみたいなかわいいお嬢《じょう》さんに好《す》かれそうだ。ところが、ナイフを持《も》ち歩《ある》き、使《つか》い方《かた》を心得《こころえ》ていて、誰《だれ》に対《たい》して使うか、相手《あいて》を選《え》り好《ごの》みすることもない。そのくせ、これまでに一度《ど》も捕《つか》まったことがないんだ。しかし、おれは知っている。知っ、て、い、る、ん、だよ！　もう何年ものあいだ、彼《かれ》の悪事《あくじ》を綿密《めんみつ》に捜査《そうさ》してきたからね。よくわかっている！」男は、荒《あ》れ地《ち》を逃亡《とうぼう》しているウィリアム・フィップスの犯罪《はんざい》の数々《かずかず》に思いを巡《めぐ》らしているようだったが、ふいに現実《げんじつ》に立《た》ち返《かえ》って、こう問《と》いかけた。「きみのお兄《にい》さんはどこだね？」

落《お》ち着《つ》き払《はら》った抑揚《よくよう》のない明《あか》るい声が返ってきた。「出かけたわよ」ビルには、彼女《かのじょ》がパッチと同《おな》じように肩《かた》をすくめている様子《ようす》が目に浮《う》かぶ。

このとき、一瞬《いっしゅん》、〈にやついた刑事《けいじ》〉の口元《くちもと》から笑《え》みが消《き》えた。

「出かけただと？　どこへ行ったんだ？」

「タヴィストックよ」少女は当然《とうぜん》のことだといわんばかりの口ぶりだった。「何かおかしい？　きっとビルと二人でタヴィストックへ行くことになっていたんじゃない？」

「ビルと二人で？」男は声を張《は》り上《あ》げた。

「パッチの友だちよ」

「ここには誰《だれ》も来なかった、ときみは言ってたはずだが」

「来なかったわよ。ビルは別《べつ》。パッチの友だちだもの」

若者《わかもの》の緊張感《きんちょうかん》が少《すこ》し和《やわ》らいだ。「わかった。それで、パッチはいつごろからその子と知《し》り合《あ》いなのかな?」

「さあ、知らないわ」少女は無邪気《むじゃき》な声で答《こた》えた。「あたしはこれまで一度《ど》も会《あ》ったことないから。パッチから友だちだって聞いてただけで」

「そうかね。パッチの友だち、か。それで、きみはこれまで一度も会ったことがない。今、パッチはその友だちとタヴィストックへ出かけたんだね?」

「そのとおりよ」無邪気な声だった。「あなたのことでパッチに呼《よ》ばれて、あたしがここに来たちょうどそのときに。今《いま》ごろは岩山《いわやま》のカーブを曲《ま》がったあたりじゃないかしら。二人に会いたいなら、まだ追《お》いつけると思うわ」

〈にやついた刑事《けいじ》〉は姿勢《しせい》を正《ただ》した。彼《かれ》は少《すこ》しの皺《しわ》もいやなのか、ジャケットの裾《すそ》を引《ひ》っ張《ぱ》り、帽子《ぼうし》をさらに品《ひん》のない角度《かくど》にまで傾《かたむ》け、靴《くつ》についたヒースと草《くさ》を払《はら》い、愛想《あいそ》のよい青年《せいねん》に戻《もど》って微笑《ほほえ》んだ。

「岩山のカーブを曲がったあたりだね。タヴィストックへ行く途中《とちゅう》の。ありがとう、お嬢《じょう》さん」皮肉《ひにく》めいた口調《くちょう》でつけ加《くわ》えると、少しもおもしろいとは思えない仕草《しぐさ》で会釈《えしゃく》をした。

「それで、なんとか二人に追《お》いつけると思うんだね?」

笑《え》みをちらつかせたまま、男は背《せ》を向《む》け、その影《かげ》が壁《かべ》をよぎって、ビルの視界《しかい》から消《き》えた。あいつはいなくなった！

男がいなくなっただけで、朝《あさ》の空気《くうき》がよりすがすがしくきれいなものに感じられた。

ビルは男の足音《あしおと》や気配《けはい》がすっかり消《き》えるまで待《ま》っていたが、そのあいだも頭《あたま》がひどく混乱《こんらん》していた。二十分《ぷん》前、ビルは荒《あ》れ地《ち》の反対方向《はんたいほうこう》の一マイル先《さき》を、パッチの妹《いもうと》がポニーで駆《か》けているのを目で確認《かくにん》している。ところが、驚《おどろ》いたことに、彼女《かのじょ》は姿《すがた》を現《あらわ》して刑事《けいじ》を欺《あざむ》き、その一方《いっぽう》、パッチが出かけたという。しかも、彼女は〈にやついた若者《わかもの》〉にパッチの跡《あと》を追《お》わせた。そもそもパッチはタヴィストックではなく、別《べつ》の方角《ほうがく》に助《たす》けを呼《よ》びに行ったのだろうか。あるいは、〈にやついた若者〉をタヴィストックへと誘導《ゆうどう》し、ビルが別《べつ》の方角《ほうがく》にうまく逃《に》げられるようにしてくれた、そうは考《かんが》えられないだろうか？　それは、まさしく友情《ゆうじょう》が生《う》み出した最高《さいこう》のものだ。というのも、あの茶色《ちゃいろ》のスーツの男がパッチに騙《だま》されたことを知《し》ったなら……そう考《かんが》えると、ビルの体《からだ》に震《ふる》えが走《はし》った。ビルはあたりが静《しず》まり返《かえ》るのを確《たし》かめてから、司祭隠れ場《プリーストホール》の出口《でぐち》へ行き、体をかがめて低《ひく》い戸口《とぐち》を抜《ぬ》け、茨《いばら》をかき分《わ》けながら、ほんの一時間前ベーコンの匂《にお》いがしていた廃墟《はいきょ》の部屋《へや》へと戻《もど》った。

そこには人なつっこい茶色《ちゃいろ》の目でこちらを見ている少年がいた――パッチだ。

〈にやついた若者《わかもの》〉が都会向《とかいむ》きの茶色《ちゃいろ》の靴《くつ》で岩山《いわやま》のほうへ荒《あ》れた草地《くさち》をゆっくり歩いて行くのを、二人は窓越《まどご》しに眺《なが》めた。「二人に会《あ》いたいなら、まだ追《お》いつけると思うわ」パッチは妹《いもうと》の口調《くちょう》をまねて、高い声で言った。

ビルはまじまじとパッチを見つめた。「パッチ！　あれはきみだったんだね！　きみがあいつを荒れ地に追《お》い払《はら》ってくれたんだね」

「髪《かみ》をくしゃくしゃにすると、そっくりに見えるからね。双子《ふたご》なんだから。それに、ぼくは芝居《しばい》をするのが大好《だいす》きなんだ」パッチはビルの顔《かお》をまともに見つめた。「家《いえ》ではいろんな芝居を演《えん》じるんだよ。『マクベス』なんかもね」

『マクベス』！

二人だけで荒れ地の廃墟《はいきょ》に隠《かく》れていたらしい奇妙《きみょう》な双子。夜《よる》、納屋《なや》の不気味《ぶきみ》な暗闇《くらやみ》の中で聞こえた声。刑事《けいじ》だと名乗《なの》りながら刑事ではない男、その笑《え》みは体深《からだふか》くに突《つ》き刺《さ》さる冷《つめ》たいナイフのようだった。そして、そのすべてにつながる『マクベス』！

ビルはゆっくりと苦《くる》しげに一節《いっせつ》を口にした。

「今度《こんど》三人で集《あつ》まるのはいつにしよう？」

パッチはビルの顔を見つめている。

ビルはさらに続《つづ》けた。「そいつはシェイクスピアだ！」

パッチはビルが期待《きたい》しているとおりに答《こた》えた。「そうさ。誰《だれ》だって知ってるよ」パッチは歩《あゆ》み寄《よ》って手を差《さ》し出《だ》した。

ビルはその手に触《ふ》れたが、すぐに下《お》ろした。今《いま》、合言葉《あいことば》が交《か》わされた。ということは、パッチは連中《れんちゅう》の仲間《なかま》で、ぼくのことも仲間の一人だと思いこんでいる。ビルはそれがいやで、握手《あくしゅ》をしたくなかった。

〈にやついた若者《わかもの》〉が岩山《いわやま》の陰《かげ》に見えなくなると、パッチは急《せ》き立てるように言った。

「ねえ、紙切《かみき》れを見てみようよ」

「紙切れ？」

「きみの上着《うわぎ》のポケットに入ってるやつ！　きみが持《も》ってきたんじゃないの？」

ぼくの上着のポケット――盗《ぬす》まれた服《ふく》の代《か》わりに置《お》かれていたボースタル少年院《しょうねんいん》の制服《せいふく》のことだ。上着が置いてあったのはポケットの紙切れと関係《かんけい》があるのだろうか？　パッチはその紙切れが何か重要《じゅうよう》なものだと思っているようだ。そのためにあの上着が残《のこ》され、代《か》わりに自分のジャケットが持ち去《さ》られてしまったのか？　もしそうなら、納屋《なや》の暗闇《くらやみ》の声の主《ぬし》も何かメッセージを期待《きたい》していたのだろうか？　もしかしたら、ぼくのツイードのジャケットのポケットに入っているとでも？　だとしたら、ひどく落胆《らくたん》したにちがいない。期待《きたい》してポケットを探《さぐ》った相手《あいて》は、役《やく》に立《た》たない物《もの》だらけで笑《わら》うしかなかっただろう。いつもばあやが用意《ようい》してくれる品《ひん》のいい清潔《せいけつ》なハンカチ、万年筆《まんねんひつ》と金色《きんいろ》の色鉛筆《いろえんぴつ》、キャンディ数個《すうこ》、何かのときに役《やく》に立ちそうな紐《ひも》、それに……適当《てきとう》な小石数個《こいしすうこ》と『白鯨《はくげい》』の本《ほん》。

パッチが待《ま》っているので、ビルは上着《うわぎ》のポケットに指《ゆび》を二本《ほん》入れて探《さぐ》った――宛名《あてな》のない封《ふう》をした無地《むじ》の角封筒《かくふうとう》が入っていた。

パッチが訊《き》いた。「何が入ってるか、知ってる？」

「知《し》らないよ」ビルは答《こた》えた。「これは――ゆうべ、納屋《なや》で渡《わた》されたんだ」少年院《しょうねんいん》の制服《せいふく》もそこで渡されたことは説明《せつめい》しなかった。「何が書《か》いてあるか見てみよう」と、ビルは思った。「そのあとで、最初《さいしょ》に出会《であ》った警察官《けいさつかん》に話さなくてはいけない」だが、おかしなことに、パッチを警察に引《ひ》き渡《わた》さなくてはならないと思うと、気持《きも》ちが暗《くら》くなった。〈にやついた刑事《けいじ》〉から救《すく》ってもらったことで、二人の距離《きょり》が縮《ちぢ》まり、仲間意識《なかまいしき》が芽生《めば》えていた。

パッチが封筒を開《あ》けた。

がらんとした廃墟《はいきょ》で、身《み》をかがめ、自分の目に触《ふ》れるはずのなかったメッセージをじっくり読むのは、ビルには恐《おそ》ろしく思える。〈にやついた若者《わかもの》〉もまだそれほど遠《とお》くまで行っているわけではない。目の前にいる少年は、感《かん》じがよく、ユーモアにあふれ、聡明《そうめい》なのにもかかわらず、犯罪者《はんざいしゃ》の仲間《なかま》なのだ。あいだにメッセージの書《か》かれた紙《かみ》を置《お》き、二人は目を凝《こ》らした。

折《お》りたたんであった片側《かたがわ》には合言葉《あいことば》が書かれていた。それは『マクベス』からの引用《いんよう》で、納屋《なや》でうとうとしていたビルに投《な》げかけられた言葉だ。そして、ビルは最初《さいしょ》に頭《あたま》に浮《う》かんだ言葉――夏休《なつやす》みの宿題《しゅくだい》に『マクベス』を選《えら》んだ者《もの》なら誰《だれ》でも思いつく言葉――を返《かえ》した。つまり「そいつはシェイクスピアだ」という誰かの声に、ビルは寝《ね》ぼけた声で言った。「そうさ。誰だって知ってるよ」そのやりとりは四《よ》つ折《お》りにした外側《そとがわ》の、封筒《ふうとう》を開《あ》けるとすぐに見えるところに書かれていた。

二人は紙をひっくり返《かえ》した。反対側《はんたいがわ》にはきれいにこう印刷《いんさつ》してあった。

霧《きり》が出た最初《さいしょ》の夜《よる》、ナイフはヴァイオリンからのメッセージを受《う》け取《と》り、小麦粉《こむぎこ》を集《あつ》めるためにボトルといっしょにバラ色《いろ》のデヴォンへ行く。ナイフはかわいい少女と口論《こうろん》を続《つづ》ける。ヴァイオリンとボトルは待《ま》ち合《あ》わせ場所《ばしょ》、ザ・カレグ・ビカの先《さき》のTraeth yr Ynys で合流《ごうりゅう》する。１２３。

二人は顔《かお》を見合《みあ》わせ、ほとんど同時《どうじ》につぶやいた。「なんだか、わかる？」

そして、二人とも首《くび》を左右《さゆう》に振《ふ》った。

「ということは、まず解読《かいどく》しなくちゃいけないな」と、パッチは言い、自信《じしん》なさそうにビルを見た。「何かヒントはない？」

「きみなら何かわかるのかと思ってたんだけど」

「本腰《ほんごし》で取《と》りかかろう」パッチは言った。

少年たちは、今《いま》は長《なが》い草《くさ》に覆《おお》われている、かつての石《いし》の床《ゆか》に腹《はら》ばいになり、それぞれがメッセージの紙《かみ》にほっそりした小麦色《こむぎいろ》の手を添《そ》えた。

「きれいに爪《つめ》を手入《てい》れしてるんだな、女の子みたいだ」ちらりとビルの爪を見て、パッチが言った。

「ばあやがやったんだよ」ビルはそんなことより、メッセージの内容《ないよう》を考えていた。

「へえ、そう。いっしょに連《つ》れて来《き》てないのかい？」パッチは皮肉《ひにく》を言ったが、すぐに紙《し》面《めん》に注意《ちゅうい》を戻《もど》した。「**霧《きり》が出た最初《さいしょ》の夜《よる》、ナイフはヴァイオリンからのメッセージを受《う》け取《と》り**……そもそも、どうやってナイフがメッセージを受け取れるんだろう？」

「もしかしたら、ヴァイオリンをナイフでこじ開《あ》けるのかな」ビルは力《ちから》なく言った。

パッチは何も言わず、少《すこ》したってからゆっくり口を開《ひら》いた。「ナイフで、という意味《いみ》だね。うん、そうか」

ビルは〈にやついた刑事《けいじ》〉の言葉《ことば》を思い出した――「ウィリアム・フィップスという名《な》前《まえ》だが、〈ナイフ〉というニックネームで知られている」ビルはパッチの妹《いもうと》に自己紹介《じこしょうかい》をしてからずいぶん時間《じかん》がたったように感《かん》じた。もちろん、パッチ自身《じしん》にも妹から伝《つた》わっているはずだが、あのとき、名前を訊《き》かれて「ぼくは、ビル……」と言いよどみ、名字《みょうじ》までは言わなかった。ウィリアムの愛称《あいしょう》はビル。だから、パッチはぼくがウィリアム・フィップス、つまり、〈ナイフ〉だと勘違《かんちが》いしたのだ。〈ナイフ〉は何か月《げつ》もダートムアの少年院《しょうねんいん》に収容《しゅうよう》されていた。きれいに手入《てい》れされた爪《つめ》を見て驚《おどろ》いたのも無理《むり》はない。ばあや、のことは悪《わる》いジョークだと思ったのだろう。

もし、ぼくが〈ナイフ〉なら、パッチは誰《だれ》なんだ？　悪党仲間《あくとうなかま》の一人じゃないのだろうか？　このままもう少《すこ》し様子《ようす》を見てみよう、とビルは思った。

「**小麦粉《こむぎこ》を集《あつ》めるためにボトルといっしょにバラ色《いろ》のデヴォンへ行く**」パッチが続《つづ》きを読《よ》み上《あ》げた。

「なんのボトルだろう？」ビルはつぶやいた。

「たぶん、空《から》のボトルで、そこに小麦粉《こむぎこ》を入《い》れるんじゃないかな」

「小麦粉はボトルなんかに入れないよ。それに、小麦粉を買《か》うのにどうしてデヴォンまで行くんだ？」

「お互《たが》い、面食《めんく》らうばかりだな」パッチはビルを見つめた。

「きみからヒントをもらえると思ってたんだけど」と言って、ビルはすぐに付《つ》け足《た》した。

「ここで会《あ》ったのはそのためかと思ってた」

「ぼくたちと会うことを予想《よそう》していたのかい？」

「誰《だれ》かと会うことになっているとだけね。合言葉《あいことば》を知《し》ってたから、当然《とうぜん》、相手《あいて》はきみだと思ったんだ」

「手を貸《か》すように言われただけだよ」と、パッチは言った。

「この文《ぶん》のヒントは何も知らないわけだね？」

「きみがメッセージを持《も》ってくるはずだということしか知らないよ。『バラ色《いろ》のデヴォン』っておかしくないか？　『赤い《レッド》デヴォン』なら聞いたことがある。赤土《あかつち》だからね」

「うん」ビルも同意《どうい》した。「ああ、それが――」

ビルはこう言おうとしたのだ。「ああ、それが、ぼくの名字《みょうじ》の由来《ゆらい》なんだ。祖先《そせん》は赤土《レッド》のデヴォンの大地主《おおじぬし》で、世代《せだい》が下《くだ》るうちにスペリングがReddeven《レデヴン》になり、それが名字になった……」だが、ビルはすぐに自分《じぶん》が今《いま》、ビル・レデヴンではなく、ウィリアム・フィップスであることを思い出して、口をつぐんだ。もう一度《ど》、じっと紙面《しめん》に視線《しせん》を落《お》とすと、急《きゅう》に目の前で霧《きり》が渦《うず》を巻《ま》き、手にしていた紙《かみ》が震《ふる》え、ビルは小さいがはっきりした声でこうつぶやいた。「たぶん、これはRed Devonを意味《いみ》しているんだ。レデヴンという場所《ばしょ》がある――レデヴン館《かん》だ」

「でも、レデヴンの小麦粉《こむぎこ》に何か不思議《ふしぎ》な特性《とくせい》があるのかな?」パッチは言った。

レデヴンの小麦粉《フラワー》。レデヴンの花《フラワー》――その名《な》とともに何世代《なんせだい》にもわたって受《う》け継《つ》がれてきた比類《ひるい》のないルビーの宝飾品《ほうしょくひん》だ。名前のレッド・デヴォンがレデヴンへと変《か》わったのとは違《ちが》い、いくつものドロップデザインのダイヤモンドやエメラルドの葉《は》に囲《かこ》まれたルビーの薔薇《ばら》は、精巧《せいこう》な台《だい》の上で変わらぬ輝《かがや》きを放《はな》ち続《つづ》けてきた。値《ね》をつけられないほど貴重《きちょう》で、ほかの宝飾品と比較《ひかく》にならないくらいすばらしい〈レデヴンの花〉、ビルの母《はは》が所有《しょゆう》している数多《かずおお》くの高価《こうか》な所持品《しょじひん》の中でも最高《さいこう》の物《もの》。ビルは頭《あたま》がくらくらし、声《こえ》を抑《おさ》えながら言葉《ことば》を発《はっ》しなくてはならなかった。「そこには宝石《ほうせき》がある――〈レデヴンの花〉と呼《よ》ばれる宝石《ほうせき》が……」

「宝石はボトルには入《い》れないよ」パッチは下唇《したくちびる》を突《つ》き出《だ》した。

「ナイフはヴァイオリンからのメッセージを受《う》け取《と》り、小麦粉《こむぎこ》を集《あつ》めるためにボトルといっしょにバラ色《いろ》のデヴォンへ行く」

「もしかしたら、ボトルはリラックスさせるためのものじゃないかな」ビルは作《つく》り笑《わら》いを浮《う》かべた。「ウィスキーとかブランデーとか、そんなような……」

「きっとブランデーだな」パッチが言った。

「そうすると『ブランデーを持《も》ってレデヴン館《かん》へ〈レデヴンの花〉を取《と》りに行く』ということか。ブランデーが人の名前《なまえ》という可能性《かのうせい》はないかな?」ビルは訊《き》いた。

「ブランデーなんて名前の人、聞いたことある?」

「ブランドンなら、うちの――いや、知り合いにいるよ」ビルはそう言った。これで、パズルのもう一つのピースが入《はい》るべき場所《ばしょ》に収《おさ》まった。

ブランドンがきのう、ロールスロイスでダートムアへ出かけることにこだわった理由《りゆう》はこれだったのだ。すべてがうまくいっていれば、彼は〈坊《ぼっ》ちゃん〉をレディ・アーデンのところに送《おく》り届《とど》けてから、犯行《はんこう》をおこなっていただろう。ところが、そううまくは行かなかった。霧《きり》が濃《こ》すぎて荒《あ》れ地《ち》での走行《そうこう》に時間《じかん》をとられたため、予定通《よていどお》りに事《こと》を運《はこ》ぶことができなかった。しかたなく、ビルを途中《とちゅう》で放《ほう》り出《だ》し、車《くるま》の盗難《とうなん》が早《はや》めに見つかるというリスクを負《お》うことになった。結局《けっきょく》、たいしたリスクではなかった。実際《じっさい》にそうだったように、少年は、一晩中《ひとばんじゅう》、霧《きり》の中をさまよい歩《ある》く可能性《かのうせい》が高《たか》く、犯行《はんこう》についての警告《けいこく》を発《はっ》することはできなかったのだから。それに、ブランドンは館《やかた》でぐずぐず手間《てま》取《ど》ることもないだろう。今《いま》、この新《あたら》しい観点《かんてん》から見れば、〈レデヴンの花〉を盗《ぬす》む際《さい》、彼は屋敷内外《やしきないがい》の間取《まど》りや配《はい》置《ち》をすっかり覚《おぼ》えていたにちがいない。

「つまり、そのブランドンもこっち側《がわ》の人間《にんげん》だってこと?」パッチが訊《き》いた。

「そう、こっち側だよ。そういう言い方《かた》をすればね。夜《よる》までのあいだに霧の中ではぐれてしまったんだ」ビルは、自分《じぶん》が凶暴《きょうぼう》な〈ナイフ〉だということになっているのを思い出しながら言った。「だから、彼はもう戻《もど》っていると思うよ。一人でレデヴン館《かん》へ」

パッチはメッセージの先《さき》を読《よ》んだ。「**ナイフはかわいい少女と口論《こうろん》を続《つづ》ける。**そんなときに少女と口論するなんてばかげてるね」

「どんなときだって、女の子と口論だなんてばかげてるよ」ビルは言った。「議論《ぎろん》を始《はじ》めたとたん、何について話《はな》してるんだかわからなくなって、男はひどく当惑《とうわく》させられる。女相手《あいて》なんて耐《た》えられない」

「妹《いもうと》はそんなことないよ」パッチは言った。

「そうかもしれないな。それに、とてもかわいいし……。でも、いっしょに来てくれたのがきみで、ほんとにほっとしてるよ。こういうことをいっしょにやるとなるとね」ビルは紙切《かみき》れをひらひらさせた。「女の子と」

「妹はそんなことないって」パッチはそう繰《く》り返《かえ》したあと、考え込《かんがこ》んだ様子《ようす》で言い添《そ》えた。

「さっきの男、もう妹に追《お》いついたかな」

ビルはぞっとした。「彼女《かのじょ》がポニーでタヴィストックへでかけたことを忘《わす》れてた！　どうしてあいつに妹さんのあとを追《お》わせたりしたんだい？　どこか別《べつ》の方角《ほうがく》へ出かけたことにすればよかったのに」

「妹はあの男よりだいぶ先《さき》にでかけてるから」パッチはたいして気にも留《と》めていないようだ。「最後《さいご》に姿《すがた》を確認《かくにん》したとき、一マイル以上《いじょう》は離《はな》れていたんじゃないかな。それに、妹ならあいつにもうまく対応《たいおう》するだろう。機転《きてん》が利《き》くからね。さあ、この先《さき》を検討《けんとう》しよう。そうしないと、いつまでたっても終《お》わらない。かわいい少女と口論《こうろん》のところは置《お》いておこう。どっちみち霧《きり》の中でブランドンとはぐれて、きみにはできないんだし。次《つぎ》はこうだ。ヴァイオリンとボトルは待《ま》ち合《あ》わせ場所《ばしょ》、ザ・カレグ・ビカの先《さき》の Traeth yr Ynys で合流《ごうりゅう》する。123」

「ここはいい」ビルは言った。「よく意味《いみ》がわかる。英語《えいご》じゃないっていうのに!」

「たぶん、イングランドじゃないんだよ。どうやらそこが、彼《かれ》らが――というか、ぼくたちが――落《お》ち合《あ》う場所《ばしょ》なんだ。yr だけの単語《たんご》なんて奇妙《きみょう》だね。もしかしたら、暗号《あんごう》かな」

「このメッセージにあるほかの単語は暗号じゃないよ」ビルが言った。「綴《つづ》り字形式《じけいしき》の暗号じゃないって意味《いみ》だけどね。ただ、おかしな綴りに変《か》えてるだけで。その次《つぎ》の単語の頭《あたま》にもYがあるね。なんだかウェールズ語《ご》みたいだな、ウェールズ語はYだらけだから」

パッチはその単語を発音《はつおん》しようとした。「トラ……イス……ああ、だめだ！ この奇《き》っ怪《かい》な単語、うまく発音できないなあ」

この台詞《せりふ》を、ごく最近《さいきん》どこかで聞《き》いた気がする、どこだっただろうか、とビルは考《かん》えた。「この奇っ怪な単語、ちゃんと発音できやしねえ」バーグルじいさんだ！ 〈やかまし屋の《アーグル・》じいさん《バーグル》〉が……別《わか》れ際《ぎわ》にブランドンと話していた……聞き流《なが》していた前座席《まえざせき》の会話《かいわ》を、ビルは懸命《けんめい》に思い出そうとした。霧《きり》がどうのこうの……〈あいつ〉がどうのこうの……それから、「バーグル、憶《おぼ》えてるか?」

バーグルはトラサウナスと聞こえるような言葉《ことば》を発《はっ》し、「この奇《き》っ怪《かい》な単語《たんご》、ちゃんと発音《はつおん》できやしねえ」と、こぼしていたのだ。そして、ブランドンが「島の入り江《ベイ・オブ・ジ・アイランド》」と説明《せつめい》を加《くわ》えたあと、ビルのほうを振《ふ》り向《む》いてきつい口調《くちょう》で言った。「窓《まど》は閉《し》めとけって言ったはずだろ！」

アーグル・バーグルは「口論《こうろん》をする」という意味《いみ》の方言《ほうげん》だし、バーグルじいさんは〈ザ・プリティガール〉号《ごう》という船《ふね》を持《も》っている。「ナイフはかわいい少女と口論を続《つづ》ける」とは、「〈ナイフ〉は〈ザ・プリティガール〉号でバーグルじいさんといっしょに行く」という意味《いみ》だ。

これですべて説明がつき、「123」だけが残《のこ》った。

「時間《じかん》だな」パッチが言った。「そうにちがいない。ほかのことについては具体的《ぐたいてき》な指示《しじ》があるのに、時間だけが抜《ぬ》けている。それから、三時《じ》ということはないな。今日《きょう》の三時までにウェールズに行くのは無理《むり》だから」

「あしたの午前《ごぜん》三時なら別《べつ》だけど」ビルは言った。

「真《ま》っ暗《くら》だぞ」

こうして、解読《かいどく》されたメッセージはこうなる。「霧《きり》が出た最初《さいしょ》の夜《よる》、〈ナイフ〉はヴァイオリンからのメッセージを受《う》け取《と》り、宝石《ほうせき》を盗《ぬす》むためにブランドンといっしょにレデヴァン館《かん》へ行く。そのあと、〈ナイフ〉はバーグルといっしょに〈ザ・プリティガール〉号《ごう》に乗《の》る。ブランドンはヴァイオリンといっしょに待《ま》ち合《あ》わせ場所《ばしょ》であるザ・カレグ・ビカの向《む》こうの〈島《しま》の入《い》り江《え》〉へ行く。予定時刻《よていじこく》は明朝午前《みょうちょうごぜん》三時《じ》」

最後《さいご》の数語《すうご》は怪《あや》しいが、ザ・カレグ・ビカというのはウェールズの地名《ちめい》にちがいない。

もし、ビルが〈ナイフ〉なら、しくじったことになる。だけど、どうだろう。

さっきパッチはこう言った。「今日《きょう》の三時までにウェールズに行くのは無理《むり》だ」すると、これから向かうことになるのか。

そして、ビル・レデヴァンはここにいる。裕福《ゆうふく》な田舎《いなか》の大地主《おおじぬし》の息子《むすこ》として、これまでずっと甘《あま》やかされた少年が、危険《きけん》な犯罪者《はんざいしゃ》のふりをして仲間《なかま》と何か企《たくら》んでいる。しかも、その組織《そしき》を束《たば》ねているのが彼《かれ》なのだ。そして、今《いま》は、ダートムアの真《ま》っ只中《ただなか》にたった一人でいる。おまけに、ビルがこれまで目にしたもっとも冷酷《れいこく》で恐《おそ》ろしい男――謎《なぞ》めいた『マクベス』の引用《いんよう》を使《つか》う男――がそれほど離《はな》れていないところにいて、騙《だま》されたことに激怒《げきど》している。

ビルはゆっくり立《た》ち上《あ》がると、メッセージの紙《かみ》をたたんで上着《うわぎ》のポケットに入れ、しばらく立ち尽《つ》くしたまま考え込《かんがこ》んだ。もう戻《もど》ることのできないところまで来てしまった。ぼくは知りすぎた。そのことは、パッチもわかっている。それに、母《はは》の宝飾品《ほうしょくひん》が危険《きけん》にさらされていること――夜《よる》までに盗《ぬす》まれ、バーグルの船《ふね》でウェールズのどこかにある〈島の入《しまい》り江《え》〉に運《はこ》ばれること――を知っているのは、盗人《ぬすっと》たちをのぞいて世界中《せかいじゅう》でビル一人なのだ。そして、その島に、パッチは向《む》かおうとしている。パッチを自分《じぶん》の目の届《とど》かないところに行かせてはならない。

けれども、ビルは孤独《こどく》と恐怖《きょうふ》を感《かん》じていた。突然《とつぜん》、胃《い》が凍《こお》りつくような鋭《するど》い痛《いた》みを覚《おぼ》え、両手《りょうて》で顔《かお》を覆《おお》った。

恐《おそ》ろしい金切《かなき》り声《ごえ》が響《ひび》き渡《わた》ったかと思うと、何かが顔にぶつかった。両手《りょうて》で覆っていたせいで目を防護《ぼうご》することはできた。両手首《りょうてくび》に焼《や》かれたような痛《いた》みがあり、生温《なまあたた》かい血《ち》が腕《うで》に一《ひと》すじ滴《したた》り落《お》ちた。ビルはその衝撃《しょうげき》で後《うし》ろによろめき、窓《まど》を縁《ふち》どる崩《くず》れた石壁《いしかべ》に頭《あたま》をしたたか打《う》ちつけた。ふと荒《あ》れ地《ち》の向こうに視《し》線《せん》を向けた。〈にやついた刑事《けいじ》〉がこの廃屋《はいおく》へと足早《あしばや》に近《ちか》づいてくる。のんびり歩《ある》いて時間《じかん》を無駄《むだ》にしてはいなかった。

（註）マクベス（Macbeth）という名《な》の探偵《たんてい》が出《で》てくる小説《しょうせつ》として、E・C・ビートンが書いたスコットランドの巡《じゅん》査《さ》ハミッシュ・マクベスを主人公《しゅじんこう》としたシリーズがありますが、一九八五年《ねん》に第《だい》一作《さく》が発表《はっぴょう》されたシリーズなので、四九年発表の本作《ほんさく》の「マクベス探偵」には該当《がいとう》しません。では、本作発表以前《いぜん》にマクベスという名前《なまえ》の探偵が存在《そんざい》していたのか、世界《せかい》のミステリの専門家《せんもんか》たちに訊《き》くなどして調《しら》べてみたのですが、今《いま》のところ、発見《はっけん》にいたっておりません。よって、マクベス探偵というのは戯曲《ぎきょく》『マクベス』を勉強中《べんきょうちゅう》のビルのかん違《ちが》い（作者《さくしゃ》ブランドの創《つく》り出《だ》した架《か》空《くう》の探偵）と考《かん》えるのが妥当《だとう》かと、訳者《やくしゃ》とも協議《きょうぎ》の上、判断《はんだん》しました。（山口雅也）

第五章

パッチがすぐそばにいた。「だいじょうぶ？　怪我《けが》してない？　引《ひ》っかかれた？　サンタだよ。何かに怯《おび》えたらしくて、窓《まど》から飛《と》び込《こ》んできたんだけど、きみが立ってるのがわかったときには手後《ておく》れで止《と》まれなかったんだ」パッチはちらりと窓の外を見て言った。

「わかった！　サンタが怯えた理由《りゆう》が」

「ぼくが恐《おそ》れていたのもそれだよ」ビルもちょっとにやりとした。相手《あいて》が猫《ねこ》だとわかってほっとしたからだ。しかも、友だちの猫で、被害《ひがい》も手首《てくび》を一、二か所《しょ》引《ひ》っかかれたのと頭《あたま》への衝撃《しょうげき》だけですんだ。

「急《いそ》いでここを出ないと」パッチは片手《かたて》でサンタを抱《だ》き上《あ》げた。「おまえ、このわき腹《ばら》、あいつに何をされたんだ？」

ビスケット色《いろ》の美《うつく》しい毛《け》がくしゃくしゃになって濡《ぬ》れている。シャンプー後《ご》の感《かん》じでは

なく、長時間《ちょうじかん》そこだけをなめていたかのようだ。「きっと痛《いた》い思いをしたんだ」パッチはそう言って、早足《はやあし》でやってくる男のほうに目を向《む》けた。「そういうことか。あいつが立ち去《さ》ったとき、サンタはその辺《へん》にいた。あいつが戻《もど》ってくるのを見て、こんなに怯《おび》えてるのはどういうことだと思う？」

「まさか、あの男がサンタを痛《いた》めつけたってこと？」

「通《とお》りすがりに蹴《け》りでも入れられたんだろう。きついのを見舞《みま》われたんだな。かわいそうに」パッチは猫《ねこ》を抱《だ》き寄《よ》せ、かわいい頭《あたま》を優《やさ》しく撫《な》でた。サンタはもっと撫でてもらおうと耳《みみ》を伏《ふ》せたが、青《あお》い目は崩《くず》れた塀《へい》の間《あいだ》を不安《ふあん》そうに見つめている。

「だいじょうぶだよ、サンタ」それから、「さあ、行くよ」と声をかけられて、ビルはほっとした。パッチは先《さき》に立って廃墟《はいきょ》の別《べつ》の部屋《へや》を足早《あしばや》に通《とお》り抜《ぬ》け、二頭《とう》のポニーが静《しず》かに草《くさ》を食《は》んでいる場所《ばしょ》に出た。

「あれっ」ビルは声を上《あ》げた。「一頭には妹《いもうと》さんが乗《の》っていったんじゃなかった？」

「きみのために、妹が返《かえ》してくれたんだよ」パッチは愛情《あいじょう》のこもった目をポニーに向けた。「必要《ひつよう》なときにちゃんと戻《もど》ってくるよう訓練《くんれん》してあるんだ。そういう芸《げい》をいろいろ覚《おぼ》えさせてある」愛《いと》しいポニーを誇《ほこ》らしげに見やった。「ぼくはこっちに乗るから、きみはビンキーに乗《の》って」

パッチは猫《ねこ》を肩《かた》にのせたまま、ポニーの腹帯《はらおび》を締《し》めて、軽々《かるがる》と背中《せなか》に飛《と》び乗った。「こっちの丘《おか》を回《まわ》っていくことにしよう。そうすれば、向《む》こうの空《あ》き地《ち》に出るまで、あいつに姿《すがた》を見られなくてすむ。荒《あ》れ地《ち》には詳《くわ》しいんだよ」ビルは、短《みじか》い鐙革《あぶみがわ》に合《あ》わせて長《なが》い脚《あし》を縮《ちぢ》め、切《き》れのいい速歩《はやあし》で先導《せんどう》のパッチについていった。二頭《とう》のポニーは起伏《きふく》のある雑木林《ぞうきばやし》を、山羊《やぎ》のような確《たし》かな足取《あしど》りで進《すす》んでいく。パッチは片手《かたて》で軽《かる》く手綱《たづな》を握《にぎ》り、鞍《くら》の前橋《ぜんきょう》で体《からだ》を丸《まる》めているサンタをもう一方《いっぽう》の手でしっかりつかんでいた。パッチとサンタは乗《じょう》馬《ば》に慣《な》れているようだ。乗り手と猫とポニーが一体《いったい》となっている。ビルも教育費《きょういくひ》の予《よ》算内《さんない》で雇《やと》える最高《さいこう》の教師《きょうし》たちから乗馬《じょうば》レッスンを受《う》けてきたが、パッチがこの小さな馬《うま》を品《ひん》よく自然《しぜん》に乗りこなしているのを、うらやましいと思わずにはいられなかった。つま先《さき》は内《うち》向《む》きでしっかり踵《かかと》を下《さ》げ、上下《じょうげ》に揺《ゆ》れているあいだもけっして鞍から離《はな》れず、騎乗《きじょう》している馬《うま》と一体化《いったいか》している。ポニーのトッピーも自分《じぶん》が愛情《あいじょう》と信頼《しんらい》を置《お》いている人物《じんぶつ》が手綱を取《と》っていることをわかっているようで、気持《きも》ちのよい駈歩《キャンター》で開《ひら》けた場所《ばしょ》へと進《すす》んでいく。駈歩《キャンター》が襲歩《ギャロップ》へと変《か》わり、二人はできるだけスピードを出して、止《と》まって後《うし》ろを振《ふ》り返《かえ》ることもなく、どこに危険《きけん》が潜《ひそ》んでいるかわからない荒れ地を横断《おうだん》した。

一時間《じかん》ほど走《はし》ったころ、二人は手綱《たづな》を引《ひ》いてポニーを止《と》め、息《いき》を切《き》らしながら後《うし》ろを振《ふ》り返《かえ》った。すばらしい朝《あさ》だ。荒《あ》れ地《ち》は重苦《おもくる》しい霧《きり》を振《ふ》り払《はら》い、今《いま》は何マイルも続《つづ》く起伏《きふく》に富《と》んだ雄大《ゆうだい》な姿《すがた》を見せている。霧によって隠《かく》されることなどなかったかのような見渡《みわた》す限《かぎ》りの青空《あおぞら》の下で。人家《じんか》一つ、白《しろ》く続く道路《どうろ》一本《ぽん》なく、ただ鳥《とり》がのんびりと九月の空《そら》を旋回《せんかい》し、岩《いわ》の上でひなたぼっこをしていた一匹《ぴき》の蛇《へび》が、向《む》きを変《か》えて下生《したば》えの中へと身《み》を潜《ひそ》めた。

「〈にやついた刑事《けいじ》〉にはお似合《にあ》いの相棒《あいぼう》だな」蛇を見ながら、ビルは言った。

「あいつ、ほんとに刑事だと思う？」

「さあ、どうかな。『マクベス』のことは知ってたけど……」

「その合言葉《あいことば》は、もうロンドン警視庁《けいしちょう》にも知れ渡《わた》っているのかもしれない」

「そうかもしれないな」ビルはつぶやいた。本物《ほんもの》の〈ナイフ〉ならもっと真剣《しんけん》にそのことを心配《しんぱい》するにちがいない。だが、パッチや二頭《とう》のポニーのビンキーとトッピー、サンタクロース――軽《かろ》やかに地面《じめん》に降《お》りて、猫《ねこ》らしく気《き》ままに低木《ていぼく》の下をうろついている――といっしょにこの荒れ地を駆《か》け回《まわ》るのはとても心地《ここち》よかった。それに、〈にやついた若者《わかもの》〉ははるか後方《こうほう》だ。「これからどうする？」ビルは尋《たず》ねた。

「ウェールズに直行《ちょっこう》して、島《しま》の入《い》り江《え》に行くんだろ？」とパッチは言った。「ブランドンとの約束《やくそく》が守《まも》れなかったんだから、せめてワン・ツー・スリーの時《じ》刻《こく》に待《ま》ち合《あ》わせ場《ば》所《しょ》に行かなくちゃ」

ビルは自分が〈ナイフ〉であることをまた忘《わす》れていた。彼《かれ》は力《ちから》のない声でつぶやいた。

「その島がどこにあるにしろ……」

「それに、ワン・ツー・スリーが何時《じ》だとしても」パッチが言った。

「それにしても、ウェールズへはどうやって行ったらいい？　トッピーとビンキーに乗《の》ったままブリストル海峡《かいきょう》は渡《わた》れないよ」

試《ため》しにやってみてもいいという顔《かお》をしながら、パッチは言った。「移《い》動《どう》の途中《とちゅう》で考《かん》えよう」サンタを呼《よ》んでポニーのわき腹《ばら》を踵《かかと》でつついた。

ところが、サンタは現《あらわ》れなかった。

ビルはパッチの後《うし》ろで、ビンキーの手綱《たづな》を持《も》った。「いったいどこにいるんだろう」

「ついてくるさ。茂《しげ》みの中を走《はし》るのが好《す》きで、そのうち、急《きゅう》にトッピーの鞍《くら》に飛《と》びついてくるよ」

しかし、ビルはポニーから降《お》りて、背《せ》の高《たか》い草《くさ》の中を大股《おおまた》で歩《ある》いて行った。「ここにいるよ、パッチ。じっと動《うご》かないでいる。どうしてかな。怖《こわ》がってるみたいだ……」ビルは猫《ねこ》のほうに身《み》を乗《の》り出《だ》した。「どうしたの、子猫《こねこ》ちゃん。怪我《けが》でもしたのかい?」つり上《あ》がった大きな青《あお》い目は下草《したくさ》の一点《てん》を凝視《ぎょうし》している。サンタはぴくりとも動《うご》かなかった。何かに襲《おそ》われて、身《み》じろぎ一《ひと》つできず、恐怖《きょうふ》で体《からだ》が麻痺《まひ》してしまったように見える。「サンタが怖《こわ》い物《もの》は一つ」パッチはトッピーから飛《と》び降《お》りると、ポニーたちが大喜《おおよろこ》びで駆《か》け出《だ》さないうちに、ビルの手から落《お》ちた手綱《たづな》をつかんだ。「蛇《へび》だよ」

ビルの目にも蛇が見えた。

ねじれた木の根《ね》に足《あし》を取《と》られ、抜《ぬ》けようとサンタがもがいていたとき、大きな石《いし》の下でとぐろを巻《ま》いている蛇が目に入《はい》った。蛇は平《たい》らな頭《あたま》を地面近《じめんちか》くに低《ひく》く保《たも》ち、攻撃《こうげき》のポーズをとっている。愛《あい》らしい青い瞳《ひとみ》は、ぴくぴく動《うご》く蛇の目をじっと見下《みお》ろしている。ビルはまた、茶色《ちゃいろ》のスーツを着《き》た〈にやついた若者《わかもの》〉のことを思い浮《う》かべた。ビルには、サンタの心《こころ》に冷《つめ》たい恐怖が宿《やど》っているのがわかる。というのも、ビル自身《じしん》、あの恐《おそ》ろしい若者の目にちらつく作《つく》り笑《わら》いを目にしたとき、同《おな》じ恐怖を感じたからだ。蛇を目にして、ビルは気分《きぶん》が悪《わる》くなった。自分《じぶん》が何をしようとしているかを考《かんが》えただけで、心《こころ》が凍《こお》りついた。しかし、それしか方法《ほうほう》はない。ズボンのポケットに手を入《い》れ、十五歳《さい》の誕生日《たんじょうび》に母《はは》からもらった金《きん》の柄《え》のペンナイフを探《さぐ》ると、すぐさま光《ひか》る刃《やいば》を開《ひら》いて身構《みがま》え、一気《いっき》に振《ふ》り下《お》ろした。彼《かれ》の鋭敏《えいびん》な目には、家庭教師《かていきょうし》や狩《か》りの指導者《しどうしゃ》、自宅《じたく》で訓練《くんれん》してくれた人々の誇《ほこ》りと喜《よろこ》びが見えるようだった。刃《は》の切《き》っ先《さき》は恐《おそ》ろしい生《い》き物の後頭部《こうとうぶ》に突《つ》き刺《さ》さり、蛇《へび》はほんの一瞬《いっしゅん》、苦悶《くもん》に身《み》をよじらせたあと、静《しず》かになった。小さな目の催眠術《さいみんじゅつ》から解放《かいほう》されたサンタは、木の根《ね》にはさまった前肢《まえあし》を振《ふ》りほどき、ビルの肩《かた》に飛《と》び乗《の》って、喉《のど》の奥《おく》からロールスロイスのエンジン音《おん》に似《に》た勝《か》ち誇《ほこ》った声を出した。蛇の断末魔《だんまつま》の光景《こうけい》に、ビルは胸《むね》が悪《わる》くなり、両手《りょうて》で温《あたた》かい猫《ねこ》の体《からだ》を抱《だ》きしめたまま、立ち尽《つ》くしていた。一方《いっぽう》、パッチは二頭《とう》のポニーの手綱《たづな》を手首《てくび》に巻《ま》き付《つ》けてわきに立ち、静《しず》かにつぶやいた。「〈ナイフ〉だ」そして、トッピーの鞍《くら》に跨《また》がり、ビルを待《ま》つことなく、速歩《はやあし》でポニーを走《はし》らせた。

ビルもポニーに乗《の》って、パッチについていった。「気分《きぶん》がよくはなかったよ。でも、あするしかなかったんだ――サンタを助《たす》けるためには」

「もちろんだよ、わかってる」パッチは友だちらしい好意的《こういてき》な態度《たいど》を示《しめ》し、自分《じぶん》の猫を救《すく》ってくれたことへの謝意《しゃい》を表《あらわ》した。「正《ただ》しい対応《たいおう》だったよ。それに、みごとな腕前《うでまえ》だ。扱《あつか》いに慣《な》れているから当然《とうぜん》なんだろうけど。ぼくみたいな一般人《いっぱんじん》はあんまり好《す》きじゃなくてね、ナイフは」

「見渡《みわた》したところ、適当《てきとう》な棒《ぼう》がなかったんだ。とにかく、サンタを解放《かいほう》してやらなくちゃいけなかったから」

「もちろんだよ」パッチはなんとか好意《こうい》を示《しめ》そうとしている。

「それに、あんなでかい蛇《へび》に嚙《か》まれるとひどいことになりかねない」

「そうだよ、とってもひどいことになる」パッチは言い添《そ》えた。「ナイフはそのままでいいのかい？」

「かまわないよ」ビルは恐《おそ》ろしい蛇に近《ちか》づいて、ナイフを引《ひ》き抜《ぬ》くことができなかった。黙《だま》っていても、母《はは》が新《あたら》しいのを買《か》ってくれるだろう。「ほかのを手に入《い》ればすむことさ」

「ああ、そうだね」パッチは、金《きん》の柄《え》のナイフがビルベリーの茂《しげ》みに生《は》えているかのような口ぶりで答《こた》えた。もっともビルは、宝石店《ほうせきてん》に押《お》し入《い》って新しいのを盗《ぬす》んでくると思われているのではないかと懸念《けねん》していた。

二人は申《もう》し合《あ》わせたように、話題《わだい》を元《もと》に戻《もど》した。「これからどこへ向《む》かえばいいんだろう」

「そうだね」パッチは答えた。「ウェールズまでポニーを連《つ》れていくわけにはいかないな。海沿《うみぞ》いの道《みち》を行って、どこかでポニーを置《お》いて、船《ふね》に乗《の》ろう」

「ウェールズのどのあたりをめざしたらいいかもわからないんだよ」

ビルはすでにバーグルじいさんと船《ふね》の話《はなし》をパッチにしていた。「漁師《りょうし》のじいさんは一番《いちばん》近《ちか》い場《ば》所《しょ》をめざすんじゃないか？」

「コウブリッジ近辺《きんぺん》かな」と、ビルは答《こた》えた。今《いま》思うと、いくつもの集中個人指導《しゅうちゅうこじんしどう》を受《う》けたことが役《やく》に立っている。頭《あたま》の中にグレイト・ブリテン島《とう》の地図《ちず》をはっきり描《えが》くことができる。サマセット州《しゅう》の北岸《ほくがん》、その隣《となり》がデヴォン州、さらにその隣にコーンウォール州、セヴァーン川を挟《はさ》んだ北側《きたがわ》にはウェールズの南岸《なんがん》が広《ひろ》がり、川はしだいに広くなってブリストル海峡《かいきょう》に注《そそ》ぐ。バーグルじいさんはノース・デヴォンの小さな漁師町《まち》リントンから船を出す。レデヴン館《かん》や村《むら》からは十二マイル、今ビルたちがいるダートムアの丘陵《きゅうりょう》からは四十マイル離《はな》れたところだ。そこから一番近い港《みなと》は、サウス・ウェールズのブリジェンドに近いコウブリッジだろう。「だけど、ガワー海岸《かいがん》も人気《ひとけ》のないところでね」ビルは言った。

「それに〈ザ・プリティガール〉号《ごう》みたいなディーゼル・エンジンの船でもそんなに遠《とお》くはないよ。スウォンジー南部《なんぶ》のどこか、ガワーをめざしているのかもしれないな」

「そうすると」パッチが口を開《ひら》いた。「ぼくたちはリントンへ行って、彼《かれ》がどこに向《む》かうつもりかを調《しら》べるしかないね」

「そのあとあっちに先回《さきまわ》りする」

「あるいは、いっしょに船《ふね》に乗《の》る！」

「または、船を出すこと自体《じたい》をやめさせる！」

「そんなこと、できるわけないだろう？」パッチはじれったそうに言った。「彼《かれ》は盗品《とうひん》を持《も》って逃《に》げなくちゃならないんだぞ」

「そうだね、もちろん」ビルは慌《あわ》てて言いつくろった。この先《さき》、と彼は思った。自分《じぶん》が凶《きょう》悪犯《あくはん》だというのを忘《わす》れないようにしなくちゃね。それも、自分の母親《ははおや》の盗《ぬす》まれた宝石《ほうせき》を持って逃げている凶悪犯だということを。

「リトル・セント・メアリーズという村《むら》を知っている」しばらく黙《だま》って考《かんが》え込《こ》んだのち、パッチがつぶやいた。「こっち側《がわ》のクレディトンにあるから、そこをめざしたらいいんじゃないかな。汽車《きしゃ》を探《さが》してみよう」

「リントン行きの？」

「そう、リントンへ。ただ、金《かね》がないんだよね。ぼくは二シリング四ペンスしか……」

「二、三ポンドあるよ」と言おうとして、ビルは財布《さいふ》がないことを思い出した。ジャケットのポケットに入れてあったので、現金《げんきん》もいっしょに奪《うば》われてしまった。レデヴン家《け》の坊《ぼっ》ちゃまが友だちの分《ぶん》と合《あ》わせて二シリング四ペンスしか所持金《しょじきん》がないなんて、初《はじ》めての体《たい》験《けん》だ。「無一文《むいちもん》だよ」

「この三か月《げつ》、稼《かせ》ぎが少《すく》なかったんだな？」ビルは、ばあやを連《つ》れて少年院《しょうねんいん》に入《はい》ったのか、と訊《き》かれたのと同《おな》じくらいきつい皮肉《ひにく》を感《かん》じた。

「スリをやるより槙肌《まいはだ》〔ヒノキやコウヤマキの甘皮《あまかわ》を砕《くだ》いて繊維《せんい》とした物《もの》で、舟《ふね》や桶《おけ》などの水漏《みずも》れを防《ふせ》ぐために合わせ目や継《つ》ぎ目に詰《つ》めるのに使《つか》われる〕を作《つく》っていたからね」ビルも皮肉たっぷりに言い返《かえ》した。

「槙肌ってなんだろうってずっと興味《きょうみ》があったんだ。ともかく」パッチは陽気《ようき》に言った。「気をつけないと、いつぼくもその作業《さぎょう》をさせられるかわからないね」

ビルは槙肌がどういうものなのか見当《けんとう》もつかなかった。「ばかだな。ボースタル少年院ではそんなことさせないよ。そんなことをさせるのは普通《ふつう》の刑務所《けいむしょ》だけさ」

パッチは槙肌への関心《かんしん》を失《うしな》っていた。普通の刑務所でおこなわれている作業についても興味はなかった。普通の刑務所に入る資格《しかく》を得《え》られるのはまだ遠《とお》い先《さき》の話だから。「どこかで金《かね》を盗《ぬす》んでこなくちゃいけないね」

ビルは少し動揺《どうよう》した。「それより……どっかの親切《しんせつ》な人にポニーを売《う》るわけにはいかない？　どっちみち、もう必要《ひつよう》ないし……」

「トッピーとビンキーを売《う》るっていうのか？」

「もちろん、どこかのとても親切《しんせつ》な人に」

「それはできないな」パッチは断《ことわ》った。

「ポニーはどこかに置《お》いていかなくちゃならないだろ？　いちおう売ることにして、戻《もど》ってきたときに買《か》い戻《もど》せば……」

「酷使《こくし》されるかもしれない」

「だったら、ポニーはどうするんだい？」ビルは訊《き》いた。

「妹《いもうと》に連絡《れんらく》しておくよ」少《すこ》し考《かんが》えてから、パッチは答《こた》えた。「妹なら一頭《とう》に乗《の》って、もう一頭の手綱《たづな》を引《ひ》っ張《ぱ》っていけるから、だいじょうぶ」

最後《さいご》に見たとき、彼女《かのじょ》はここよりさらに南《みなみ》のタヴィストック方面《ほうめん》へ向《む》かっていた。「どうやって連絡を取《と》るの？」

「最初《さいしょ》の村《むら》に着《つ》いたら、タヴィストックへ電話《でんわ》するよ」と、パッチは言った。「妹にバスでリトル・セント・メアリーズに来てもらおう。あるいは、汽車《きしゃ》のほうが早《はや》いかな」

疲《つか》れたポニーに乗って、ようやく二人は小さな村の通《とお》りに出た。パッチはひょいとポニーを降《お》りるとトッピーの手綱をビルに渡《わた》して、言った。「ここで待《ま》ってて。郵便局《ゆうびんきょく》へ行って訊《き》いてみるよ。妹《いもうと》からのメッセージが届《とど》いているかもしれないから」妹を呼《よ》んでこの村《むら》で会《あ》えるという自信《じしん》があるらしく、パッチはゆっくり歩《ある》いて行った。ビルはもう一頭《とう》の手《た》綱《づな》を持《も》ってビンキーに乗《の》ったまま、こんなことはばかげているのではないかともどかしく思いながら待《ま》っていた。すると、あろうことか、曲《ま》がりくねった通《とお》りをパッチの妹が歩いてくるではないか。

彼女《かのじょ》はビルのところにやってきた。「パッチはどこ？」

「郵便局《ゆうびんきょく》へ行ったよ。ポニーを連《つ》れに来てくれたのかい？」

「ええ、そうよ。パッチが連れ帰《かえ》ってもらいたがってるでしょ？」

ビルはポニーを降《お》りた。「そうなんだ。二頭とも連れて帰ってもらいたいって」

「それに、お金《かね》もいるんじゃない？　村を抜《ぬ》けたところの左側《ひだりがわ》に大きな白《しろ》い家《いえ》があるわ。そこで頼《たの》んでみるようにパッチに伝《つた》えて。渡《わた》してもらえるから。ただし、一人で行ったほうがいいわ」それだけ言い残《のこ》すと、彼女は軽々《かるがる》とトッピーの背《せ》に跨《また》がり、もう一頭の手綱を取《と》ってUターンして走《はし》り去《さ》った。ビルは一人残《のこ》され、まだ彼女の後《うし》ろ姿《すがた》を見つめていた。

パッチが郵便局から出て、戻《もど》ってきた。「メッセージはなかったよ。長《なが》いあいだ待たされたあげく、収穫《しゅうかく》なしだ」パッチはポニーがいなくなっているのに気がついた。「ああ、そうか、ここに来たんだね」

「ほんとに来るとは思わなかったよ」ビルは正直《しょうじき》な気持《きも》ちを口にした。

「双子《ふたご》には当人《とうにん》たちにしかわからない能力《のうりょく》があるんだ」ちょっと言《い》い訳《わけ》がましくパッチも認《みと》めた。「金《かね》のほうは？」

ビルは彼女《かのじょ》からのメッセージを伝《つた》えた。「きみが一人で取《と》りに行ったほうがいいと言ってたよ」

曲《ま》がりくねった村道《そんどう》を歩《ある》く二人の少年に目を留《と》める者《もの》はいなかった。一人は〈にやついた刑事《けいじ》〉がパッチの妹《いもうと》に外見《がいけん》に騙《だま》されないよう忠告《ちゅうこく》したように「気さくで、正直そうな顔《かお》、整《とと》った目《め》鼻《はな》立ち」をしている。もう一人は頭《あたま》一つ分《ぶん》、背《せ》が低《ひく》く、痩《や》せて脚《あし》が長《なが》く、潑剌《はつらつ》としていて、丸顔《まるがお》に繊細《せんさい》な目《め》鼻《はな》立ち、縮《ち》れ毛《げ》をなでつけた髪《かみ》をし、片目《かため》に不気味《ぶきみ》な黒《くろ》い眼帯《がんたい》をつけている。道路《どうろ》のカーブに、たしかに大きな白《しろ》い家があった。パッチは錬鉄製《れんてつせい》の門《もん》のわきに立った。「ここで待《ま》ってて。妹が一人で行くように言ったのなら」

門の反対側《はんたいがわ》に木立《こだち》の残《のこ》る狭《せま》い一画《いっかく》がある。この土地《とち》が農耕用《のうこうよう》に切《き》り開《ひら》かれたとき、森《もり》の一部《いちぶ》が残《のこ》されたらしい。まだらな日差《ひざ》しを受《う》け、鮮《あざ》やかな緑《みどり》の草地《くさち》に咲《さ》く無数《むすう》の小さな花を踏《ふ》みながら、ビルは歩《ほ》を進《すす》めた。倒木《とうぼく》に腰《こし》を下《お》ろすと、物思《ものおも》いにふけった。村《むら》に駆《か》け戻《もど》って地元《じもと》の警官《けいかん》をつかまえ、ゆうべの冒険談《ぼうけんだん》を話《はな》す機会《きかい》があるとすれば、今《いま》がそのときではないか。母《はは》の美《うつく》しい宝飾品《ほうしょくひん》〈レデヴンの花〉が、永久《えいきゅう》に失《うしな》われるかもしれない危険《きけん》にさらされている。代々《だいだい》受《う》け継《つ》がれてきた精巧《せいこう》な宝飾品がいくつかの宝石《ほうせき》とつぶれた台《だい》とにばらされ、本来《ほんらい》の価値《かち》が半減《はんげん》し、この世《よ》から消《き》えてしまう。それに、ブランドン――味方《みかた》のふりをしていたくせに、危険《きけん》な荒《あ》れ地《ち》でぼくを車《くるま》から放《ほう》り出《だ》した悪党《あくとう》――は、犯罪《はんざい》への道《みち》を突《つ》き進《すす》んでいることだろう。達人《たつじん》の手により使用《しよう》されたナイフは残虐非道《ざんぎゃくひどう》な行為《こうい》を生《う》み、都会的《とかいてき》な茶色《ちゃいろ》のスーツを着《き》た若者《わかもの》は不気味《ぶきみ》な笑《え》みをちらつかせ、世間《せけん》を闊歩《かっぽ》している。そして、パッチ――無頼《ぶらい》と親切心《しんせつしん》を併《あわ》せ持《も》った風変《ふうが》わりな少年――は、蛇《へび》にナイフを突《つ》き立てたことには目を背《そむ》けながらも、楽《たの》しそうにその行為者《こういしゃ》に同行《どうこう》している……。ビルの心《こころ》には暗《くら》い霧《きり》が立ちこめ、思考《しこう》は停止《ていし》し、衝動《しょうどう》が湧《わ》き上《あ》がり、理性《りせい》と闘《たたか》っていた。パッチを引《ひ》っ立てて警察《けいさつ》に引《ひ》き渡《わた》さなければならないのは耐《た》えられない。だが、そうしないのは愚《おろ》かであることも承知《しょうち》している。なるほど、パッチはそれによって彼自身《かれじしん》がきわめて危険にさらされるというときに、恐《おそ》ろしい〈刑事《けいじ》〉の目を欺《あざむ》いて、ビルを救《すく》ってくれた。だが、そのとき彼は、助《たす》けている相手《あいて》が通称《つうしょう》〈ナイフ〉として知られる凶悪《きょうあく》なウィリアム・フィップス当人《とうにん》だと思い込《こ》んでいたのだ。

誰《だれ》もみんな同《おな》じくらいの悪人《あくにん》だ、とビルは思い、悪人らしくないパッチの魅力《みりょく》――下《した》唇《くちびる》を突《つ》き出《だ》す様子《ようす》や滑稽《こっけい》でぶっきらぼうな、ちょっとうなるような声――にだまされまいと心《こころ》に決《き》めて目を閉《と》じた。「みんな悪人じゃないか。チャンスがあるうちに、今《いま》すぐ警《けい》察《さつ》に駆《か》け込《こ》まないなんて愚《おろ》か者《もの》だとしか思えない。あのメッセージを見せれば……」ビルはポケットからメモを取《と》り出《だ》した。自分《じぶん》が身《み》の証《あかし》を立てるための唯一《ゆいいつ》の物証《ぶっしょう》だ。ビルは立ち上がり、気が進《すす》まないながらも木立《こだち》のはずれまで重《おも》い足《あし》を引《ひ》きずっていった。ところが、突然《とつぜん》、後《あと》ずさりし、ふたたび倒木《とうぼく》の上にどすんと腰《こし》を下《お》ろした。

向《む》こうから、ビルがこれまで見たこともないほどの大男《おおおとこ》がこちらにやってくる。頭《あたま》は大きく、くたびれた黒《くろ》い帽子《ぼうし》の下から白《しろ》い髪《かみ》が、干《ほ》し草《ぐさ》の山《やま》のように四方八方《しほうはっぽう》に広《ひろ》がり、大きな白い顔《かお》には、干《ほ》しブドウ入りプディングのように小さな青《あお》い目が二つ埋《う》め込《こ》まれている。体《からだ》は象《ぞう》のように大きく、色《いろ》は象より明《あか》るいグレーだが、三サイズは上だと思えるぶかぶかのサマースーツを風《かぜ》にはためかせていた。脚《あし》は片方《かたほう》しかなく、もう片方には時代遅《じだいおく》れの木製《もくせい》の義足《ぎそく》をつけているが、その巨体《きょたい》を支《ささ》えるには考《かんが》えられないほど小さく細《ほそ》かった。ガツンコトン、ガツンコトン、ガツンコトン、木製の義足が埃《ほこり》っぽい路面《ろめん》を打《う》ちながら進《すす》んでくる。『宝島《たからじま》』のジョン・シルヴァー船長《せんちょう》のようだ。ビルはぞっとした。男は近《ちか》づきながら、高《たか》く甘《あま》い声で古《ふる》い歌《うた》を歌っていた。しかも、腕《うで》の下に彫刻《ちょうこく》の施《ほどこ》された変《か》わった形《かたち》の真《ま》っ黒《くろ》な物《もの》を抱《かか》えている。ヴァイオリンケースだ。

「じっとおとなしくしていれば」ビルは考《かんが》えた。「ぼくのことなんか目に入《はい》らないだろう。そのまま通《とお》り過《す》ぎてくれるはず」大男《おおおとこ》を見てなぜ怖《こわ》がらなくてはいけないのか、自分《じぶん》でもわからなかったが、ビルは口をつぐみ、身《み》じろぎもせず、心《こころ》の中で祈《いの》った。「どうか通り過ぎてくれますように！」

ガツンコトン、ガツンコトン、ガツンコトン、義足《ぎそく》は近《ちか》づいてきた。そして、止《と》まった。その声はヴァイオリンのように高く、耳《みみ》に心地《ここち》よかった。「おはよう、ぼうや」

「おはようございます」ビルも挨拶《あいさつ》を返《かえ》した。周囲《しゅうい》では、鳥《とり》のさえずりを始《はじ》めとした自然《しぜん》の音《おと》が、一切《いっさい》消《き》えたように思えた。

「ちょっと訊《き》きたいんだが」大男は肉付《にくづ》きのよい腕《うで》に抱《かか》えたヴァイオリンケースを抱え直《なお》しながら言った。「ぼうや、あんたはもしかして、ナイフを持《も》ってないかな？」

ナイフ！「あ、あいにく」ビルは言葉《ことば》を詰《つ》まらせた。「今《いま》は持ってないよ」

「ナイフを持ってない？　あんたみたいな男の子が」

「お、置《お》いて来《き》たんで」

「ナイフを置《お》いてきたのかね？」

「ナイフで蛇《へび》を殺《ころ》して、そのまま置いてきたんだ」

大男《おおおとこ》は深《ふか》く息《いき》を吸《す》い込《こ》んだ。あまりにも深く長く吸い込んだので、空気《くうき》を取《と》り込みすぎて肺《はい》が膨《ふく》らみ、破裂《はれつ》するのではないかと思えた。「あんたが蛇を殺したのか？　ほんとにい、い、殺したんだな？」そう言って、男は黙《だま》り込んだ。淡《あわ》いブルーの小さな目が視線《しせん》をはずしたあと、またビルに戻《もど》った。「もしかしたら、蛇を切《き》りつけただけで、殺してはいないんじゃないかな？〔『マクベス』第《だい》三幕《まく》第三場《ば》〕」

また『マクベス』だ！

ビルはいちかばちかやってみることにして、震《ふる》える声で言った。「そいつはシェイクスピアだ」

片足《かたあし》の男は答《こた》えた。「そうさ、誰《だれ》だって知ってるよ」

足もとに広《ひろ》がる緑《みどり》の芝生《しばふ》と明《あか》るい野《の》の花、ここで九月の日《ひ》の光《ひかり》を浴《あ》びてすわっていると、本当《ほんとう》に暖《あたた》かで心地《ここち》よかった。ところが今《いま》、ビルは体《からだ》に震《ふる》えが走《はし》り、胃《い》の中に氷《こおり》のかけらが入《はい》っているように感《かん》じた。警察《けいさつ》に駆《か》け込むにはもう手後《ておく》れだ。たった一人で、事件《じけん》に巻《ま》き込《こ》まれてしまった。こうなったら自分《じぶん》でなんとかするしかない。体《からだ》の震《ふる》えを目にしたせいか、男は凄《すご》みをきかせた美《うつく》しい声で言った。「寒《さむ》いだろう、ぼうや。上着《うわぎ》がないからな」

ボースタル少年院《しょうねんいん》の上着は、あの廃墟《はいきょ》に置《お》いてきた。「ゆうべ、上着をなくしたんだ」

男は怪訝《けげん》そうな目を向《む》けた。「上着をなくしただと？　おかしな話《はなし》だな。おれは大事《だいじ》な上着をなくしたりしなかったぞ」

すると、昨夜《さくや》、納屋《なや》で〈ナイフ〉と会い、上着を取《と》り替《か》えることになっていたのは、この男なのだろうか。どちらにも次《つぎ》の着用者《ちゃくようしゃ》に渡《わた》すためのメッセージがポケットに入れてあった上着を。ビルは言葉《ことば》を選《えら》んで言った。「霧《きり》はよくないなあ――すぐに物《もの》がなくなってしまう」

「おれは道《みち》が見えなくて迷《まよ》っただけだ」大男《おおおとこ》は言った。二人は二匹《ひき》の犬《いぬ》のように出方《でかた》をうかがって、相手《あいて》のまわりを回《まわ》っている。沈黙《ちんもく》があり、そのあと、男は不安《ふあん》を抑《おさ》えきれなくなって、いきなり尋《たず》ねた。「おい、蛇《へび》は死《し》んだと言うんだな？」

「うん、今朝《けさ》の話だよ」サンタクローズを震え上がらせた蛇を荒《あ》れ地《ち》で殺《ころ》したことが、いったいこの男になんの関係《かんけい》があるんだろう。

「わかった、今朝か」今《いま》聞いたことを確認《かくにん》するように、男は重《かさ》ねて訊《き》いた。「すると、それが〈ナイフ〉に起《お》こったことなんだな？」

ビルはそっけなくうなずいた。苦悶《くもん》にのたうち回《まわ》る蛇《へび》の体《からだ》に突《つ》き立《た》てられた刃《やいば》の記憶《きおく》を詳《くわ》しく述《の》べる気にはなれなかった。

男はまたため息《いき》をついた。純粋《じゅんすい》に満足《まんぞく》と安堵《あんど》のため息だ。それから、しっかりとヴァイオリンケースを小《こ》わきに抱《かか》え、草《くさ》と花のカーペットの上を大股《おおまた》で歩《ある》いてきて、ビルの手をつかんだ。「よくやった、でかした」男は二、三歩《ぽ》下《さ》がった。「では、次《つぎ》はメッセージだな」

メッセージ？　ビルは懸命《けんめい》に頭《あたま》を働《はたら》かせた。この大男《おおおとこ》、恐《おそ》ろしい音楽家《おんがくか》、ナイフで蛇を殺《ころ》したと知ると、褒《ほ》め称《たた》えて握手《あくしゅ》を求《もと》めた変人《へんじん》、彼《かれ》こそ昨夜《さくや》〈ナイフ〉と会うことになっていた人物《じんぶつ》だ。〈ナイフ〉は少年院《しょうねんいん》から脱走《だっそう》し、近《ちか》くの農家《のうか》の納屋《なや》でこの男と会《あ》うことになっていた。そこで〈レデヴンの花〉窃盗計画《せっとうけいかく》についての指示《しじ》を伝《つた》えるために、ポケットにメッセージが入《はい》った互《たが》いの上着《うわぎ》を交換《こうかん》するはずだった。ところが、どうやら霧《きり》のせいで大男は道《みち》に迷《まよ》った。一方《いっぽう》、真《ま》っ暗《くら》な納屋に忍《しの》び込んだ〈ナイフ〉は、合言葉《あいことば》を問《と》いかけた。すると、寝《ね》ぼけていたビルが無意識《むいしき》のうちにその答《こたえ》の言葉《ことば》を口にし、仲間《なかま》だと認証《にんしょう》されてしまった。〈ナイフ〉はポケットにメッセージの入った上着を残《のこ》し、ビルのツイードのジャケット――メッセージなど入《はい》っていない――を着《き》て、夜《よる》の闇《やみ》へと出て行った。昨夜《さくや》〈ナイフ〉に渡《わた》すはずだったメッセージは、まだこの男の上着《うわぎ》のポケットに入っている。「しかも、この男はぼくが〈ナイフ〉だと思っているはずだ」と、ビルは思った。「ようやくぼくに追《お》いつき、メッセージを交換《こうかん》しようと考《かんが》えているんだろう」のんきなおどけた調子《ちょうし》で、パッチが戻《もど》ってきてくれるのではないかと期待《きたい》して、ビルは屋敷《やしき》までの長《なが》いアプローチに目を向《む》けた。しょせん、この途方《とほう》もない悪党《あくとう》たちの仲間《なかま》の一人でしかない少年に、救《すく》いや交友《こうゆう》を求《もと》めるなんてばかげているのだけれど。お似合《にあ》いの仲間じゃないか、とビルは思った。片足《かたあし》の男と片目《かため》の少年、それに「すべてを一手に担《にな》っているぼく」――自分《じぶん》のしゃれににやりと笑《わら》いそうになった。乳母《うば》と老執事《ろうしつじ》と前任《ぜんにん》の運転手《うんてんしゅ》、赤《あか》ん坊《ぼう》のときから三羽《わ》の雌鶏《めんどり》のようにあれこれ世話《せわ》を焼《や》いてくれた三人に、今《いま》の姿《すがた》を見せてやれたらなあ。だが、悪党仲間にはもう一人いることを思い出し、浮《う》かびかけていた笑《え》みが消《き》えた。茶色《ちゃいろ》のスーツの若《わか》い男、あの男は『不思議《ふしぎ》の国のアリス』のチェシャ猫《ねこ》みたいに笑《わら》う。あれはけっして微笑《ほほえ》みなんかじゃない。

「それで、メッセージは？」大男《おおおとこ》が言った。

ビルとパッチはあのメッセージをすっかり暗記《あんき》しているので、書《か》かれた紙切《かみき》れはもう必《ひっ》要《よう》ない。だが、それをこの男に渡《わた》してしまえば、悪党一味《あくとういちみ》の計画《けいかく》を手助《てだす》けすることになるかもしれない。とはいえ、残《のこ》りの半分《はんぶん》のメッセージ――〈ナイフ〉が昨夜《さくや》、納屋《なや》で受《う》け取《と》るはずだったほう――を手に入《い》れる必要《ひつよう》がある。ビルは言った。「そうだね。メッセージを渡してよ」

大男《おおおとこ》はヴァイオリンケースを倒木《とうぼく》のでこぼこした幹《みき》にていねいに立てかけてから、体《からだ》の前に木の義足《ぎそく》をまっすぐに伸《の》ばして腰《こし》を下《お》ろした。義足の先端《せんたん》は革《かわ》で覆《おお》われ、硬《かた》い路面《ろめん》についたときのガツンという音《おと》が和《やわ》らぐようになっていた。夏《なつ》だというのに、手にはきれいな鹿革《しかがわ》の黄色《きいろ》い手袋《てぶくろ》をはめている。それをはずそうともしないで、ぶかぶかの上着《うわぎ》の胸《むね》ポケットを右手《みぎて》で探《さぐ》った。「ああ、あったぞ。さあ、これだ」取《と》り出《だ》した封書《ふうしょ》は、もう一通《いっつう》と同《おな》じように宛名《あてな》も何もなく、封がしてあった。「ただ、状況《じょうきょう》が変《か》わった今《いま》……」男は口ごもると、しばらく無言《むごん》でビルを見つめた。「予定《よてい》が変更《へんこう》になったのは知っているな?」

「なんのことだかよくわからないよ」と、ビルは答《こた》えた。これは事実《じじつ》だ。

「わからないだと?」大柄《おおがら》な体格《たいかく》に似《に》つかわしくない、高《たか》くて美《うつく》しい声は、怪訝《けげん》そうな響《ひび》きを帯《お》びていた。「なんのことかわからないのかね?」大きな頭《あたま》を垂《た》れ、男はしばらく考《かんが》え込《こ》んでいた。大きな黒《くろ》い帽子《ぼうし》の下から、白い髪《かみ》が四方八方《しほうはっぽう》に広《ひろ》がっている。「よし」ついに男は言った。「沈黙《ちんもく》は金《きん》なり。そういうことだな、ぼうや？　これ以上《いじょう》、何も言わないで成《な》り行《ゆ》きに任《まか》せるとしよう」すぐさま封《ふう》を切《き》り、中の紙《かみ》を大きな片膝《かたひざ》の上に広《ひろ》げた。上のほうには、もう一方《いっぽう》のメッセージ――ボースタル少年院《しょうねんいん》の上着《うわぎ》のポケットにあったもの――にあった文《ぶん》が書かれている。どうやら、この部分《ぶぶん》は両《りょう》グループに共通《きょうつう》した指示《しじ》の繰《く》り返《かえ》しにすぎないようだ。**霧《きり》が出た最初《さいしょ》の夜《よる》、ナイフはヴァイオリンからのメッセージを受《う》け取《と》り、小麦粉《こむぎこ》を集《あつ》めるためにボトルといっしょにバラ色《いろ》のデヴォンへ行く。ナイフはかわいい少女と口論《こうろん》を続《つづ》ける。**このあとにこう付《つ》け加《くわ》えられていた。**こちら側《がわ》ノヴェル・クルー。クラレットを無視《むし》し、二つのシャルトリューズをいっしょに回《まわ》る。かす3、クレーム・ド・ミント。魚《さかな》の夜。**それで全部《ぜんぶ》だった。

大男《おおおとこ》は手袋《てぶくろ》をした大きな指《ゆび》で文をなぞり、最後《さいご》まで来《く》ると、二番目《ばんめ》の文に戻《もど》った。**クラレットを無視し、二つのシャルトリューズをいっしょに回る。**「これがなんのことだかわかるかね？」

わざわざ暗号《あんごう》にしてあるのに、普通《ふつう》の言葉《ことば》でそれを話題《わだい》にするなんてありえない。ビルは遠《とお》まわしに相手《あいて》を批判《ひはん》するつもりだった。「どれもお酒《さけ》の話《はなし》だよ。ぼくにはそれでじゅうぶん」

耳《みみ》に心地《ここち》よい高《たか》い声が長《なが》く続《つづ》く笑《わら》い声を響《ひび》かせた。こんな大柄《おおがら》な太《ふと》った男から聞くと、なんだか恐《おそ》ろしい。「は、は、は！　あんたにはじゅうぶんなのかね、ぼうや？　その年《とし》でボトルに入《はい》ったドリンクが好《す》きなのかい？　どうなんだ？」

「中身《なかみ》しだいだな」時間稼《じかんかせ》ぎをしようと、ビルは慎重《しんちょう》に答《こた》えた。大男《おおおとこ》が謎《なぞ》かけみたいな話《はなし》をしているのは明《あき》らかだ。しかし、それが何を意味《いみ》しているのか、ビルにはまったくわからなかった。

「何が入っているか？　たしかにそれで話は変《か》わってくる。だったら、そうだな、ブランデー少々《しょうしょう》ならどうだね？」

ビルは一度《ど》、父《ちち》のグラスに入っていたブランデーを一口《ひとくち》呑《の》んでみて、口から吐《は》き出したことがある。そのときのことを思い出しながら言った。

「いやだよ、ブランデーなんか好きじゃない！」と答え、こう思った。「世《よ》の中は根底《こんてい》からひっくり返《かえ》ってしまった。ぼくは今《いま》、日《ひ》なたにすわりながら、片足《かたあし》の悪党《あくとう》と酒《さけ》の好《この》みについて話をしている。この男は母《はは》の宝石《ほうせき》を……」

自分が言ったことの意味《いみ》に気がついたのは、このときだった。大男がボトルをブランデーと言い換《か》えたときの裏《うら》の意味に思い当《あ》たったのは。けれども、大男は前言《ぜんげん》を取《と》り消《け》す暇《ひま》を与《あた》えてはくれなかった。満足《まんぞく》そうにメッセージを見ながら、こう言った。「それなら、変更《へんこう》の必要《ひつよう》はないな？　そのままでいいね？」それから、手袋《てぶくろ》をしたまま親指《おやゆび》で円《えん》のような物《もの》を描《えが》き、クラレットという文字《もじ》と、二つのシャルトリューズを丸《まる》で囲《かこ》んだ。

「どっちでもいいよ」ほかに言葉《ことば》が見つからなかったので、ビルはそう答《こた》えた。

腰《こし》を下《お》ろしたときと同《おな》じくらい唐突《とうとつ》に、男はビルの手にメッセージの紙《かみ》を押《お》しつけると、健全《けんぜん》な脚《あし》と木製《もくせい》の義足《ぎそく》を重々《おもおも》しく動《うご》かして立《た》ち上《あ》がり、黒《くろ》いケースをわきに抱《かか》え、大きな黒い帽子《ぼうし》を取《と》って仰々《ぎょうぎょう》しく会釈《えしゃく》した。「おれは出かけなくてはならない。別《わか》れるのは残念《ざんねん》だが、行かなくちゃいけないんだ。会《あ》えてよかったよ。わかってるだろうが、いつでも味《み》方《かた》だからな。では、フィリピで会おう――だったな？」ぼさぼさの白髪頭《しらがあたま》にさっと帽子をかぶった。

男が帽子を取ったとき、紙きれが地面《じめん》に落《お》ちたのだが、当人《とうにん》は気がつかなかった。ビルがそれを拾《ひろ》い上《あ》げた。大男《おおおとこ》が背《せ》を向《む》けて木立《こだち》の先《さき》の道路《どうろ》へと歩《ある》き出したとき、ビルは二、三歩《ぽ》前に出て、声を上げた。「ほら、忘《わす》れ物をしてるよ！」

しかし、男は振《ふ》り返《かえ》らなかった。「そんなはずはない。なんにも忘れてはいないよ。『象《ぞう》はけっして忘れない〔象は記憶力《きおくりょく》がよく、昔《むかし》のことを忘れないと言われている〕』だよ」鈴《すず》を鳴《な》らすような笑《わら》い声を上《あ》げなから、男は歩《ある》き続《つづ》けた。道路《どうろ》に出る直前《ちょくぜん》、ちょっと足を止《と》め、こちらを向《む》いて声を張《は》り上げた。「『天《てん》は自《みずか》ら助《たす》くる者《もの》を助く』だよ、ぼうや」また声高《こわだか》に笑《わら》い、白髪頭《しらがあたま》に大きな黒《くろ》い帽子《ぼうし》をかぶっただらしのない巨体《きょたい》の男は、変《か》わった曲線《きょくせん》の真《ま》っ黒なヴァイオリンケースを太《ふと》い腕《うで》で抱《かか》えて歩《ある》いて行った。

ビルは腰《こし》を下《お》ろし、メッセージの紙《かみ》を開《ひら》いてもう一度《ど》目を通《とお》した。**「霧《きり》が出た最初《さいしょ》の夜《よる》、ナイフはヴァイオリンからのメッセージを受《う》け取《と》る」**ナイフとはボースタル少年院《しょうねんいん》の脱走《だっそう》者《しゃ》ウィリアム・フィップスだ。ボトルはブランドン。そして、今会《いまあ》ったばかりの男がヴァイオリンであることがわかった。

第六章

ワー、キィーという音《おと》がして、何かが頬《ほお》をかすめて、どすんと肩《かた》に乗《の》った。だが、このころには、ビルもサンタが突然現《とつぜんあらわ》れることに慣《な》れ、優《やさ》しく頭《あたま》を撫《な》でてやった。サンタは怒《おこ》ったような大きな声で食《た》べ物《もの》を要求《ようきゅう》した。「さっきミルクを飲《の》んだばかりじゃないか」ビルが言うとサンタは猫《ねこ》らしい簡単《かんたん》な言い方《かた》で訴《うった》えた。「もう二十分《ぷん》もたってるよ」ビルは笑《わら》いながら「どうしたらいいか、パッチに訊《き》いてみようね」と言って、向《む》こうから来《く》るパッチに目を向《む》けた。近《ちか》くにある錬鉄製《れんてつせい》の優雅《ゆうが》な高い門《もん》と比《くら》べて、パッチはとても小柄《こがら》でほっそりして見える。

パッチは知《し》らん顔《かお》でビルの隣《となり》に腰《こし》を下《お》ろした。「二ポンド、手に入《はい》ったよ。これでしばらくはなんとかなるだろう」

「二ポンド？　どう説明《せつめい》したんだい？」ビルは訊《き》いた。

「妹《いもうと》が手配《てはい》しておいてくれたんだ。うまく行ったよ」

ビルにはそううまく行ったようには思えなかった。パッチが戻《もど》ってきて、心地《ここち》よい安《やす》らぎがもたらされた今《いま》、共犯者《きょうはんしゃ》だと思われる人物《じんぶつ》と出会《であ》ったことを伝《つた》えるのがばからしい気がしてきた。そうは言っても、あの存在感《そんざいかん》のある音楽家《おんがくか》のことを黙《だま》っているわけにはいかなかった。パッチはじっと耳《みみ》を傾《かたむ》けてビルの話《はなし》を聴《き》いた。「それで、メッセージは手に入《はい》ったんだね？」

「うん、どう見ても、前のやつの残《のこ》り半分《はんぶん》だよ」

サンタはビルの肩《かた》の上で空腹《くうふく》を訴《うった》えているが、二人は紙切《かみき》れを広《ひろ》げてのぞき込んだ。**クラレットを無視《むし》し、二つのシャルトリューズをいっしょに回《まわ》る。かす3、クレーム・ド・ミント。魚《さかな》の夜《よる》。**何を意味《いみ》しているのか見当《けんとう》がつかなかった。

「その男が落《お》としていったほうを見てみようよ」パッチが言った。

同《おな》じメッセージだが、よく見ると完全《かんぜん》に一致《いっち》しているわけではなく、一部《いちぶ》が変更《へんこう》されている。こちらでは**二つのシャルトリューズを無視し、クラレットを回る。**「こっちが男が落としたほうなんだね？」パッチは言った。「最初《さいしょ》に渡《わた》してくれたのじゃなくて」

ビルはそうだ、と答《こた》えた。「封筒《ふうとう》から出てきたのは、これだよ。いや、二つめの封筒から出てきたメッセージがね。クラレットを無視《むし》すると書いてあるほうだよ。少なくとも、そうだったと思う……うん、たしかにそうだよ」ビルは間違《まちが》いないと思ってはいたが、不《ふ》安《あん》がないわけでもなかった。とても重要《じゅうよう》らしいから、ここで間違えてはいけない。

「最初《さいしょ》のメッセージもチェックしたほうがいいな」パッチが言った。「待《ま》ち合《あ》わせ場《ば》所《しょ》が書いてあったほうのも」

ところが、どこを捜《さが》してもメッセージの紙《かみ》が出てこなかった。

「ポケットに入《い》れてあったんだけど」十分ほど捜《さが》したあと、ビルは強《つよ》く主張《しゅちょう》した。「絶対《ぜったい》に入れてあった。だって、一度《いちど》取《と》り出《だ》して見たんだから。あれからまだ三十分《ぷん》もたってない」警察《けいさつ》に行こうと決心《けっしん》したときに見たのだ。

この木立《こだち》の中で、どこにも移動《いどう》してはいない。「ここからまったく動《うご》いてないんだよ。ほかのところに行くはずがない」

「例《れい》の男にも渡《わた》してないんだね？」パッチが言った。

「もちろんだよ。さっき、そう言ったじゃないか」

しかし、パッチはビルのことを〈ナイフ〉だと思い込《こ》んでいるはずだ。〈ナイフ〉なら、メッセージについて嘘《うそ》をついてもおかしくはない。「どう思われようとかまわないけど」

ビルはふさぎ込《こ》んだ。「渡《わた》してなんかいないよ」この新《あたら》しい友だちに疑《うたが》われるのは心外《しんがい》だった。

「どうにかしてその男が盗《ぬす》んだんだな」そう言って、パッチはビルをなだめようとした。

「そんなことできっこないよ。あいつはすぐそこに立っていて、そのあと、ぼくのわきにすわったんだ。いいかい、メッセージは上着《うわぎ》のサイドポケットに入《い》れてあった、ここにね……」

「男はそっち側《がわ》のすぐ隣《となり》にすわってたんだね?」

「そうだよ。でも、あいつもずっと両手《りょうて》で紙《かみ》を持《も》っていた。二人でメッセージを見ていたんだ。あいつの両手はつねにぼくの目の前にあったよ。ウォッシュレザーの手袋《てぶくろ》をはめたままで。夏《なつ》なのに変《へん》だなと思ってたんだけど、とにかくずっと両手が見えるところにあった」

「メッセージを見ていたとき以外《いがい》はどうだった?」

「ずっと両手でメッセージの紙を持っていたよ。ほんとうにそうだったんだ」

しかし――「天《てん》は自《みずか》ら助《たす》くる者《もの》を助く」彼はそう言って高笑《たかわら》いをして去《さ》って行った！

あのとき「忘《わす》れ物《もの》だよ!」と呼《よ》び止《と》めたら、そんなはずはないと答《こた》え、「象《ぞう》はけっして忘れない」と言った。あれは二枚目《まいめ》のメッセージのことだとは思わなかったのかもしれない。ビルの言葉《ことば》を「昨夜《さくや》、納屋《なや》で受《う》け取《と》るはずだったメッセージを持《も》って行くのを忘《わす》れている」という意味《いみ》に受け取ったのではないか。ビルと並《なら》んで倒木《とうぼく》に腰《こし》かけていたとき、すでにそのメッセージの紙《かみ》を盗《ぬす》み取っていたので、あのような返事《へんじ》をしたのではないだろうか。「『天《てん》は自《みずか》ら助《たす》くる者《もの》を助く』だよ」と。〈ヴァイオリン〉はメッセージが渡《わた》されるのを待《ま》たずに、自《みずか》ら奪《うば》っていったのだ。

突然《とつぜん》、ビルはリトル・セント・メアリーズの村《むら》からも、太《ふと》った音楽家《おんがくか》の記憶《きおく》からも逃《のが》れたくなった。「汽車《きしゃ》があるって言ってなかったっけ?」パッチに尋《たず》ねた。

パッチはすぐさま立ち上がった。サンタは顎《あご》を彼《かれ》の肩《かた》に乗《の》せ、茶色《ちゃいろ》い前肢《まえあし》を胸《むね》に当《あ》てて、パッチに抱《だ》かれている。村を離《はな》れ、リトル・セント・メアリーズと次《つぎ》の村とのあいだにある駅《えき》に向《む》かって歩《ある》いていると、「食事《しょくじ》はいつ?」とサンタが喉《のど》を鳴《な》らした。「お皿一杯《さらいっぱい》のミルクを飲《の》んでから四十五分もたつよ」シャム猫《ねこ》はあまりミルクが好《す》きではないのだ。

リントン行きの汽車《きしゃ》は二十分後《ぷんご》に来る。駅長《えきちょう》――といっても、ポーターと出札係《しゅっさつがかり》も兼《か》ねている――は小さな事務所《じむしょ》に飛《と》び込《こ》み、自分《じぶん》の昼食《ちゅうしょく》をサンタに分《わ》けてくれた。サンタは驕《おご》った態度《たいど》でおいしそうなところだけをつまみ食《ぐ》いすると、なめらかな茶色《ちゃいろ》の頭《あたま》を駅長のズボンにこすりつけてお礼《れい》をし、日《ひ》の当《あ》たる緑色《みどりいろ》の木のベンチにすわっているビルの膝《ひざ》に乗《の》って、激《はげ》しく喉《のど》を鳴《な》らした。「汽《き》車《しゃ》が来るまであと十分ちょっとだよ」ビルが言った。「早《はや》く来るといいね」

少年二人は二枚《まい》の紙《かみ》を出して、じっと見比《みくら》べた。「二つをつなげると」パッチが言った。「さっき手に入《い》れたのと――どっちのでもいいんだけど――少年院《しょうねんいん》の制服《せいふく》のポケットに入《はい》ってたのとをつなげると、こうなるね。**ナイフはかわいい少女と口論《こうろん》を続《つづ》ける。ヴァイオリンとボトルは待《ま》ち合《あ》わせ場所《ばしょ》、ザ・カレグ・ビカの先《さき》のTraeth yr Ynysで合流《ごうりゅう》する。123。こちら側《がわ》ノヴェル・クルー。クラレットを無視《むし》し、二つのシャルトリューズをいっしょに回《まわ》る**（ここについては逆《ぎゃく》もあり）。**かす3、クレーム・ド・ミント。魚《さかな》の夜《よる》**」

「それで、ここの意味《いみ》はこうだね――『〈ナイフ〉は〈ザ・プリティガール〉号《ごう》で、バーグルじいさんといっしょに行く』」

「もちろん、ちょっと変更《へんこう》はあるけど」ビルを見ながらパッチが言った。「きみはここにいるんだから」

「そうだね、もちろん」ビルも慌《あわ》てて言った。「代《か》わりにブランドンが乗るんだろうな」

「次《つぎ》の文《ぶん》は**『〈ヴァイオリン〉とブランドンは待ち合わせ場所、つまり、ザ・カレグ・ビ**

カの先《さき》のTraeth yr Ynysで合流《ごうりゅう》する』。ここについてわかっているのは、たぶんそれがウェールズのどこかにある島《しま》の入《い》り江《え》だということ。それから、ブランドンと〈ヴァイオリン〉はいっしょにそこへは行かないこと。だって、ブランドンは〈ナイ……〉きみの代《か》わりに船《ふね》で行くことになったから」

「それに、〈ヴァイオリン〉もリトル・セント・メアリーズにいる。もし、彼《かれ》が誰《だれ》かといっしょに待《ま》ち合《あ》わせ場所《ばしょ》に行くにしても、まだその途中《とちゅう》だよ」ビルはちょっと考《かんが》えた。

「ぼくたちには、その場所がどこなのかわからないけど、やつの跡《あと》を追《お》えばわかるんじゃないかな」

「いいか、顔《かお》を向《む》けちゃだめだよ」パッチが言った。「どうやらやつがぼくたちを追ってきたようだ」

駅《えき》へ向かう曲《ま》がりくねった小道はやや登《のぼ》り坂《ざか》になっている。黒《くろ》い帽子《ぼうし》をかぶり、風《かぜ》にはためくグレーのスーツを着《き》、ヴァイオリンケースをわきに抱《かか》え、左《さ》右対称《ゆうたいしょう》ではない歩《ある》き方《かた》で急《いそ》いで近《ちか》づいてくるのは、太《ふと》った音楽家《おんがくか》だ。改《あらた》めて見ると、ちょっと不気味《ぶきみ》な太った大《おお》男《おとこ》というだけでなく、言いようのない恐怖《きょうふ》すら感《かん》じる。

ビルはあわてて腰《こし》を上《あ》げた。「逃《に》げなくちゃ！」

「そうしよう」大男《おおおとこ》と同《おな》じくらいの高《たか》さのところから、こちらも息《いき》を切《き》らせながら汽車《きしゃ》が斜面《しゃめん》を登《のぼ》ってきた。

それを見て、大男はさらにスピードを上げた。ビルの想像力《そうぞうりょく》は熱《ねつ》を帯《お》び、汽車がちらりと振《ふ》り返《かえ》って大男の力走《りきそう》を見たように思った。汽車はいっそう加速《かそく》し、人間対《にんげんたい》汽車という現実離《げんじつばな》れした競走《きょうそう》が繰《く》り広《ひろ》げられる。シュッ、シュッ、ポッポと蒸気《じょうき》を吐《は》き、いくつもの車両《しゃりょう》を引《ひ》っ張《ぱ》っていく。相手《あいて》はガツンコトン、ガツンコトン、ガツンコトン、と競《きそ》っている。ビルには音《おと》は聞こえなかったし、道《みち》の両端《りょうはし》にある低《ひく》い生《い》け垣《がき》のあいだから義足《ぎそく》が見えるわけでもなかった。だが、肩《かた》を斜《なな》めにして片腕《かたうで》を揺《ゆ》らしながら巨体《きょたい》を前進《ぜんしん》させている男が見える。ビルは恐《おそ》ろしさに気分《きぶん》が悪《わる》くなった。言いようのない恐怖《きょうふ》に見舞《みま》われた。「もし、汽車より先《さき》にあいつが着《つ》いたら……」

「それはないと思うよ」パッチが言った。

汽車は挑戦《ちょうせん》するように甲高《かんだか》い汽笛《きてき》を鳴《な》らし、最後《さいご》の登《のぼ》り坂《ざか》へとスピードを上げた。そして、駅《えき》で停止《ていし》の合図《あいず》を受《う》けて、ようやくスピードを落《お》とした。その三十ヤード〔一ヤードは約《やく》〇・九メートル〕ほど後方《こうほう》で、大きな黒《くろ》い帽子《ぼうし》が上下《じょうげ》するのが生け垣の上から見えた。機関車《きかんしゃ》はゆっくり小さな駅に滑《すべ》り込《こ》み、もう一度《ど》うなり声を上げて止《と》まった。汽車は競走《きょうそう》に勝《か》った。

〈恐怖《きょうふ》の音楽家《おんがくか》〉のことはもう気にすることはない。「よくやったね」ビルは機関車《きかんしゃ》の敢闘《かんとう》を称《たた》えたかった。「きみの勝《か》ちだよ。今度《こんど》はあいつが乗《の》りこまないうちに出発《しゅっぱつ》してくれないかな？」パッチの腕《うで》をつかんで、いっしょに汽車《きしゃ》に乗り込んだ。「急《いそ》いで！ このからっぽのコンパートメントに乗ろう！」

二人は大男《おおおとこ》への恐怖を話題《わだい》にはしなかったが、パッチはビルが急き立《せ》てる理由《りゆう》をわかっているようだった。「きみはこの座席《ざせき》の下に隠《かく》れるといい。サンタといっしょに」パッチは窓《まど》から身《み》を乗り出した。「やつは駅《えき》に入《はい》ったぞ。切符売《きっぷう》り場《ば》のほうへ行った」

「気をつけて。顔《かお》を見られるよ」

「かまうもんか」パッチは落《お》ち着《つ》き払《はら》っている。「あっちはぼくがきみといっしょにいることを知らないんだから」

「汽車が先《さき》に発車《はっしゃ》してくれさえしたら……」

それに答《こた》えるように、汽車は一回振動《かいしんどう》した。まるでこう言っているように。「そうだな、いつまでもここでさぼってるわけにはいかない」

「切符を買って、やつが出てきた……」

これ以上《いじょう》、停車《ていしゃ》していられない汽車は、もう一度《ど》体《からだ》を揺《ゆ》すって大きなうねりを起《お》こし、ゆっくりと少《すこ》しずつではあるが間違《まちが》いなく動《うご》き出《だ》した。「ホームの向《む》こうから駆《か》けてくる……ポーターに手を振《ふ》って汽車《きしゃ》を止《と》めようとしている……乗《の》り遅《おく》れたよ！　やつは乗り遅れた！」

ビルは座席《ざせき》の下の埃《ほこり》っぽい暗《くら》がりから頭《あたま》を出した。「たしかかい？」

「汽車のわきを走《はし》ってる」パッチが言った。「ドアの取《と》っ手をつかんで、飛《と》び乗ろうとしてる……」

パッチはさっとコンパートメントの中に体を引《ひ》っ込《こ》めると、座席にすわった。「なんとか乗っちまったよ。ドアを開《あ》けて、自分《じぶん》より先《さき》にヴァイオリンケースを押《お》し込むと、そのあとから倒《たお》れ込むように乗ってきた。もうこの汽車に乗ってるよ」

「そんなことできっこないさ、義足《ぎそく》なんだから」

二人はしばらく無言《むごん》だった。パッチはクッションに寄《よ》りかかって、足《あし》をぶらぶらさせた。ビルは座席の下の汚《きたな》い床《ゆか》にうつ伏《ぶ》せに横《よこ》たわり、絶望的《ぜつぼうてき》な目で汚《よご》れた両手《りょうて》を見つめている。

するど、パッチがぽつりと言った。

「あの男は義足じゃなかったよ」

ビルは黙《だま》って横《よこ》になっていた。埃っぽい車両《しゃりょう》の床は煤独特《すすどくとく》の臭《にお》いが霧《きり》のように漂《ただよ》っている。サンタはおとなしく体《からだ》を丸《まる》めてビルの腕《うで》に収《おさ》まっているが、その臭いや汚《よご》れを嫌《きら》っているのはわかる。パッチのくたびれた靴《くつ》がビルの鼻《はな》から二、三インチの床をこすっている。二人とも黙《だま》りこんで、廊下《ろうか》の先《さき》の音《おと》に意識《いしき》を向けていた。閉《し》まっているコンパートメントの引《ひ》き戸《ど》がゆっくり開《あ》けられ、体重《たいじゅう》のかかる重《おも》い足音がしたあと、中をのぞいているようにちょっと間《ま》があき、また次《つぎ》のコンパートメントへと移《うつ》る。床を踏《ふ》む音はゆっくりとして重々《おもおも》しく、左右《さゆう》に違《ちが》いがあるようだが、義足《ぎそく》をつけた男のようなガツンコトンという音ではなかった。いったん二人のいるコンパートメントを通《とお》り過《す》ぎて前方《ぜんぽう》に移動《いどう》したが、もう一度戻《もど》ってきた。

引き戸が開けられた。

ズボンをはいた二本《ほん》の脚《あし》がビルの視界《しかい》に入《はい》った。グレーのズボンをはいた脚、グレーのソックスの一部《いちぶ》とごく一般的《いっぱんてき》な大きな茶色《ちゃいろ》の革靴《かわぐつ》。そのとき、耳に心地《ここち》よい高《たか》い声がした。

「おはよう、ぼうや」

返事《へんじ》はない。

どすんという音がして座席《ざせき》に重い体重《たいじゅう》がかかり、ビルの頭上《ずじょう》の金属《きんぞく》や張《は》り地《じ》や詰《つ》め物《もの》が下《さ》がった。「ここにすわってもかまわないかね?」

パッチは脚《あし》をぶらぶらさせるのをやめて、ゆっくり向《む》きを変《か》えた。デヴォンシャー訛《なまり》ののんびりした間《ま》の抜《ぬ》けた声で言った。「いいよ」

「ここにすわってもかまわないんだね？」

「かまわねえよ」わざわざ訊《き》かれたことに驚《おどろ》いているような声だ。今度《こんど》はちょっと間《ま》があいた。「地元《じもと》の子かね？」少《すこ》しして耳《みみ》あたりのよい声が聞こえた。

「農家《のうか》の子さ」パッチが言った。座席《ざせき》の下で聞いているビルには、褐色《かっしょく》の目を輝《かがや》かせてパッチが楽《たの》しんでいるのが目に浮《う》かぶようだった。

「そうかね。リントンまで行くのかい？」

「ああ」パッチは言った。

「もう一人の子といっしょに乗《の》ったんじゃなかったのかい？　あんたより少し年上《としうえ》で、背《せ》も高《たか》くて、もっとたくましい男の子と言えばいいかな」

「好《す》きなように言えばいいさ。おれは誰《だれ》ともいっしょじゃねえんだから」

「あんたはさっきの駅《えき》で乗ったじゃないか」

「おれじゃねえよ」パッチは言った。

そう答《こた》えたのはまずかった。男が態度《たいど》を硬化《こうか》させたのか、両脚《りょうあし》をちょっと引《ひ》き寄《よ》せたのがビルの目に映《うつ》った。「乗《の》ってないというのか？」

パッチの愚行《ぐこう》を責《せ》めるように、汽車《きしゃ》はガタゴトと音《おと》を立ててポイントを通過《つうか》した。男が調《しら》べたにちがいないわかりきったことを、どうして言ったんだ？　事実《じじつ》を裏付《うらづ》けるように男は強《つよ》い口調《くちょう》で言った。「ポーターからも聞いたぞ。駅《えき》で汽車に乗るときに、ほかにどんな乗客《じょうきゃく》が乗ったのかを尋《たず》ねたんだ。すると、猫《ねこ》を連《つ》れた少年が二人、そのうちの一人は目に眼帯《がんたい》をしていたと教《おし》えてくれた」

「ああ、そいつはおれだ。猫も連れてるし、ほら、眼帯もしてるだろ？」

「なるほど。それで？」男は苛立《いらだ》たしげに言った。

「だけど、おっちゃんが言ってるのは絶対《ぜったい》におれじゃねえ」パッチは言い張《は》った。「あの駅で汽車に乗っただけだよ。どうして連れがいることになるんだ？」

「言ってるだろう、あんたが汽車に乗ったって」男は声を荒《あ》らげた。もともとの美声《びせい》も聞き苦《ぐる》しい。

「だから、違《ちが》うっておれも言ってるじゃないか。汽車に乗っただけさ！」

「ばかだなあ、同《おな》じことだろう？」男はまた優《やさ》しい口調になった。「もう一人の少年はどこにいるんだね？」

「もう一人の少年って誰《だれ》のことだい？」ビルはパッチの顔《かお》が想像《そうぞう》できた。口をあんぐりと開《あ》け、眼帯《がんたい》をしていないほうの目に、鈍《にぶ》そうな困惑《こんわく》の表情《ひょうじょう》を浮《う》かべている。頭《あたま》の鈍い田舎《いなか》の少年を装《よそお》いながら、内心《ないしん》おもしろがっているのだ。

「汽《き》車《しゃ》に乗《の》り込《こ》んだもう一人の少年だ」

「汽車に乗ったのはおれだよ」パッチは言った。

「わかった、わかった。だが、いっしょにもう一人いただろう？」

「誰もいっしょになんかいなかったよ。そりゃ、男の子はいたな。おっちゃんの言うように、そばに立ってたかもしれない。でも、おれの連《つ》れじゃねえよ」ビルはその理《り》屈《くつ》を考《かんが》えてみて、パッチの言うとおりだと思った。

大男《おおおとこ》もその理屈を理解《りかい》したようだ。「じゃ、いっしょじゃなかったんだな？」

「だから、いっしょに駅《えき》にはいた。だけど、おっちゃんの言う〈いっしょにいた〉っていうのとは違《ちが》う」

「そうじゃなくて」男は早口《はやくち》で言い直《なお》した。「そのことはわかったよ。だが、その子はどうしたのかな？　あんたといっしょに汽車に乗り込まなかったのかい？」

「だからさ、いっしょに汽車に乗り込んだんじゃないって……」

「そうじゃなくて」男は急《いそ》いで続《つづ》けた。「わかってる。あんたが汽車《きしゃ》に乗《の》り込《こ》んだときにその子はそばにいた。だが、いっしょに汽車に乗り込んだわけじゃない……」どうやら大《おお》男《おとこ》は、〈誰《だれ》かといっしょ〉ということがどういう状況《じょうきょう》を意味《いみ》するかについて、もう一度《ど》長々《ながなが》と説明《せつめい》されるのが我慢《がまん》ならないようだ。

「その子は汽車になんか乗らなかったよ」パッチは言った。

汽車がトンネルに入り、暗闇《くらやみ》の中で警笛《けいてき》を鳴《な》らし、そして、トンネルを抜《ぬ》けた。ガチャンガチャンという音《おと》や鋭《するど》い音がすっかり静《しず》まるまで、大男は待《ま》ちきれなかった。「その子は汽車に乗らなかったんだな?」

「どうして切符《きっぷ》を買《か》ったんだかわからないけど」パッチは言った。「そいつは切符を持《も》ったまま右《みぎ》に曲《ま》がって、駅《えき》を出て行った。切符を買って駅を出るなんて、いったいなんの意《い》味《み》があるんだろう。ビッグ・セント・メアリーズのほうへ歩いて行ったよ」

「駅を出て歩いて行ったのか?」

「ああ」

「リトル・セント・メアリーズには戻《もど》らなかったんだな?」

「そうさ。ビッグ・セント・メアリーズのほうへ行った。ビッグ・セント・メアリーズまで歩《ある》いて行くんなら、なんのために切符《きっぷ》を買《か》ったんだろうって、おれも不思議《ふしぎ》に思ったよ。その子が歩いて行くのを、おれはこの目で見たんだから」

ふいに、二《ふた》つの足《あし》が揃《そろ》い、大男《おおおとこ》が立《た》ち上《あ》がる準備《じゅんび》をするかのように動《うご》きを止《と》めた。男の靴《くつ》で床《ゆか》がこすれて埃《ほこり》が舞《ま》い上がり、横《よこ》になっているビルの鼻《はな》をくすぐった。大男は言った。

「今、向《む》かっているのがそのビッグ・セント・メアリーズ駅《えき》だな？」

「ああ」パッチは答《こた》えた。

「もし、ここで降《お》りて歩いて戻《もど》れば、途中《とちゅう》でその少年に会《あ》えると思うか？」

「ああ」パッチは言った。

「大男は汽車《きしゃ》を降《お》りるつもりだ」と、ビルは思い、小さく安堵《あんど》のため息《いき》を漏《も》らした。すると、新《あら》たに埃が舞い上がり、デリケートな鼻孔《びこう》の組織《そしき》を刺激《しげき》した。やつはもうすぐ……いや、まだかな……きっとまもなく……。「ハ、ハ、ハクション！」ビルはくしゃみをした。もう一回《かい》、さらにもう一回。ビッグ・セント・メアリーズ駅に近《ちか》づき、汽車の騒音《そうおん》が小さくなっていた。恐《おそ》ろしい音楽家《おんがくか》は、よく通《とお》る高《たか》い声——けっして耳《みみ》に心地《ここち》よくはなかった——を張《は》り上げた。「誰《だれ》だ、座席《ざせき》の下にいるのは？」

そして、座席の下に手を突《つ》っ込《こ》んで大きく動《うご》かした。ビルを捕《つか》まえ、襟首《えりくび》をつかんで明《あか》るい客席《きゃくせき》に引《ひ》きずり出そうとしている。ところが、袖《そで》から出ていたのは手ではなかった。鉤爪形《かぎづめがた》の義手《ぎしゅ》だった。

第七章

間《ま》の抜《ぬ》けた訛《なまり》の強い口調《くちょう》のパッチの声がした。「誰《だれ》もいねえよ。おれの猫《ねこ》だってば」そして、パッチの小麦色《こむぎいろ》の小さな手が、恐《おそ》ろしい大きな鉄《てつ》の鉤爪《かぎづめ》を押《お》しのけてサンタを探《さが》し、首《くび》をつかんで引《ひ》きずり出《だ》した。「ほらね！　どうしたんだ、サンタ？」

「また、おなかがすいた」と、サンタは簡単《かんたん》な猫語《ねこご》で言った。

汽車《きしゃ》はビッグ・セント・メアリーズ駅《えき》にすでに停車《ていしゃ》していた。この駅からの乗客《じょうきゃく》二、三人が乗《の》り込《こ》み、発車《はっしゃ》の準備《じゅんび》ができた。「降《お》りるんじゃないの？」パッチは大男《おおおとこ》が通《とお》りやすいように脚《あし》を片側《かたがわ》に寄《よ》せた。「もう動《うご》き出すよ」

大男は躊躇《ちゅうちょ》している。「ほんとにその少年はビッグ・セント・メアリーズに向《む》かっているんだな？」

「そうだよ」

パッチの小麦色《こむぎいろ》の小さな手が、恐《おそ》ろしい大きな鉄《てつ》の鉤爪《かぎづめ》を押《お》しのけた。

「駅《えき》であんたといっしょにいた少年だな?」

汽車《きしゃ》がガタンと揺《ゆ》れた。「だから、駅でいっしょにいたわけじゃなくて……」パッチはまた最初《さいしょ》から説明《せつめい》を始《はじ》めた。

男が車両《しゃりょう》のドアを開《あ》けたので、外から風《かぜ》が入ってきた。「その子はこっちに向《む》かって歩《ある》いているんだな?」

「ああ、そうだよ」

機関車《きかんしゃ》と一両目《りょうめ》の車両は小さな駅のプラットフォームを出ている。三人のいるコンパートメントからも、動《うご》きが速《はや》くなってくるのがわかる。今降《いまお》りるか、降りないことにするかのどちらかだ。外からの風が埃《ほこり》を舞《ま》い上《あ》げ、ビルはまたくしゃみが出そうになった。だが、音楽家《おんがくか》は決心《けっしん》した。歩《あゆ》み板《いた》の上に出ると、後《うし》ろ向きになって右足を左足の後方《こうほう》に着《つ》く。こうして体《からだ》を引《ひ》っ張《ぱ》られることなく汽車から離《はな》れた。次々《つぎつぎ》に車両は通《とお》り過《す》ぎ、彼一人がホームに残《のこ》って汽車を見送《みおく》った。

男は健全《けんぜん》な両脚《りょうあし》でホームに立ち、黒《くろ》いヴァイオリンケースをしっかり抱《かか》えていた――大きな金属製《きんぞくせい》の鉤爪《かぎづめ》の付《つ》いた腕《うで》で。

パッチは座席《ざせき》にへたり込《こ》んだ。「これでぼうや呼《よ》ばわりされなくてすむよ」

ビルは座席の下から這《は》い出《だ》して、悲惨《ひさん》なほどに汚《よご》れた衣服《いふく》の埃《ほこり》を払《はら》った。「たいへんだった！　くしゃみが出たときは捕《つか》まると思ったよ！」

「サンタのおかげだね」と、パッチは言った。

パッチのおかげだよ、とビルは思った。それに、パッチの冷静沈着《れいせいちんちゃく》さ。これほど謎《なぞ》めいていなければなおよいのだが……。ビルは壁《かべ》に掛《か》かっている鏡《かがみ》を見ながら、ハンカチで顔《かお》の汚れを拭《ぬぐ》った。鏡の両《りょう》わきに二枚《まい》の写真《しゃしん》が飾《かざ》られている。一枚は、さえない海辺《うみべ》の写真だ。昔《むかし》の女性《じょせい》たちがおかしな水着姿《みずぎすがた》ではしゃいでいる。もう一枚には小さな港《みなと》と埠頭《ふとう》のある漁村《ぎょそん》が写《うつ》っていた。ビルはなんの気なしにその地名《ちめい》を読《よ》み上《あ》げた。「ニューキー、カーディガンシャー。ニューキーはコーンウォールにあると思ってた」

「もっと小さいニューキーだよ。ウェールズのカーディガンシャーにあるんだ」その話《はなし》はそこまでにして、パッチはビルが恐《おそ》ろしくて口に出せなかった話題《わだい》に触《ふ》れた。「見ただろ、あの鉤爪《かぎづめ》？」

「もう一人の大男《おおおとこ》はちゃんと両手《りょうて》があったよ。だけど、足は義足《ぎそく》だった」

「ほかの点《てん》では、二人はそっくりなんだね？」

「瓜二《うりふた》つさ。着《き》ている服《ふく》やなにもかも。声まで同《おな》じだ。双子《ふたご》にちがいない」

「妹《いもうと》とぼくのいい友だちだな」と、パッチは言った。

「誰《だれ》にとってもいい友だちなんかであるもんか。二人とも恐《おそ》ろしい男だよ。ほんとに恐ろしい！」ビルの体《からだ》に震《ふる》えが走った。

「あんな汚《きたな》い座席《ざせき》の下にいるのはさぞかし気分《きぶん》が悪《わる》かっただろうね」パッチは同情《どうじょう》した。

「ぼくのほうはけっこう楽《たの》しんでいたけど」

「そうとう楽しそうだったよ」

「そんなでもないよ。あいつのしゃべり方《かた》はデヴォンあたりのともちょっと違《ちが》ってたし……。きっと外国人《がいこくじん》なんだな。そうじゃなきゃ、ぼくに騙《だま》されるもんか」

ビルも騙された、外国人《がいこくじん》ではないのに。パッチは実《じつ》にうまく役《やく》になりきっていた――ビルがそう思ったのは今日《きょう》だけでも二回目《かいめ》だ。こうして誰もいない安全《あんぜん》なコンパートメントに戻《もど》ったので、二人はまたメッセージの書かれた二枚《まい》の紙《かみ》を取《と》り出した。「この二つはつながっている」パッチは言った。「前半《ぜんはん》の情報《じょうほう》の足《た》りない部分《ぶぶん》が後半《こうはん》に書かれているだろ。内容《ないよう》が理解《りかい》できればいいんだけど。落《お》ち合《あ》う場所《ばしょ》は、ザ・カレグ・ビカ――どういう場所かはわからないけど。その先《さき》に島《しま》の Traeth yr Ynys がある。言葉《ことば》の感《かん》じからするとウェールズだな。ノース・デヴォンからウェールズへ船《ふね》で渡《わた》るのは簡単《かんたん》だ。人気《ひとけ》が少《すく》ない一番《いちばん》近《ちか》い場所《ばしょ》はガワー半島《はんとう》だろう。ただ、あの岩《いわ》だらけの海岸《かいがん》の沖《おき》には何十もの島や何百もの入《い》り江《え》がある」

「大男《おおおとこ》から渡《わた》されたメッセージにどこにあるのか、書いてないのかな？」

「もう一度《いちど》見てみよう」パッチは言った。

そこで、二人は文面《ぶんめん》に目を向《む》けた。大男がビルに渡した紙切《かみき》れと、彼《かれ》が落《お》としていった紙切れを見比《みくら》べる。**こちら側《がわ》ノヴェル・クルー。クラレットを無視《むし》し、二つのシャルトリューズをいっしょに回《まわ》る。かす3、クレーム・ド・ミント。魚《さかな》の夜《よる》。**「きみは最初《さいしょ》のを見《み》事《ごと》に解読《かいどく》したよね」ビルがパッチに言った。「こっちもできるんじゃないかな」

ところが、こちらのほうはパッチの得意《とくい》分野《ぶんや》ではなかった。「クラレットとシャルトリューズとクレーム・ド・ミントは酒《さけ》だね。クレーム・ド・ミントはおいしいな、ミント味《あじ》で」

レデヴン家《け》の息子《むすこ》はこれには賛成《さんせい》できなかった。「ひどい味だよ！」

「おいしいよ！」パッチは反論《はんろん》した。

「父さんの言うには、『あんなまずいのを飲《の》むのは女だけ』だそうだ」

パッチは、ウィリアム・フィップスの父親《ちちおや》の意見《いけん》などまったく気にかけていないようだった。「ともかく、色《いろ》は美《うつく》しい。きれいな緑《みどり》で」

「だから、〈右舷灯《うげんとう》〉と呼《よ》ばれてるんだよ」ビルが言った。

「緑は港側《みなとがわ》の左舷《さげん》の灯《あか》りじゃなかったっけ？」

「違《ちが》う、違う。左舷は赤《あか》だよ」ビルは〈ザ・プリティガール〉号《ごう》のバーグルじいさんの弟子《でし》なのだ。

「そうか。これじゃ解読《かいどく》の役《やく》には立たないな」とパッチは言った。

だが、そうではなかった。ビルが急《きゅう》に声を張《は》り上げた。「クレーム・ド・ミントが三つ！〈右舷灯〉三つだ！　緑の灯り三つだよ！」

パッチは尊敬《そんけい》の目を向《む》けた。「すごいね！　やったじゃないか」

「この酒《さけ》の部分《ぶぶん》は全部《ぜんぶ》、船《ふね》の灯りの色だ！　クラレットは赤。クレーム・ド・ミントは緑。シャルトリューズは……リキュールで……」ビルはそう言って、父親《ちちおや》の食後《しょくご》の講義《こうぎ》を思い返《かえ》した。「黄色《きいろ》のシャルトリューズ、それから緑のシャルトリューズ。その二つをいっしょに……。緑と黄色の灯りを同時《どうじ》につけるんだ」

「〈ザ・プリティガール〉号のバーグルじいさんを誘導《ゆうどう》するために」パッチが言い添《そ》えた。

ウェールズのどこかにあるなじみのない小さな入り江《いりえ》で、午前《ごぜん》三時に、バーグルじいさんを正《ただ》しい方向《ほうこう》に案内《あんない》するための指示《しじ》だ。**ザ・カレグ・ビカの先《さき》の島《しま》にある入り江《いりえ》。赤《あか》の灯《あか》りは無視《むし》。緑《みどり》と黄色《きいろ》の灯りが同時《どうじ》にともったところを回《まわ》りこむ。**そして、緑の灯り三つが表《あらわ》しているのは……。**かす3、クレーム・ド・ミント。魚《さかな》の夜《よる》。**「かすは下にたまる酒かす《グラウンド》のことだね……」

「**緑の灯りが三つともった場所《ばしょ》で錨《いかり》を下ろせだ《グラウンド》**」パッチが言った。

こうして、ほんの一瞬《いっしゅん》で解読《かいどく》できた。**赤の灯りは無視。緑と黄色の灯りが同時にともったところを回りこむ。そして、緑の灯りが三つともった場所で錨を下ろせ。**これがバーグルに宛《あ》てた指示だった。

「それから、金曜日〔カトリック教徒《きょうと》が肉《にく》を食《た》べない日〕に魚を食べる人はおおぜいいる」パッチは続《つづ》けた。

「だから、たぶん、魚の夜は――」

「金曜の夜だね」

「**123。魚の夜。**金曜の午前三時だ」

「どうしてワンツースリーなんだろう」ビルはつぶやいた。「三時だったらスリーだけでいいのに。一枚目《まいめ》の最後《さいご》なんだから3だけでも部外者《ぶがいしゃ》には意味《いみ》がわからないはずなのに」

「123《ワンツースリー》」パッチはつぶやいた。「ワン、ツー、スリー……」彼《かれ》の日焼《ひや》けした細《ほそ》い手が興《こう》奮《ふん》に震《ふる》えた。「123じゃない。2《ツー》じゃなくてto 3《ツー》だよ。1 to 3。三時一分前だ〔イギリス式《しき》の時刻《じこく》の言い方《かた》では三時一分前をone to threeと言う〕」

「だけど、どうして一分前なんだ？」ビルが指摘《してき》した。「三時ちょうどでいいじゃないか。だいたい、船《ふね》の上陸《じょうりく》を指《し》定《てい》時《じ》刻《こく》きっかりにおこなえというのは無理《むり》だろう。分刻《ふんきざ》みなんて」

「一時間以内《いない》でもないし……」パッチも認《みと》めた。夜《よる》、暗《くら》い、人気《ひとけ》のない、見知《みし》らぬ海岸《かいがん》で……。

「二時間以内でもなく……」そう言ったとき、ビルの瞳《ひとみ》がきらりと光《ひか》った。123《ワンツースリー》。1 to 3。1から3だ。金曜の夜、共犯者《きょうはんしゃ》たちは指定《してい》の場所《ばしょ》で落《お》ち合《あ》うことになっている。そして、そこで待機《たいき》しているのが午前《ごぜん》一時から三時までという意味《いみ》だ！

こうして、二人はあとで検討《けんとう》する保留《ほりゅう》の部分《ぶぶん》から、この文《ぶん》を取《と》りのぞくことができた。

パッチはノートを出してページを一枚破《まいやぶ》ると、そこに二つのメッセージと解読《かいどく》した文を書いていった。

霧《きり》が出た最初《さいしょ》の夜《よる》、ナイフはヴァイオリンからのメッセージを受《う》け取《と》り、小麦粉《こむぎこ》を集《あつ》めるためにボトルといっしょにバラ色《いろ》のデヴォンへ行く。ナイフはかわいい少女と口論《こうろん》を続《つづ》ける。ヴァイオリンとボトルは待《ま》ち合《あ》わせ場所《ばしょ》、ザ・カレグ・ビカの先《さき》のTraeth yr Ynys で合流《ごうりゅう》する。１２３。こちら側《がわ》ノヴェル・クルー。クラレットを無視《むし》し、二つのシャルトリューズをいっしょに回《まわ》る。かす3、クレーム・ド・ミント。魚《さかな》の夜《よる》。

これを解読《かいどく》すると、こうなる。

「霧が出た最初の夜、〈ナイフ〉ことウィリアム・フィップスは、〈ヴァイオリン〉と呼《よ》ばれる大男《おおおとこ》からのメッセージを受け取り、〈レデヴンの花〉という宝石《ほうせき》を盗《ぬす》むため、ブランドンといっしょにレデヴン館《かん》へ行く。そのあと、〈ナイフ〉は漁師《りょうし》のバーグルじいさんといっしょに〈ザ・プリティガール〉号《ごう》に乗《の》る。〈ヴァイオリン〉とブランドンは、金曜の午前《ごぜん》一時から三時まで、待ち合わせ場所――ザ・カレグ・ビカの先の島《しま》の入《い》り江《え》――で、彼らを待つ。こちら側ノヴェル・クルー（ここは何を指《さ》すのか不《ふ》明《めい》！）。バーグルへの指示《しじ》は以下《いか》のとおり。赤《あか》一つの灯《あか》りは無視《むし》すること。緑《みどり》と黄色《きいろ》の灯りが同時《どうじ》にともったところで舵《かじ》を切《き》り、緑の灯りが三つともった場所《ばしょ》で錨《いかり》を下《お》ろせ」

午前《ごぜん》三時。金曜の早朝《そうちょう》。今《いま》は木曜の昼間《ひるま》だ。

リントンでは、ニューススタンドのカウンターに並《なら》んだ新聞各紙《しんぶんかくし》や、人々が小《こ》わきに抱《かか》えている新聞、街《まち》のあちこちに置《お》き忘《わす》れられた新聞に、次《つぎ》のような見出《みだ》しが躍《おど》っていた。

レデヴン館《かん》で盗難事件発生《とうなんじけんはっせい》。有名《ゆうめい》な宝石《ほうせき》、盗《ぬす》まれる。レデヴンの大地主《おおじぬし》、ロンドンから至急《しきゅう》の帰宅《きたく》。消《き》えた〈レデヴンの花〉！

二人は新聞を買い、記事《きじ》をじっくり読んだ。事件は今日《きょう》早朝、地元《じもと》新聞の遅版《おそばん》になんとか間《ま》に合《あ》う時刻《じこく》に発生した。一家は屋敷《やしき》を離《はな》れていた。夫妻《ふさい》はロンドンに、十五歳の一人息子《むすこ》は友人宅《ゆうじんたく》に滞在中《たいざいちゅう》だ。この少年については、わずかな懸念《けねん》が残《のこ》る。ダートムアを横断《おうだん》して少年を送《おく》り届《とど》けた運転手《うんてんしゅ》の帰宅がひじょうに遅《おく》れたため、滞在先《さき》の家族《かぞく》と電話連絡《でんわれんらく》が取《と》れず、少年の滞在《たいざい》が確認《かくにん》できていないのである。しかし、戻《もど》ってきた運転手《うんてんしゅ》は、濃霧《のうむ》により荒《あ》れ地《ち》を横断《おうだん》するのに長時間《ちょうじかん》かかったと説明《せつめい》し、レデヴン家《け》の子息《しそく》を友人宅《ゆうじんたく》に無事《ぶじ》、送《おく》り届《とど》けたと語《かた》っている。実際《じっさい》、この運転手の帰宅により、事件《じけん》の通報《つうほう》がなされた。破壊《はかい》された窓《まど》を目にし、もっと早《はや》く戻《もど》れたら犯行《はんこう》を防《ふせ》げたのに、と悔《く》やみ……、等々《とうとう》。ビルはブランドンがほくそ笑《え》んでいるにちがいないと思った。警察《けいさつ》に通報《つうほう》し、犯人《はんにん》の捜索《そうさく》の手伝《てつだ》いをしているあいだ、〈レデヴンの花〉は彼自身《かれじしん》のポケットに収《おさ》まっていたのだ。ともかく、両親《りょうしん》は息子《むすこ》が無事《ぶじ》にレディ・アーデン宅に着《つ》いたものと思っているので、心配《しんぱい》はしていないだろう。ブランドンの厚《あつ》かましい卑劣《ひれつ》な行為《こうい》にもよい面《めん》があったということだ。レディ・アーデンは最近《さいきん》デヴォンに来たばかりで、まだ落《お》ち着《つ》いてもいないし、電話《でんわ》も設置《せっち》していなかった。この騒《さわ》ぎのなか、ビルの母《はは》が連絡を取《と》って、息子が到着《とうちゃく》していないことを知るまでにはしばらく時間《じかん》がかかりそうだ。ほんの少《すこ》し、パッチと離《はな》れる時間が取《と》れたら、家に電話をしてみよう、とビルは思った。ところが、次《つぎ》の一行《いちぎょう》でビルの希望《きぼう》は打《う》ち砕《くだ》かれた。「レデヴン館《かん》の電話線《せん》は切断《せつだん》されていて……」

〈ザ・プリティガール〉号《ごう》は小さな埠頭《ふとう》に係留《けいりゅう》され、ゆらゆら揺《ゆ》れていた。乗船者《じょうせんしゃ》はいないようだ。ビルは今《いま》、パッチの目があるところでバーグルに近《ちか》づくことの難《むずか》しさを考《かんが》えていた。バーグルだけは何も知らずにこの一連《いちれん》の犯罪行為《はんざいこうい》に巻《ま》き込《こ》まれたのだ――ビルは一度《ど》も疑《うたが》うことなくそう信《しん》じている。ブランドンがありそうな話《はなし》を適当《てきとう》にこしらえて、バーグルを丸《まる》め込んだのだろう。けれども、今、小さな迷《まよ》いがビルの心《こころ》に芽生《めば》えていた。バーグルはビルを見たら、名前《なまえ》を呼《よ》んで挨拶《あいさつ》をするはずだ。「ビル坊《ぼっ》ちゃま、こんなとこで何をなさってるんだね?」と。そのとき、ビルがずっと他人《たにん》になりすまし、この悪党《あくとう》たちの秘密《ひみつ》を探《さぐ》っていたことをパッチに知られることになる……。そう考《かんが》えただけで、冷水《ひやみず》を浴《あ》びたように体《からだ》がすくんだ。パッチは魅力《みりょく》あふれる人物《じんぶつ》で、ちょっと変《か》わったところはあるが、気さくで感《かん》じがいい。だが、ビルはパッチが演技《えんぎ》するところを二度、目撃《もくげき》している。自分が思っているパッチの姿《すがた》もまた、演技だとは考《かんが》えられないだろうか? 片足《かたあし》の男、片手の男、片目の少年――それはもしかしたら、悪党の仲間《なかま》に加《くわ》わるための儀式《ぎしき》ではないのか、とビルは疑《うたが》い始《はじ》めていた。連中《れんちゅう》が本気《ほんき》でぼくを仲間に引《ひ》き入《い》れようとしたら、パッチの片目と釣《つ》り合《あ》いが取《と》れるように、片方《かたほう》の耳《みみ》を切《き》られるかもしれない……。

サンタは漁船《ぎょせん》に染《し》みついた魚《さかな》の臭《にお》いから、あることを連想《れんそう》した。けっして独創的《どくそうてき》な発想《はっそう》ではなかったが。「昼食《ランチ》はどうするの?」しゃがれた高《たか》い声で、サンタは訊《き》いた。

「またサンタが食《た》べ物《もの》を欲《ほ》しがってる」パッチは言った。「漁師《りょうし》のじいさんはいないし、ぼくたちも食事《しょくじ》をしてきたほうがいいかもしれないな。連中《れんちゅう》が船《ふね》を出すのは日《ひ》が暮《く》れてからだろう。早朝《そうちょう》までにあっちに着《つ》けばいいんだから」

そこで、二人はこぢんまりしたカフェに行き、おなかがいっぱいになるまで食べた。食べたものをいつまで保《も》たせなければならないかわからないし、次《つぎ》の食事までのあいだにどんな危険《きけん》や冒険《ぼうけん》が待《ま》ち受《う》け、それを乗《の》り切《き》らなくてはならないか（あるいは、乗り切れないか）もわからなかった。「もし乗り切れなかったら、これが最後《さいご》の食事になるな」と、パッチは言った。サンタは何も言わず、ご機嫌《きげん》で生肉《なまにく》の大きな塊《かたまり》にかぶりついていた。

食事が終《お》わると——実《じっ》に長《なが》い時間がかかった——二人はまた明るい日差《ひざ》しの中を歩《ある》き出《だ》した。ほんの数分《すうふん》でいいからパッチと離《はな》れて一人になるにはどうしたらいいか、ビルはそればかり考《かんが》えていた。そうしたら、バーグルじいさんを見つけて、事実《じじつ》を打《う》ち明《あ》けることができる。ノース・デヴォンの宝《たから》〈レデヴンの花〉を人気《ひとけ》のないウェールズの海岸《かいがん》へと運《はこ》び、巨大《きょだい》なルビーといくつものエメラルドやダイヤモンドを取《と》り外《はず》して安全《あんぜん》に売《う》り捌《さば》けるようになるまでの隠《かく》し場所《ばしょ》として、バーグルじいさんの船が使《つか》われようとしていることを。もし、バーグルじいさんが聞く耳《みみ》を持《も》たなかったり、万《まん》が一《いち》、犯人《はんにん》たちの仲間《なかま》だと判明《はんめい》した場合《ばあい》は、ただちに警察《けいさつ》に通報《つうほう》しなくてはならない。畑《はたけ》にぽつんと小屋《こや》が建《た》っているのがビルの目に入《はい》った。家畜《かちく》に餌《えさ》をやる際《さい》、いちいち運《はこ》んでくるのが面倒《めんどう》なので、バケツや飼《か》い葉桶《ばおけ》や餌やりの道具《どうぐ》を入れておく物置小屋《ものおきごや》だろう。「ものすごく眠《ねむ》いんだ」パッチに言った。「ちょっとその辺《へん》で昼寝《ひるね》したいな。ゆうべはほとんど眠れなかったから」

パッチもちらりと小屋を見た。「ちょうどよさそうだ。あそこで寝たらいいよ。〈ヴァイオリン〉か誰《だれ》かがリントンから来たとしても、中にいれば見つからないから。そのあいだに、ぼくはちょっと町《まち》まで様子《ようす》を見に行ってくる」

ビルはほっとした。「船《ふね》には近《ちか》づかないほうがいいよ」そっと釘《くぎ》を刺《さ》した。「〈ヴァイオリン〉が着《つ》いたときに姿《すがた》を見られたら困《こま》るだろ」

「そうだね、そのとおりだ」パッチは即答《そくとう》した。「いっしょに行かれるようになるまで待《ま》ってるよ」小屋まで行くと、扉《とびら》に鍵《かぎ》はかかっていなかった。外側《そとがわ》に鍵《かぎ》の付《つ》いたままの南京錠《なんきんじょう》がぶら下《さ》がっていた。「中に、ワラが少しあるね」パッチが言った。「あそこに横《よこ》になって寝《やす》むといい。一時間《じかん》ぐらいで戻《もど》ってきて、起《お》こしてあげるよ」

一時間あれば、埠頭《ふとう》まで行ってバーグルじいさんに話《はなし》をするか、あるいは、いない場合《ばあい》は警察《けいさつ》に行って事情《じじょう》を説明《せつめい》し、そのあと戻《もど》ってきて眠っていたふりをするにもじゅうぶんだ。「うん、わかったよ。でも、船《ふね》のほうには行かないようにね」

「行かないよ」パッチは眼帯《がんたい》をしていないほうのアーチ型《がた》の眉《まゆ》の下からビルを見上《みあ》げた。

そこで、ビルはワラの上に横《よこ》たわり、五分ほど待《ま》ってから、用心深《ようじんぶか》く起《お》き上《あ》がって窓辺《まどべ》に歩《あゆ》み寄《よ》った。パッチの姿《すがた》は視界《しかい》から消《き》えかかっていた。町《まち》への小道のずいぶん先《さき》まで行っている。埠頭《ふとう》からは遠《とお》く離《はな》れていた。ビルは勇気《ゆうき》を出して戸口《とぐち》のところへ行った。

扉《とびら》には鍵《かぎ》がかかっていた。

揺《ゆ》すったり、叩《たた》いたり、蹴《け》ったりしたが、扉はびくともしない。外側《そとがわ》にあった頑丈《がんじょう》な南京錠《なんきんじょう》が掛《か》けられ、閉《と》じ込《こ》められてしまった。たとえ、ガラスを割《わ》ったとしても、窓《まど》は小さすぎてそこから出るのは無理《むり》だ。ほかにこの小屋《こや》から出る手段《しゅだん》はなさそうだ。ビルは囚《とら》われの身《み》となった。小屋で昼寝《ひるね》をすると自分《じぶん》から言い出したとき、パッチは願《ねが》ってもない状況《じょうきょう》に驚《おどろ》きながら、内心《ないしん》にんまりしていたにちがいない。パッチは自分をここに閉じ込めて、平然《へいぜん》と出かけていった……。何をしに出かけたのかは神様《かみさま》にしかわからない。それを言うなら、彼がいつ戻《もど》ってくるかもわからなければ、そもそも戻ってくるのかどうかもわからない。

ところが、一時間《じかん》もしないうちに、パッチは戻ってきた。ビルが閉《と》じ込《こ》められていることにパッチは仰天《ぎょうてん》した。それは驚《おどろ》くような偶然《ぐうぜん》によるものだった。パッチが小屋《こや》を出てバタンと扉《とびら》を閉《し》めたとき、振動《しんどう》で南京錠《なんきんじょう》が掛《か》かってしまったのだ。鍵《かぎ》が付《つ》いたままだったのが幸《さいわ》いし、その鍵でビルは助《たす》け出された。ともかく、大事《だいじ》には至《いた》らなかった。ビルの目的《もくてき》はワラの上で昼寝《ひるね》をすることだったのだから。パッチはビルが扉を開《あ》けようと試《こころ》みたことに驚いていた。昼寝をしていたんじゃないの?

「ほとんどの時間はね」と、ビルは答《こた》えた。そのあいだ、パッチは何をしていたんだろう。

「ただ町《まち》をぶらぶらとね。誰《だれ》も見かけなかったよ。もちろん、埠頭《ふとう》のほうへは行ってないけど」

そこで、二人はいっしょに埠頭へと向《む》かった。午後《ごご》の日差《ひざ》しを浴《あ》び、今度《こんど》は少《すこ》し早足《はやあし》で、お互《たが》い相手《あいて》に不審《ふしん》の目を向けながら用心深《ようじんぶか》く会話《かいわ》を続《つづ》け、どうなるかわからないが待《ま》ち受《う》けているはずの結論《けつろん》に向かって先《さき》を急《いそ》いだ。パッチがわざと閉じ込めたのではないことについては、ビルも納得《なっとく》した。しかし、そのあいだに聡明《そうめい》な友人《ゆうじん》が何をしていたかは想像《そうぞう》がつかない。もしかしたら、自分《じぶん》たちの計画《けいかく》に部外者《ぶがいしゃ》が紛《まぎ》れ込んでしまったことを共犯者《きょうはんしゃ》に伝《つた》えたのかもしれない。だから、計画が台無《だいな》しにならないうちに、さっさと〈ザ・プリティガール〉号《ごう》を出航《しゅっこう》させなくてはいけない、と……。

二人は角《かど》を曲《ま》がって、小さな埠頭《ふとう》を見下《みお》ろした。〈ザ・プリティガール〉号《ごう》は影《かげ》も形《かたち》もなかった。すでに出航《しゅっこう》したあとだった。

ビルはパッチに視線《しせん》を向《む》けようともしなかった。どういうわけか、彼《かれ》が隣《となり》にいることすら念頭《ねんとう》から消《き》えていた。〈ザ・プリティガール〉号は出てしまった。家宝《かほう》である母《はは》の美《うつく》しい宝飾品《ほうしょくひん》〈レデヴンの花〉を乗《の》せて。何も知らないかわいそうなバーグルじいさんは今《いま》、恐《おそ》ろしい悪党《あくとう》たちの手中《しゅちゅう》にある……。ビルは考《かんが》えもなしに狭《せま》い通《とお》りを駆《か》け下《お》り、いくつもの倉庫群《そうこぐん》を回《まわ》って、開《ひら》けた場所《ばしょ》に飛《と》び出《だ》した。

肩《かた》をぐいと摑《つか》まれて引《ひ》き戻《もど》された。不意《ふい》を突《つ》かれて、ビルはよろよろと倉庫のほうへ後《うし》ろ向きに倒《たお》れかけ、隣に立っているパッチの手首《てくび》をつかんだ。二人とも息《いき》が上《あ》がり、不思《ふし》議《ぎ》なことに仲間《なかま》のぬくもりに慰《なぐさ》められたことで、ふたたび心《こころ》の距離《きょり》が縮《ちぢ》まった。

二時間前、〈ザ・プリティガール〉号が係留《けいりゅう》されていた双係柱《そうけいちゅう》には〈にやついた若者《わかもの》〉が腰《こし》かけていた。

第八章

この恐《おそ》ろしい若者《わかもの》は何者《なにもの》なのか、どんなとんでもない性格《せいかく》の持《も》ち主《ぬし》なのか？　ともかく、二人の少年は身《み》を翻《ひるがえ》して懸命《けんめい》に走《はし》った。息《いき》を切《き》らし、喘《あえ》ぎながら、埠頭《ふとう》の裏手《うらて》にある険《けわ》しい山道を登《のぼ》り、曲《ま》がりくねった小道を走って小屋《こや》まで戻《もど》った。ほんの十分前、二人が互《たが》いに心《こころ》のわだかまりを抱《かか》えたまま出てきた場《ば》所《しょ》だ。こうして小屋に帰《かえ》ってくると、共通《きょうつう》の敵《てき》であるおしゃれな茶色《ちゃいろ》のスーツを着《き》た男に対《たい》する恐怖心《きょうふしん》から、二人は友だちどうしに戻っていた。二人はうずくまり、ぶるぶると体《からだ》が震《ふる》え、もう冒険者《ぼうけんしゃ》でも犯罪者《はんざいしゃ》を追《お》うヒーローでもない、恐怖におののくごく普《ふ》通《つう》の少年だった。「ここから逃《に》げなくちゃ……」「ともかく、船《ふね》はもう海《うみ》に出てしまったし……」「ぼくたちが駆《か》けだしたのを、あいつに見られたにちがいない。きっと追《お》いかけてきて……」

この町《まち》から逃《に》げよう、あの恐ろしい男が身《み》じろぎもせず無言《むごん》ですわっていた埠頭からできるだけ離《はな》れようと決心《けっしん》して、二人はもう一度《ど》、小屋《こや》を抜《ぬ》け出《だ》した。外に出たとたん、すぐまた小屋に戻《もど》って身《み》を隠《かく》した。というのも、豚《ぶた》を載《の》せた荷馬車《にばしゃ》が小道に停《と》まっていたからだ。荷台《にだい》では何匹《びき》もの豚が鳴《な》き声を上《あ》げ、御者台《ぎょしゃだい》の農夫《のうふ》は赤《あか》いランチクロスを広《ひろ》げ、大きな口を開《あ》けてチーズサンドを食べていた。

「外に人がいる」

「やり過《す》ごさなくちゃいけないな」

「ここで何をしていたのか、問《と》い詰《つ》められるよ」

「うまく説明《せつめい》できなかったら、怒《おこ》り出すかも……」

「大柄《おおがら》で強《つよ》そうな男だから、まずいよ」

「だけど、ここから逃《に》げなくちゃいけない……」

そこで、二人はまたこっそり外に出た。荷馬車は小屋から二、三ヤードのところに停めてあった。町があるのとは反対《はんたい》の側《がわ》だ。男はまだ木製《もくせい》の席《せき》にすわってチーズサンドを食《た》べている。少年たちは静《しず》かに荷馬車のほうへ足を踏《ふ》み出《だ》した。できるだけ目立《めだ》たないよう忍《しの》び足《あし》で。ちらりと後《うし》ろを見ると、急《いそ》いで丘《おか》を登《のぼ》ってくる男が目に入《はい》った。茶色《ちゃいろ》いスーツの男だ。

そのとき、農夫《のうふ》は色褪《いろあ》せたブルーのスモックの大きなポケットにハンカチをしまい、麦《むぎ》わら帽子《ぼうし》をやや浅《あさ》めに被《かぶ》ると、手綱《たづな》を取《と》って上下《じょうげ》に動《うご》かした。「行くぞ、ベリンダ！」シャフトのあいだにぼんやり立っている太《ふと》った雌馬《めすうま》に呼《よ》びかけたようだ。馬は頭《あたま》を振《ふ》って低《ひく》く下《さ》げ、重《おも》い荷《に》台《だい》を動《うご》かそうと脚《あし》を踏《ふ》ん張《ば》った。ようやく車輪《しゃりん》が動き出し、荷馬車《にばしゃ》はのろのろと進《すす》み始《はじ》めた。

茶色《ちゃいろ》のスーツの若者《わかもの》はさっそうと丘《おか》を登《のぼ》り、どんどん距離《きょり》をつめて少年たちに追《お》いつこうとしている。光沢《こうたく》のある革靴《かわぐつ》やおしゃれなスーツ、それに都会的《とかいてき》な帽子がのどかなデヴォンの田園風景《でんえんふうけい》にはそぐわなかった。

ビルは言った。「間違《まちが》いなく追《お》いつかれるよ。荷車《にぐるま》に迫《せま》っている。どうだろう、この荷馬車を追い越《こ》さないか？　その先《さき》の人のいない小道に入ったら……」

そのとき、パッチがビルの腕《うで》をつかみ、荷台のほうへ押《お》し上《あ》げた。「乗《の》るぞ！」二人はブーブー鳴《な》いている豚《ぶた》でいっぱいの荷台に転《ころ》げ込んだ。「四《よ》つん這《ば》いになって」パッチは声を上げて笑《わら》った。「できるだけ豚らしく見せるんだよ！」上から重《おも》い網《あみ》を被《かぶ》った。四方《しほう》八方《はっぽう》から太《ふと》った豚に押《お》され、目の前で揺《ゆ》れる毛《け》の生《は》えた小さな尻尾《しっぽ》にくすぐられる。逃《に》げ道はなく、ビルはこれもパッチの悪《わる》ふざけではないかと思ったが、パッチもまた重い網の下で手と膝《ひざ》をついてうずくまっていた。〈にやついた刑事《けいじ》〉はすぐそこまで近《ちか》づいている。

二人の少年はおとなしく四《よ》つん這《ば》いの姿勢《しせい》を続《つづ》けた。あいつに見られたらどうなるか？　重《おも》い網《あみ》が絡《から》み合っていて、万事休《ばんじきゅう》すだ。だが、男は荷台《にだい》には目もくれることなく通《とお》り過《す》ぎた。そこでは招《まね》かれざる新入《しんい》りの二人――ビルのおなかの下でぴりぴりした様子《ようす》で体《からだ》を丸《まる》めているサンタを数《かず》に入れれば二人と一匹《ぴき》――が加《くわ》わり、いっそう窮屈《きゅうくつ》になって豚《ぶた》が鳴《な》きわめいていた。男はいったん荷馬車《にばしゃ》の横《よこ》を急《いそ》いで通《とお》り過《す》ぎたあと、気が変《か》わったらしく、荷馬車が追《お》いつくのを待《ま》った。並《なら》んで歩《ある》きながらシャフトに片手《かたて》をかけるところを二人が想像《そうぞう》していると、農夫《のうふ》に挨拶《あいさつ》するのが聞こえた。

「こんにちは」

農夫はうめくような声で応《おう》じた。

「ちょっとうかがいたいんですが、このあたりで少年二人を見かけませんでしたか？」

「いや」農夫は答えた。「見てねえな」おかしな抑揚《よくよう》のあるかなり高い声だった。

若者《わかもの》は一瞬《いっしゅん》ためらってから、尋《たず》ねた。「あなたはウェールズのかたですか？」

「ああ、そうだ」農夫はしぶしぶ認《みと》めた。

「そうですか。デヴォンにはあなたのようなウェールズの人がたくさんいるんでしょうね。

あまり遠《とお》くないですから」

「船《ふね》ならそう遠くはない」農夫《のうふ》は船《ボート》をボールトのように発音《はつおん》した。

「あなたもこっちに渡《わた》ってきたんですね。そして、結婚《けっこん》なさった。イングランドの〈かわいい女の子《プリティガール》〉と。

けれども、ウェールズ人の農夫はこの言葉《ことば》には何も感《かん》じなかったようだ。「ああ、まあな」関心《かんしん》なさそうに答《こた》えた。

「サウス・ウェールズのことはよくご存《ぞん》じですか？」

「いやあ、あんまり知らねえな」

「でも、ノース・ウェールズ訛《なまり》じゃないですよね？」

「おれはカーディフのシティボーイだからな」農夫は答えた。

「カーディフのシティボーイが農業《のうぎょう》を？」

「農家《のうか》の娘《むすめ》と結婚したんだよ」農夫はあまり快《こころよ》く思っていないらしく、不機嫌《ふきげん》な口調《くちょう》で言った。刑事《けいじ》の尋問《じんもん》を受《う》けているのだから無理《むり》もない。

パカッ、パカッ、パカッ、年取《としと》った雌馬《めすうま》の平《ひら》べったい蹄《ひづめ》の音《おと》と、豚《ぶた》の鳴《な》きわめく声の中で、四《よ》つん這《ば》いの少年二人は懸命《けんめい》に聞き耳《みみ》を立てていた。刑事はしばらく無言《むごん》だったがまた話《はな》し始《はじ》めた。

「実《じつ》はトラス・アルナスという場《ば》所《しょ》に向《む》かっているんですが」

「そんな場所はねえよ！」農夫《のうふ》はぶっきらぼうに言った。

「何十か所《しょ》もあるはずですよ。島《しま》の入《い》り江《え》という意《い》味《み》だから」

「ああ、そうかい。だったら、言い方《かた》がおかしいな」この男は、二つ目の言葉《ことば》の真《ま》ん中にアクセントをつけて発音《はつおん》していた。「たしかに、何十か所もある」

「ぼくが向《む》かっているところはカレグ・ビカの先《さき》なんです。どこだか知りませんか？」

「カレグ・ビカも何十もあるよ」農夫はばかにしたように言った。「そいつはとんがり岩《いわ》という意味だからな。どこの入り江にも一つや二つ、とんがっている岩はあるだろ？」

「では、それがどこの入り江だかご存《ぞん》じないのですね？」

「あんたこそ知らないのかね？　そこへ向《む》かっているんだろう？」この男のイントネーションは一文の最後《さいご》で声が高《たか》くなる。

〈にやついた若者《わかもの》〉は最初《さいしょ》のメッセージを見て、待《ま》ち合《あ》わせ場所についての情報《じょうほう》を半分《はんぶん》は得《え》ているようだ。〈ナイフ〉と〈ヴァイオリン〉がザ・カレグ・ビカの先《さき》の Traeth yr Ynys で落《お》ち合《あ》うこと。だが、二つ目のメッセージは見ていないのかもしれない。このウェールズ人から待《ま》ち合《あ》わせ場所《ばしょ》がどこであるかを聞き出そうとしていた。もし、少年二人が二枚《まい》目《め》のメッセージを持《も》っていることを男が知《し》ったなら……。二人は荷台《にだい》の網《あみ》の下でさらに体《からだ》を縮《ちぢ》めた。ブーブー言いながら押《お》し合《あ》いへし合いしている豚《ぶた》よりも体を低《ひく》くした。農夫《のうふ》は老愛馬《ろうあいば》に触《ふ》れる。「さあ、行くぞ、ベリンダ！」すると〈にやついた刑事《けいじ》〉は言った。「では、ぼくも急《いそ》がなくてはならないので」

農夫は「神《かみ》があなたとともにありますように」という意味《いみ》のことをウェールズ語《ご》で言ったあと、こう付け加《くわ》えた。「オーストフェリーに乗《の》るんだろ？」

「船《ふね》に乗り損《そこ》なったので、それが一番早《いちばんはや》そうですから」〈にやついた若者《わかもの》〉は言った。男がスピードを上《あ》げるにつれて、都《と》会風《かいふう》の革靴《かわぐつ》が路面《ろめん》を打《う》つ音も速《はや》くなっていくのが、少年二人の耳《みみ》に届《とど》いた。

彼《かれ》はオーストフェリー乗《の》り場《ば》に向《む》かっている。ウェールズへ渡《わた》るにはオーストフェリーが一番早い。それなら、自分たちもフェリー乗り場に向かうべきだ。ただ、フェリー乗り場はここから遠《とお》く離《はな》れている。待ち合わせの時刻《じこく》はあしたの早朝《そうちょう》。自分たちはまだのろのろ動《うご》く古《ふる》い荷馬車《にばしゃ》の荷台で豚に挟《はさ》まれている。今《いま》ここで、なんとかもがいて荷台を降《お》りたとしても、農夫に見つかってしまうだろう。とはいえ、こんな遅《おそ》いペースでは何時間かかるかわからない。二人は絶望的《ぜつぼうてき》な表情《ひょうじょう》で顔を見合《みあ》わせた。二人の目が合ったとき、荷馬車《にばしゃ》はふいに向《む》きを変《か》え、今《いま》とぼとぼ歩《ある》いてきた道を引《ひ》き返《かえ》し始《はじ》めた。しかも、年取《としと》った馬《うま》が出せる最高《さいこう》のスピードで。ガタガタと激《はげ》しく揺《ゆ》れ、二人は網《あみ》の下で転《ころ》がり、この動《うご》きが止《と》まってくれることを祈《いの》った。ついに、動きは止まった。農夫《のうふ》は車輪《しゃりん》が止まるのを待《ま》ちきれずに、馬の背中《せなか》めがけて手綱《たづな》を放《ほう》り投《な》げて馬車から飛《と》び下《お》りると、駆《か》けていって姿《すがた》が見えなくなった。用心《ようじん》しながら少年たちが顔《かお》を上げると、さっき二人が〈にやついた若者《わかもの》〉から避難《ひなん》して隠《かく》れていたあの小屋《こや》に、農夫の姿が吸《す》い込《こ》まれるのが目に入った。

残《のこ》された馬はリントンへの小道をぶらぶらと歩《ある》き始めた。農夫のほうは気にも留《と》めていないようだ。一度《ど》、ほんの一瞬《いっしゅん》、小屋の窓《まど》から赤ら顔《がお》をのぞかせたが、馬を止めるために出ては来なかった。少年二人は、願《ねが》ってもないチャンスを得《え》て、懸命《けんめい》に網からもぐり出ようとした。やっとのことでパッチが先《さき》に荷台《にだい》を降《お》り、網を持《も》ち上げてビルが降りるのを手《て》伝《つだ》った。二人は体《からだ》がまだ揺れている状態《じょうたい》のまま、ゆっくり小道を進《すす》んでいく荷馬車のわきに立っていた。「馬を止めなくちゃいけない」パッチが言った。「そのあと、あの人が出てきたら、荷馬車がすぐそこに停《と》めてあることを伝えるんだ。たまたま通《とお》りかかって荷馬車を見かけたふりをして……」パッチは御者台《ぎょしゃだい》に覆《おお》い被《かぶ》さるようにして手綱をつかみ、馬を止《と》めた。それから、突然《とつぜん》、またしゃがみ込《こ》んだ。ビルにはパッチの顔《かお》から血《ち》の気《け》が引《ひ》いたのがわかった。

原因《げんいん》は御者台《ぎょしゃだい》に置《お》いてある木箱《きばこ》にあった。膨《ふく》らみのある粗末《そまつ》な黒《くろ》い箱で奇妙《きみょう》な彫刻《ちょうこく》が施《ほどこ》されている。ヴァイオリンケースだ。

二人が荷台《にだい》の後《うし》ろから飛《と》び降《お》りて生《い》け垣《がき》の向《む》こうに逃《のが》れたとき、農夫《のうふ》が小屋《こや》から出てきて、また動《うご》き出《だ》した荷馬車《にばしゃ》の後方《こうほう》で声を張《は》り上《あ》げた。「おい！　止まれ！　ベリンダ。名《な》前《まえ》なんかなんでもかまわないが、止まれ！　おまえの荷馬車に忘《わす》れ物《もの》をしたんだ！」ウェールズ訛《なまり》は消《き》え、笑《わら》いの混《ま》じった、耳あたりのよい、よく響《ひび》く高《たか》い声だった。

男が駆《か》けだしたとき、御者の木の義足《ぎそく》が埃《ほこり》っぽい路面《ろめん》を打《う》つ音《おと》がした——ガツンコトン、ガツンコトン、ガツンコトン。

第九章

馬《うま》、荷馬車《にばしゃ》、豚《ぶた》、そして農夫《のうふ》の姿《すがた》が見えなくなった。パッチとビルは生《い》け垣《がき》から這《は》い出《で》て、できるだけあの男から遠《とお》ざかろうと全速力《ぜんそくりょく》で走《はし》り出した。バスがやってきて、生け垣と生け垣のあいだに派手《はで》な色《いろ》の大きな車体《しゃたい》を突《つ》っ込《こ》んで通《とお》っていく。二人はこの先《さき》の長《なが》い距離《きょり》と危険《きけん》を少《すこ》しでも減《へ》らすため、バスを呼《よ》び止《と》めて乗車《じょうしゃ》した。

「ほら、その道を行けばいいよ」二人を降《お》ろすとき、運転手《うんてんしゅ》は道を指差《ゆびさ》した。「バスはここで曲《ま》がるから。まだかなり距離があるが、誰《だれ》か乗《の》せていってくれる人が現《あらわ》れるかもしれない」二人は礼《れい》を言い、希望《きぼう》を持《も》って歩《ある》き出した。数百ヤード歩くとサンタがひどく重《おも》く感《かん》じられるようになったので、交替《こうたい》で抱《だ》くことにした。「〈にやついた若者《わかもの》〉はあれが〈ヴァイオリン〉だと知らなかったんだろうか?」ビルが尋《たず》ねた。

「どうだろうね。最初《さいしょ》はそうかもしれないと思ってたんじゃないかな。だから、ウェール

ズ人がデヴォンの〈かわいい女の子《プリティガール》〉と結婚《けっこん》したとかなんとか言ったんだよ。船《ふね》の名前《なまえ》だと気がつくかどうか確《たし》かめるためにね。だけど、ウェールズ訛《なまり》にうんざりして、今度《こんど》はウェールズ人なら待《ま》ち合《あ》わせ場所《ばしょ》についてもっと何か知っているんじゃないかと試《ため》してみた。若者《わかもの》のほうは、明《あき》らかに前半《ぜんはん》のメッセージしか知らないわけだから」

「〈ヴァイオリン〉は両方《りょうほう》とも知っている。後半《こうはん》はあいつがぼくに渡《わた》してくれたんだし、前半はぼくから盗《ぬす》んで手に入《い》れている」

「それどころか、後半のほうは二度《ど》も渡してくれたよね。あいつが落《お》としたほうも数《かず》に入《い》れれば」

「指示内容《しじないよう》を入れ替《か》えたやつだね」

「〈ヴァイオリン〉はどうして自分《じぶん》の正体《しょうたい》を〈にやついた若者〉に教《おし》えたくなかったんだろう」パッチは考《かんが》え込《こ》んでいた。「仲間《なかま》どうしなのに」

仲間どうしというなら、それはきみにもあてはまるじゃないか、とビルは心《こころ》の中でつぶやいたが、声には出さなかった。

「〈ヴァイオリン〉から聞いたことで何か思い出せない？　理由《りゆう》として思い当《あ》たるようなことを」

ビルは一生懸命《いっしょうけんめい》考《かんが》えた。「そういえば、ぼくがナイフを持《も》っているかどうか、あいつに訊《き》かれたよ」ビルは横目《よこめ》でパッチを見た。まだ自分《じぶん》のことを〈ナイフ〉だと思っているはずだ。「それで、蛇《へび》を殺《ころ》したときに突《つ》き刺《さ》したまま置《お》いてきた、と答《こた》えたんだ」

「ああ、そうだったな」パッチは言った。彼の長《なが》い脚《あし》は、ビルの脚に比《くら》べるとまだだいぶ短《みじか》い。必死《ひっし》で遅《おく》れまいと動《うご》かしているのがちょっとかわいそうに思える。

「そのあと、あいつはシェイクスピアの引用《いんよう》を口にしたんだ。『もしかしたら、蛇を切《き》りつけただけで、殺してはいないんじゃないかな？』とね。『マクベス』だ」

「知ってるよ」と、パッチは言った。

「それで、『違《ちが》う、ほんとに殺したんだ』とぼくが言ったら、どういうわけだかすごく喜《よろこ》んでいるようだった。近《ちか》づいてきて、手を握《にぎ》って『よくやった、でかした』って言ったんだよ。なんか変《へん》な口調《くちょう》でね」

「わかるよ、〈鉤爪《かぎづめ》の男〉もそんなだったから」パッチは言った。

ビルの体《からだ》に震《ふる》えが走《はし》った。「荷馬車《にばしゃ》の男は両方手《りょうほう》があったけど、足は片方《かたほう》が義足《ぎそく》だったね」

二人はしばらく無言《むごん》で歩《ある》き続《つづ》けた。道は涼《すず》しくて快適《かいてき》だった。牛《うし》が放牧《ほうぼく》されている緑《みどり》の牧草地《ぼくそうち》との境界《きょうかい》に、低木《ていぼく》が並《なら》ぶ生《い》け垣《がき》があり、無数《むすう》の花が咲《さ》いている。二人は少《すこ》しのあいだ道端《みちばた》にすわり、靴《くつ》とソックスを脱《ぬ》いでひんやりした草《くさ》に足をのせて休《やす》んだ。パッチは考《かんが》え込《こ》んだ表情《ひょうじょう》で言った。「〈ヴァイオリン〉は蛇《へび》を殺《ころ》したと聞いて喜《よろこ》んだわけだね。そして、前の晩《ばん》に納屋《なや》で渡《わた》すはずだったメッセージを手渡《てわた》してくれた。さらにそのあと、うっかりメッセージを落《お》とした。そっちは内容《ないよう》は似《に》ているけれど、指示《しじ》の一部《いちぶ》が逆《ぎゃく》になっていた。〈ヴァイオリン〉はあとのほうについて、何か言わなかったかい?」

ビルはもう一度《ど》考え込んだ。緑《みどり》の草地《くさち》にピンク色《いろ》の十四《ぴき》の子鼠《こねずみ》がいるとでもいうように、足の指《ゆび》をくねくね動《うご》かしてサンタの気を引《ひ》きながら。「ああ、そうだ。予定《よてい》が変更《へんこう》になったのは知《し》っているかとかなんとか言ってたよ。それから……そうだ、ボトルに入《はい》ったドリンクが好《す》きか、と訊《き》かれた。で、好きじゃないと答《こた》えたあと、ブランドンのことを好きかどうか訊かれたんだと気がついて……」

「そりゃ好きじゃないよな」パッチはおかしな笑《え》みを浮《う》かべた。

「そうしたら、変更《へんこう》の必要《ひつよう》はないと言って、あいつは親指《おやゆび》で紙《かみ》に曲線《きょくせん》みたいなものを描《か》いたんだ。そのとき、彼の手袋《てぶくろ》がすごく気になってね。黄色《きいろ》い手袋だったよ」

「どんな感《かん》じの曲線?」パッチは訊いた。

「指《ゆび》をさっと動《うご》かして、その先《さき》にある言葉《ことば》を丸《まる》で囲《かこ》んでるみたいな感《かん》じだった」

「どういう言葉《ことば》？」パッチはじれったそうに訊《き》いた。

「わかるわけないよ。あいつの親指《おやゆび》で紙《かみ》の半分《はんぶん》ぐらい隠《かく》れてたんだから」

しかし、どの言葉であるかがとても重要《じゅうよう》なのかもしれない。

パッチは言った。「何か思いつかない？」

「あいつが落《お》としたほうの紙は、いくつかの言葉が逆《ぎゃく》になっていたことぐらいだな」

「そうだったね」

二人は二枚《まい》のメッセージを広《ひろ》げた。言葉が入《い》れ替《か》わっている以外《いがい》はまったく同じだ。**クラレットを無視《むし》し、二つのシャルトリューズをいっしょに回《まわ》る……。二つのシャルトリューズを無視し、クラレットを回る。**どこかの時点《じてん》で、どういうわけか、誰《だれ》かが灯《あか》りについての指示《しじ》を変更《へんこう》している。そして、大男《おおおとこ》はこの指示が今《いま》も有効《ゆうこう》かどうかを尋《たず》ねた。ビルがブランドンに好意《こうい》を持《も》っていないのを確認《かくにん》することによって。

ビルはとてもゆっくりつぶやいた。「連中《れんちゅう》は船《ふね》を難波《なんぱ》させるつもりだ！」

車《くるま》が一台《だい》、角《かど》を曲《ま》がって現《あらわ》れた。二人は呼《よ》び止《と》めようとしたが、中に大男が乗《の》っていたので見送《みおく》った。そして、もう一台。今度《こんど》は若《わか》くてほっそりした男が運転《うんてん》していた。〈にやついた若者《わかもの》〉にたいする二人の恐怖《きょうふ》は〈鉤爪《かぎづめ》の男〉への恐怖よりもさらに大きかった。けれども、この調子《ちょうし》ではどこにも行けない。三台目《だいめ》の車《くるま》が二人のそばで止《と》まってくれた。「乗《の》っていく？　フェリーで渡《わた》るのかい？　いいわよ、さあ乗って。わたしも向《む》こう岸《ぎし》のチェプストウまで行くから」

大柄《おおがら》な年配女性《ねんぱいじょせい》で、大きな丸帽子《まるぼうし》を被《かぶ》り、大きな丸顔《まるがお》についている大きな目で二人を見た。ハンドルに乗せている腕《うで》は肉付《にくづ》きがよく、手は小さい。足は……ダッシュボードに隠《かく》れていた。足が見えさえすれば……。開《あ》けてもらったドアのわきに立っていたパッチが、ていねいな口調《くちょう》で言った。「あれ、何か落《お》ちてますよ」すばやく上体《じょうたい》をかがめてアクセルペダルのほうへ手を伸《の》ばした。それから、微笑《ほほえ》みながら紅潮《こうちょう》した顔を起《お》こした。「見間違《みまちが》いだったみたいです」そう言って、彼女の横《よこ》に乗り込《こ》んだ。ビルはサンタを抱《だ》いて後部座《こうぶざ》席《せき》にすわった。この太《ふと》った女性の車に乗っているあいだは、四六時中《しろくじちゅう》びくびくする必要《ひつよう》はないと思うと気持《きも》ちが楽《らく》になった。

オーストフェリーは、セヴァーン川河口《かこう》のグロスターシャーからモンマス――イングランドとサウス・ウェールズのあいだにある緩衝装置《かんしょうそうち》のような場所《ばしょ》――へ車を運《はこ》ぶ大型平底《おおがたひらぞこ》船《せん》だ。でっぷりした女性は車でフェリーに乗りこんだ。前に一台、後ろに二台並《なら》んでいるが、やがてほかの車も乗《の》り込《こ》んできて、まわりは車だらけになった。汚《きたな》い茶色《ちゃいろ》の水が汚《よご》れた白《しろ》いフリルのような小刻《こきざ》みなうねりを作《つく》り出《だ》すなか、フェリーはゆっくり動《うご》き出した。まもなく、川の中程《なかほど》まで進《すす》み、どちらの岸《きし》からも数百ヤード離《はな》れた。二人は背《せ》すじを伸《の》ばして、川の流《なが》れを眺《なが》めたり、ゆっくり動く船《ふね》の上空《じょうくう》を旋回《せんかい》しては急降下《きゅうこうか》する白いカモメを見上《みあ》げたりして楽《たの》しく過《す》ごした。前の席《せき》にすわっているパッチは、ぶっきらぼうな友だち口調《くちょう》でおしゃべりをし、ビルに抱《だ》かれたサンタは、柔《やわ》らかい茶色《ちゃいろ》の前肢《まえあし》となめらかな頭《あたま》を彼の肩《かた》に乗せていた。ほかの客《きゃく》たちもそれぞれの車の中におとなしくすわり、茶色の水面《すいめん》を眺《なが》めている。ビルは近《ちか》くで物音《ものおと》が聞こえたような気がして周囲《しゅうい》を見回《みまわ》したが、特《とく》に何も見当《みあ》たらず、客がすわったままの車を載《の》せて、フェリーはゆっくりと重い船体《せんたい》を向《む》こう岸《ぎし》へと進めていた。また物音がして、ビルはもう一度《ど》あたりをうかがったが、やはり何も変《へん》化はなかった。今度《こんど》は運転席《うんてんせき》の上の小さなミラーを見た。体《からだ》を動かしたり向《む》きを変《か》えたりしないで、ただじっとミラーを見つめた。弱《よわ》い日《ひ》の光《ひかり》を受《う》けて何か曲線的《きょくせんてき》な光《ひか》る物《もの》が忍《しの》び寄《よ》り、開《あ》いた車の幌屋根《ほろやね》に沿《そ》って手探《てさぐ》りで近づいてくる。このとき、ビルは思い当たった。鉤爪《かぎづめ》だ。

恐怖《きょうふ》で全身《ぜんしん》が凍《こお》りついた。ひじょうにゆっくり屋根を伝《つた》い、後部座席《こうぶざせき》のレザー・クッシヨンのほうへ近《ちか》づいてくる。ビルは上体《じょうたい》をかがめ、少《すこ》しずつ車《くるま》の隅《すみ》へ体《からだ》をずらした。そして、静《しず》かに靴《くつ》を片方《かたほう》脱《ぬ》いだ。前の席《せき》では、パッチが太《ふと》った女性《じょせい》とおしゃべりを続《つづ》けている。ビルがサンタの体を押《お》すと、猫《ねこ》はフロントシートの背《せ》もたれを飛《と》び越《こ》え、パッチの腕《うで》の中に収《おさ》まった。パッチは振《ふ》り返《かえ》り、鉤爪《かぎづめ》を目にした。全身《ぜんしん》に緊張《きんちょう》が走り、身構《みがま》えて行動《こうどう》を起《お》こそうとしているのがビルにもわかった。あとは、ビルの合図《あいず》を待《ま》つばかりだった。

鉤爪は座席《ざせき》の背後《はいご》をじょじょに伝《つた》い降《お》り、一瞬《いっしゅん》止まって手で探《さぐ》った。ビルは硬《かた》い踵《かかと》の靴を振《ふ》り上《あ》げると、全力《ぜんりょく》で鉤爪を叩《たた》いた。

くぐもったうなり声が上がる。鉤爪は激《はげ》しく揺《ゆ》れ動《うご》いたが、切《き》っ先《さき》がレザー・クッションに深《ふか》く突《つ》き刺《さ》さり、抜《ぬ》けなくなっていた。ビルはここぞとばかりに声をかけた。「今《いま》だ！」目を丸《まる》くしている女性《じょせい》を残《のこ》して、二人は車から転《ころ》がり出た。そして、つかのま、ほかの車の陰《かげ》に身《み》をかがめた。それから、ゆっくり次《つぎ》の車の陰へと移動《いどう》し、さらに三台目《だいめ》の車まで移動《いどう》した。

船内《せんない》はたちまち大騒動《おおそうどう》となり、乗客《じょうきゃく》たちは次々《つぎつぎ》に車の窓《まど》から頭《あたま》を突《つ》き出した。「そこにいるぞ！」「あの子たちは何をしてるんだ？」「あれはどこの子だ？」二人は彼らに向《む》かって首《くび》を振《ふ》ったり、静《しず》かにしてくれるよう、そして居場所《いばしょ》をばらさないよう、身振《みぶ》り手振《てぶ》りで頼《たの》んだりした。せめてこの年老《としお》いた亀《かめ》のようにのろいフェリーが向《む》こう岸《ぎし》に着《つ》くまで身《み》を隠《かく》していられれば、全速力《ぜんそくりょく》で下船《げせん》してウェールズの田舎《いなか》へと逃《に》げることができる。しかし、今《いま》のこの状況《じょうきょう》は、出口《でぐち》のない部屋《へや》に閉《と》じ込《こ》められた二匹《ひき》の鼠《ねずみ》のようだ。

そのとき、耳あたりのよい高《たか》い声が響《ひび》いた。「奥《おく》さん、あの子たちはわたしの受《う》け持《も》ちの生徒《せいと》です！ 学校《がっこう》で面倒《めんどう》を起《お》こして逃《に》げ出《だ》したんですよ。見つけるように両親《りょうしん》に頼《たの》まれましてね。ちゃんと家に戻《もど》ったらすべてを許《ゆる》すと伝《つた》えてほしい、と。でも、ごらんなさい、このばか騒《さわ》ぎを。つかまえて、両親の言葉《ことば》を伝《つた》えることもできやしない！」

男はそこにいる。全員《ぜんいん》に話《はなし》を聞《き》いてもらえるよう、太《ふと》った女性《じょせい》の横《よこ》に立って声を張《は》り上《あ》げて。ぶかぶかのグレーの上着《うわぎ》の下に鉤爪《かぎづめ》を隠《かく》し、手に帽子《ぼうし》を持《も》ち、これ以上親切《いじょうしんせつ》で優《やさ》しい男はいないというような笑顔《えがお》で、太《ふと》った大男《おおおとこ》は日差《ひざ》しを浴《あ》びて小さな車《くるま》のわきに立っている。「まったくばかな子供たちですよ、奥《おく》さん。話《はなし》ができればいいんですが。あの子たちに説明《せつめい》できれば……。何も恐《おそ》れることはないと……」

乗客《じょうきゃく》たちはみんな車から身《み》を乗《の》り出《だ》して、二人に優《やさ》しく声をかけた。「きみたち、この紳士《しんし》はあなたたちの味方《みかた》だよ。おとなしく話を聞いたらどうだね？」

男はみんなの視線《しせん》が集《あつ》まっているほうへ歩《ある》いてきた。二人は車のあいだに隠《かく》れていたが、巨体《きょたい》の男は驚《おどろ》くほど敏捷《びんしょう》な動《うご》きを見せた。周囲《しゅうい》の乗客《じょうきゃく》を味方《みかた》につけ、少年たちのいる場所《ばしょ》や、そこへ行く近道《ちかみち》を教《おし》えてもらったりしている。やがて、二人はフェリーの最前部《さいぜんぶ》に追《お》い詰《つ》められ、男が両腕《りょううで》を大きく広《ひろ》げた。すでに乗客の誰《だれ》もが大男《おおおとこ》の味方につき、愚《おろ》かな少年二人に、彼《かれ》が親切《しんせつ》にしようとしているだけであることを伝《つた》えようとしている。フェリーの着岸《ちゃくがん》まではまだ五分あり、二人には逃《に》げ場《ば》がなかった。ぶつかって抱《だ》き上《あ》げられ、おそらくあの恐《おそ》ろしい鉤爪《かぎづめ》による事故が起《お》こり、二人は水の中に落《お》ちてセヴァーン川の下流《かりゅう》へと流《なが》されていくことだろう。足が滑《すべ》ったとか、少年たちが怖《こわ》がって船縁近《ふなべりちか》くに行ってしまったとか、自分《じぶん》は片方《かたほう》が義手《ぎしゅ》なので……などと、男が不慮《ふりょ》の事故《じこ》を防《ふせ》げなかった言《い》い訳《わけ》をしているうちに。二人は低《ひく》い姿勢《しせい》のまま、後《あと》ずさりして重《おも》い鎖《くさり》のところまで下がった。それは船の開閉式《かいへいしき》の出入《でい》り口《ぐち》とつながっている。乗客の叫《さけ》ぶ声が聞こえた。「あそこにいるぞ。青《あお》い車《くるま》のそばだ。追い詰めろ、二人を追い詰めるんだ！」

そのとき、突然《とつぜん》、ささやき声がした。「シーッ！　乗《の》りな！」車のドアが開《ひら》き、二人は急《いそ》いで後部座席《こうぶざせき》に転《ころ》がり込《こ》んだ。上からラグが掛《か》けられ、二人は救《すく》われた。

その直後《ちょくご》、フェリーが傾《かたむ》き、木の桟橋《さんばし》に横付《よこづ》けされた。青い車のエンジンが始動《しどう》し、どの車よりも速《はや》く滑《すべ》るように走り出した。急斜面《きゅうしゃめん》を登《のぼ》り、上にある小さな木の建物《たてもの》、イングランド側《がわ》に引《ひ》き返《かえ》すフェリーの料金徴収所《りょうきんちょうしゅうじょ》を通《とお》り過《す》ぎ、フェリーで着《つ》いた車《くるま》はここから左右《さゆう》に分《わ》かれてモンマスの道路《どうろ》へ入《はい》っていく。背後《はいご》で混乱《こんらん》の悲鳴《ひめい》が上《あ》がっているのが二人の耳《みみ》にも届《とど》いた。大男《おおおとこ》が誰《だれ》かの車を奪《うば》って乗《の》り込《こ》んだ。すぐにも後《あと》を追《お》うつもりだ。だが、その車の身勝手《みがって》な動きが、フェリーから下船《げせん》しようとするほかの車とのあいだで大混乱を引《ひ》き起《お》こし、おかげでビルたちはフェリーから遠《とお》ざかり、ふたたび自由《じゆう》になった！

また誰《だれ》かの手がラグを取《と》りのけ、厳《きび》しい口調《くちょう》で言った。「さあ、これで助《たす》かっただろう？　あんないんちきくさい話《はなし》、信《しん》じられるもんか」小柄《こがら》な年配女性《ねんぱいじょせい》が二人を見下《みお》ろしていた。「もうちゃんとすわったらどうだね。そんなところでごそごそしてないで」

二人は体《からだ》を起《お》こして、後部座席《こうぶざせき》に寄《よ》りかかった。サンタは二人のあいだにすわって、くしゃくしゃになった毛《け》を自分《じぶん》で舐《な》めて毛並《けな》みを調《ととの》えている。ビルは、何か適当《てきとう》な作《つく》り話をしなくてはいけないとわかってはいたが、頭《あたま》が言うことを利《き》かず、ただ黙《だま》って女性を見返《みかえ》しているばかりだった。諸説《しょせつ》あるりんご飴《あめ》の由来《ゆらい》を突《つ》き止めたがる年輩《ねんぱい》の小柄な女性教《きょう》師《し》（註）がいるとしたら、まさにこんな感《かん》じだろう。ビルは何も言うことを思いつかなかった。

だが、パッチはサンタを抱《かか》えてすわり、落《お》ち着《つ》いた大きな茶色《ちゃいろ》の片目《かため》を正面《しょうめん》に向《む》けている。あどけなさが残《のこ》る口元《くちもと》は震《ふる》え、髪《かみ》はきちんとなでつけられ、授業《じゅぎょう》の暗唱《あんしょう》をしている日《にち》曜学校《ようがっこう》の優等生《ゆうとうせい》のようだ、とビルは思った。「あのう、猫《ねこ》のせいなんです。あの男は猫の専門家《せんもんか》で、この猫がイングランド一美《うつく》しいシャム猫だと知って、手に入《い》れたがっているんです。それだけの話《はなし》です。あいつはこの猫を欲《ほ》しがっていました。ぼくの父《ちち》に多額《たがく》の金《かね》を提示《ていじ》して――うちは貧《まず》しいもので――父はそれを受《う》け取《と》りました。でも、家族《かぞく》がひどく動《どう》揺《よう》したし、父自身《じしん》も猫がいないのが寂《さび》しくなり、ぼくたちにお金《かね》を返《かえ》して猫を取《と》り戻《もど》させようとしました。お金を渡《わた》しても、あの男はどうしても猫を返してくれませんでした。それで、ぼくたちは……」パッチは実際《じっさい》に涙《なみだ》を浮《う》かべている、とビルは断言《だんげん》できた。

「本当《ほんとう》なんだ」突然《とつぜん》、パッチのおかしな訛《なまり》をまねて、ビルが言った。

「お茶《ちゃ》が飲《の》みたいよ」訛などおかまいなく、サンタは思ったことを訴《うった》えた。

小柄《こがら》な年配女性《ねんぱいじょせい》は車《くるま》の物入《ものい》れに手を入れ、フィッシュペーストが挟《はさ》まったサンドイッチの大きな包《つつ》みを取り出した。「車に乗《の》っているあいだに食《た》べておいたほうがいいよ」彼女は座席越《ざせきご》しに手渡《てわた》した。「ヘンランまで行くから、そこで降《お》ろしてあげるわ。あとは自分《じぶん》でなんとか家まで帰《かえ》りなさい。どこだか知らないけど」

サンタはサンドイッチに顔《かお》を背《そむ》けたが、空腹《くうふく》の少年たちはすっかり平《たい》らげてしまった。

「まだしばらく時間《じかん》がかかるからね」そう言って、女性は運転《うんてん》を続《つづ》けた。

二人は疲《つか》れて座席《ざせき》のクッションに寄《よ》りかかっていた。逃《に》げたり、危険《きけん》に身《み》をさらしたりしての冒険続《ぼうけんつづ》きでどれだけ体力《たいりょく》を消耗《しょうもう》したことか。ひどく疲れ……ひどく眠気《ねむけ》を催《もよお》し……ひどく……。

女性が車《くるま》を止《と》めて、言った。「さあ、降《お》りて！」このとき、初《はじ》めて彼女《かのじょ》が笑《え》みを浮《う》かべた。ここまで厳《きび》しいまじめな顔《かお》をし続《つづ》けていた理由《りゆう》が呑《の》みこめた。この笑みによって正体《しょうたい》がばれるのがわかっていたからだ。

二人は疲労《ひろう》と眠気のために抵抗《ていこう》できなかった。転《ころ》がるように車から降り、草《くさ》の茂《しげ》る溝《みぞ》を越《こ》え、川と曲《ま》がりくねった小道に挟《はさ》まれた何マイルも続く森《もり》の中に入っていった。奥深《おくぶか》いところの川寄《よ》りに荒廃《こうはい》した小屋《こや》があった。命《めい》じられるまま、のろのろと重《おも》い足を引《ひ》きずって中に入《はい》ると、少年たちは乱暴《らんぼう》に突《つ》き飛《と》ばされ、床《ゆか》に倒《たお》れ込《こ》んだ。「あと数分《すうふん》は生《い》きていられるだろう。そう、あのサンドイッチさ。おまえたちより猫《ねこ》のほうが利口《りこう》だな！」男に蹴《け》り上《あ》げられて、サンタはつばを飛《と》ばしながらうなり声を上げ、わきへ飛んでいった。

激《はげ》しい睡魔《すいま》に襲《おそ》われ、二人が体《からだ》を寄せ合《あ》って小屋の床《ゆか》に横《よこ》たわっていると、冷《つめ》たい手がポケットを探《さぐ》るのを感《かん》じた。「あった、これだ」後半《こうはん》のメッセージだった。ビルは男がそれを手に入《い》れたがっていることを知っていたが、もうどうでもよかった。なにもかもどうでもよくなった。ただ、死《し》にたいと思った。〈にやついた若者《わかもの》〉は年配女性向《ねんぱいじょせいむ》けのおかしな帽子《ぼうし》を被《かぶ》り、古《ふる》くさい滑稽《こっけい》な衣服《いふく》をまとって、こちらを見下《みお》ろしている。彼《かれ》は、少年たちの命《いのち》が尽《つ》きるのはもうまもなくだと言った。ビルは母《はは》のことを考《かんが》えようとした。それから、この恐《おそ》ろしい化《ば》け物《もの》のような連中《れんちゅう》の手に渡《わた》った〈レデヴンの花〉や、すばらしい家で経済力《けいざいりょく》の恩恵《おんけい》を受《う》け、快適《かいてき》に暮《く》らし、甘《あま》やかされて育《そだ》ったことを。だが、それもできなかった。〈にやついた若者《わかもの》〉は軽蔑《けいべつ》したように二人を見下《みお》ろしている。「助《たす》けを呼《よ》ぼうなんて考《かんが》えるなよ。道路《どうろ》からは遠《とお》く離《はな》れている。森《もり》のこのあたりに人は住《す》んでいない。残《のこ》り少《すく》ない呼吸《こきゅう》を無駄《むだ》にしないことだな」そういって、男は出て行った。

これまでパッチに期待《きたい》を裏切《うらぎ》られたことはなかった、とビルは思った。パッチには何か考《かんが》えがあるはずだ。もしかしたら、彼は体調《たいちょう》が悪《わる》くないのかもしれない。具合《ぐあい》が悪《わる》い振《ふ》りをしているだけで……。ビルは自《みずか》らを奮《ふる》い立たせ、人里離《ひとざとはな》れた小さな小屋《こや》から逃《に》げ出す方《ほう》法はないかと思い巡《めぐ》らしたが、そんな方法がないのはわかっていた。男が出て行ってからも、パッチは一言《ひとこと》も口をきかず、隣《となり》でうつらうつらしている。サンタはすぐそばで怯《おび》えた悲《かな》しそうな顔《かお》で体《からだ》を丸《まる》めていた。

「すぐに瞼《まぶた》が重《おも》くなって目を開《あ》けていられない」と、ビルがつぶやいた。

「無理《むり》に開けてる必要《ひつよう》はないって、あいつが言ってたね」パッチは言った。

二人は黙《だま》って横《よこ》になっていた。パッチはとうとう喘《あえ》ぎながら言った。「あのね、ビル、どうしてもいやなんだよ、きみと敵《かたき》どうしとして死《し》ぬのは……」

「ぼくたちは友だちじゃないか」と、ビルは言った。「といっても……」

「といっても、別《べつ》に何かあったわけじゃないけど」パッチはなんとか笑《え》みを浮《う》かべようとした。「ぼくはあいつらの仲間《なかま》じゃないからね。ふざけてへまをやらかしただけさ——よくやるんだ」

ビルは、パッチが悪党《あくとう》たちの仲間だったのかどうかをずっと気にかけていた。「きみは合言葉《あいことば》を口にしたよね。それに、メッセージのことも知っていた……」

「上着《うわぎ》を見つけたときに読《よ》んだからだよ」パッチが言った。「ボースタル少年院《しょうねんいん》の上着をね」

「ぼくの上着じゃないことを知ってたの？　ぼくが〈ナイフ〉じゃないことも？」

「蛇《へび》を殺《ころ》したときにね。ウィリアム・フィップスだったら、絶対《ぜったい》に自分《じぶん》のナイフを置《お》いてきたりしないはずだから。やつはいつだってナイフを持《も》ち歩《ある》いてる。蛇から引《ひ》き抜《ぬ》くことなんかなんとも思わないよ。どこかでボタンの掛《か》け違《ちが》いがあったんだろうな、と思ってた……」

「だったら、どうして……」

「一種《いっしゅ》の冒険《ぼうけん》だからさ」それですべての説明《せつめい》がつくというように、パッチは言った。だから、やってみる価値《かち》がある――ここで、このひどい小屋《こや》でこうしていることさえも……。

「リントンで、ぼくを小屋に閉《と》じ込《こ》めたね」

パッチは申《もう》し訳《わけ》なさそうな表情《ひょうじょう》を浮《う》かべた。「一人で出て行ってしまうんじゃないかと思ったんだ。警察《けいさつ》へ行ってすべてを話《はな》し、なにもかも台無《だいな》しにしてしまうんじゃないかと……。ぼくたちだけの力《ちから》でやりたかったから」

「もし、ぼくがそうしていたら」ビルは苦々《にがにが》しく思った。「こんなことにはなっていなかった。ちょっと冒険しすぎた」いくつものリスクを負《お》ったのは――自分《じぶん》たちの命《いのち》や〈レデヴンの花〉を危険《きけん》にさらしたのも、あの恐《おそ》ろしい悪党《あくとう》たちの逃亡《とうぼう》を許《ゆる》してしまったのも――すべて自分たちだけでやり遂《と》げるという冒険を楽《たの》しもうとしたせいだ。

「ごめんね」パッチは心《こころ》から詫《わ》びた。さらに何かを言いかけたそのとき……。

そのとき……。

森《もり》の絡《から》み合《あ》った下草《したくさ》を踏《ふ》みしめて近《ちか》づいてくる静《しず》かな足音《あしおと》が聞《き》こえた。

二人は懸命《けんめい》に声を張《は》り上《あ》げた。「助《たす》けて！　助けてくれ！」「こっちだよ、小屋《こや》の中！助けに来て。小屋の中にいるんだよ」そんな信《しん》じられない、すばらしいことが現実《げんじつ》に起《お》こるなんて……。ぎりぎりのところで命《いのち》を救《すく》われるなどという奇跡《きせき》のような驚《おどろ》くべきことが起こるなんて。たしかに、毒《どく》には解《げ》毒剤《どくざい》がある。病院《びょういん》に運《はこ》ばれて治療《ちりょう》を受《う》ければ……。

足音がさらに近づいてきて、声がした。「どこだ？」

「ここだよ！　小屋の中。川の近《ちか》くの！」

どんどん近づいてくる。小屋の周囲《しゅうい》は草のない空《あ》き地《ち》になっている。二人の耳《みみ》に、男が森の下草《したくさ》から解放《かいほう》されて空《あ》き地《ち》を歩《ある》いてくるのが聞こえた。

ガツンコトン、ガツンコトン、ガツンコトン。

（註）ここの原文《げんぶん》は「りんご飴《あめ》」（Toffee Apple）、「女性教師《じょせいきょうし》」（Schoolmistress）となっています。これらのことから、ディズニー映画《えいが》《メリー・ポピンズ》の中で、りんご飴を食《た》べる子供《こども》たちの前で子供たちの「しつけ・教育《きょういく》係《がかり》（Nanny）」のポピンズが有名《ゆうめい》な《スーパーカリフラジリスティックエクスピアリドーシャス（最《もっと》も長《なが》い英単語《えいたんご》の一つとされる造語《ぞうご》：素敵《すてき》な気分《きぶん》にさせてくれるというほどの意味《いみ》）》を歌《うた》うシーンを思い浮《う》かべる読者《どくしゃ》がいるかもしれませんが、映画の公開《こうかい》が一九六四年《ねん》のことなので、この連想《れんそう》はあてはまりません。また、映画の原作《げんさく》である児童文《じどうぶん》

学《がく》の名作《めいさく》《メアリー・ポピンズシリーズ》の第《だい》一作《さく》『風《かぜ》にのってきたメアリー・ポピンズ』の発表《はっぴょう》は一九三四年《ねん》のことですが、小説《しょうせつ》の中には映画《えいが》のシーンも「りんご飴《あめ》」も出てきません。また、ロシアの文豪《ぶんごう》アントン・チェーホフの短編《たんぺん》小説にSchoolmistress（英訳《えいやく》タイトル）がありますが、これにも「りんご飴」は出てきませんでした。よって、この箇所《かしょ》はビルの空想《くうそう》によるたとえ話《ばなし》と、訳者《やくしゃ》とも協議《きょうぎ》の上、判断《はんだん》しました。（山口雅也）

第十章

なにもかもどうでもよかった。もうどんなことも気にならない。希《き》望《ぼう》はなくなり、まもなく二人は死《し》ぬ。でも、サンタはどうなるだろう。〈にやついた若者《わかもの》〉が手をつけた仕事《しごと》を〈恐怖《きょうふ》の音楽家《おんがくか》〉が引《ひ》き継《つ》いで仕上《しあ》げたとき、かわいそうな美《うつく》しい猫《ねこ》はひとりぼっちで森《もり》に残《のこ》される。二人がいなくなったあとのサンタを思い描《えが》いた。鼠《ねずみ》や子ウサギや小さな鳥《とり》のような小動物《しょうどうぶつ》を殺《ころ》し、どんどん野生化《やせいか》し、光《ひか》り輝《かがや》く青《あお》い目をしたつややかなビスケット色《いろ》の猫は、野原《のはら》や木立《こだち》の中で恐怖の存在《そんざい》となる。ひとりぼっちで生《い》き続《つづ》けるサンタ、ビルとパッチはこの恐《おそ》ろしい小屋《こや》で死に、朽《く》ち果《は》てていく……。だが、それも気にはならなかった。二人はもうどうでもよくなっていた。

足を引《ひ》きずって歩《ある》く音《おと》がどんどん、どんどん近《ちか》づいてくる。ついに男は二人を見つけた。巨大《きょだい》な体《からだ》がそばに立って二人を見下《みお》ろす。大きなフェルト帽《ぼう》から白髪《はくはつ》が広がり、サイズの大きすぎる象《ぞう》の皮膚《ひふ》のような灰色《はいいろ》のスーツがぱたぱたと揺《ゆ》れている。黄色《きいろ》い手袋《てぶくろ》をした両《りょう》手《て》で、彫刻《ちょうこく》の施《ほどこ》された黒《くろ》いヴァイオリンケースを抱《かか》え、片方《かたほう》のズボンの裾《すそ》から木製《もくせい》の義足《ぎそく》が突《つ》き出《で》ていた。大男《おおおとこ》は少年たちを見下《みお》ろして、言った。「ああ、あいつにやられたんだな」

二人は生気《せいき》のない目で男を見上《みあ》げた。もう何も気にならなかった。恐怖《きょうふ》さえ感《かん》じなかった。サンタだけが少年たちのあいだで身《み》をかがめ、大きな青《あお》い目で男をにらみつけている。〈ヴァイオリン〉はビルに歩《あゆ》み寄《よ》り、細《ほそ》い義足を上《あ》げて荒《あら》っぽくビルを小突《こづ》いた。「あんたはあいつを殺《ころ》したと言ったな」

あいつを殺しただって？　誰《だれ》のことだ？　しかし、ビルは気分《きぶん》が悪《わる》くてもうどうでもよかった。

「あいつを殺したと、おれに言ったじゃないか」大男は言った。「突《つ》き刺《さ》したナイフをそのままにしてきた、と。あんたはあいつのことを〈蛇《へび》〉と呼《よ》んだ――まさしく蛇そのものだが。〈蛇〉を殺して、刺したナイフをそのまま置《お》いてきた、とあんたは言った。ところが、あいつは生《い》きている。あの漁村《ぎょそん》を離《はな》れようとしていたら、おれのところにやってきた。生きているだけじゃなく、あの計画《けいかく》のことも知っている。おれたちが船《ふね》を難破《なんぱ》させようとしているのを知ってるんだ。だが、そもそもあいつは船《ふね》に乗《の》っちゃいない。生《い》きていて、自由《じゆう》に動《うご》き回《まわ》り、計画《けいかく》を知っている……。あいつは知っているんだぞ！」言葉《ことば》を切《き》り、少《すこ》したってあらためて言った。「全部《ぜんぶ》おまえのせいだ」

しかし、何を言われようと怖《こわ》くはなかった。二人は自《じ》分《ぶん》たちの命《いのち》が長《なが》くないことを知っている。もう何をしても助《たす》からない。病院《びょういん》に到着《とうちゃく》する前に、助けが来る前に、息絶《いきた》えてしまうだろう。毒《どく》は燃《も》えさかる炎《ほのお》のように体《からだ》の内部《ないぶ》から食《く》い尽《つ》くしていく。二人は腕《うで》に顔《かお》をのせ、なんとか意識《いしき》を失《うしな》うまいと努《つと》めた。できるのはせいぜいそれくらいだった。なにもかもがもうどうでもよくなっていた。

大男《おおおとこ》の声はとても美《うつく》しい響《ひび》きになることがあるが、そんな優《やさ》しい声で言った。「今度《こんど》はあんたたちがつかまったんだな」少し沈黙《ちんもく》したあと、また続《つづ》けた。「手《て》紙《がみ》はあいつの手に渡《わた》ったのかね？　メッセージの書かれたやつだが」かがみこんで、ビルの体を手《て》荒《あら》く仰向《あおむ》けにしてポケットを探《さぐ》り始《はじ》めた。「ないな。あいつが持《も》って行ったのか。何もないじゃないか」そのとき、かさかさという音《おと》がした。「これはなんだ？」

二つ目《め》のメッセージ、大男が午前中《ごぜんちゅう》にビルに渡したものだった。そこには船の難破《なんぱ》計画《けいかく》が書かれている。

大男《おおおとこ》は引《ひ》ったくった。「あいつはこれを見たのか？　これを読《よ》んだのか？」また義足《ぎそく》の先《さき》でビルを蹴飛《けと》ばした。「見たんだな？」

ビルは弱々《よわよわ》しく頭《あたま》を左右《さゆう》に振《ふ》った。

「見てないのか？」

もし、〈ナイフ〉がそのメッセージを見ていないのなら、大男が彼《かれ》を恐《おそ》れる必要《ひつよう》はなくなる。これで〈恐怖《きょうふ》の音楽家《おんがくか》〉が、〈ナイフ〉こと〈にやついた若者《わかもの》〉と、権力争《けんりょくあらそ》いをしているのが明《あき》らかになった。当初《とうしょ》の計画《けいかく》では、昨夜《さくや》、大男が荒《あ》れ地《ち》で〈ナイフ〉と落《お》ち合《あ》い、上着《うわぎ》を交換《こうかん》することになっていた。ボースタル少年院《しょうねんいん》の上着の中に、〈ナイフ〉が前《ぜん》半《はん》のメッセージを入《い》れておく。そこには、彼とブランドンが宝石《ほうせき》を盗《ぬす》みにレデヴン館《かん》へ行き、そのあと、〈ザ・プリティガール〉号《ごう》でバーグルといっしょに待《ま》ち合《あ》わせ場所《ばしょ》、つまり、とんがり岩《いわ》の先《さき》にある島《しま》の入《い》り江《え》――こちら側《がわ》ノヴェル・クルーの意味《いみ》はまだ解明《かいめい》できていないが――に向《む》かうことが書《か》かれていた。一方《いっぽう》、〈ヴァイオリン〉のほうは、船《ふね》の停泊場所《ていはくばしょ》を示《しめ》した灯《あか》りの指示《しじ》が書かれたメッセージを、上着に入れて〈ナイフ〉に渡《わた》すことになっていた。ところが、その指示は意図的《いとてき》に書き換《か》えられていた。バーグルと〈ナイフ〉の乗《の》った船が難破《なんぱ》するように、指示が変《か》えられていたのだ。

しかし、〈ヴァイオリン〉は荒《あ》れ地《ち》で道《みち》に迷《まよ》い、約束《やくそく》どおり〈ナイフ〉と会《あ》うことができなかった。その代《か》わりに、一人の少年と会う。その少年は「〈ナイフ〉が死《し》んだ」と〈ヴァイオリン〉に思わせるようなことを言った。「ナイフで蛇《へび》を殺《ころ》して、そのまま置《お》いてきたんだ」と。〈ヴァイオリン〉が『マクベス』を引用《いんよう》すると、合言葉《あいことば》が返《かえ》ってきた。彼《かれ》ははやる思いで確認《かくにん》した。「それが〈ナイフ〉に起《お》こったことなんだな?」そして、ビルに歩《あゆ》み寄《よ》って彼の手を握《にぎ》った。さらに、ビルと知《し》り合《あ》ったことを誇《ほこ》らしく思い、「いつでも味方《みかた》だからな」と言った。ところが今《いま》の〈ヴァイオリン〉はビルの味方ではない。ビルが〈にやついた若者《わかもの》〉を殺してはいなかったからだ。さらに、〈にやついた若者〉が偽《にせ》のメッセージを見てはいないことが判明《はんめい》した。つまり、彼がビルから奪《うば》い取《と》ったメッセージは、最初《さいしょ》に書《か》かれた正《ただ》しいメッセージなのだ。「赤《あか》一つの灯《あか》りは無視《むし》すること。緑《みどり》と黄色《きいろ》の灯りが同時《どうじ》にともったところを回《まわ》り込《こ》む……」要《よう》するに、〈にやついた若者〉は大男《おおおとこ》が裏切《うらぎ》って〈ナイフ〉の乗《の》った船《ふね》を難破《なんぱ》させようとしていたことを知らない。それなら、大男が〈ナイフ〉を恐《おそ》れる必要《ひつよう》などまったくないことになる。

この経緯《けいい》をすっかり解《と》き明《あ》かしたパッチは、肘《ひじ》に体重《たいじゅう》をかけてなんとか少《すこ》し体《からだ》を起《お》こした。「ぼくたちは……あなたに何も悪《わる》いことをしてないんです……。どうか……助《たす》けてもらえませんか？　あいつに……あいつに、毒《どく》を……盛《も》られたんです」勇敢《ゆうかん》な少年は、さっきまで横《よこ》になっていたずだ袋《ぶくろ》の上にふたたび倒《たお》れ込《こ》んだ。

大男《おおおとこ》は立《た》ち尽《つ》くしたまま、しばらく考《かんが》えていた。「そうだな。助《たす》けちゃいけない理由《りゆう》はなさそうだが……。蛇《へび》のことは単《たん》なる勘違《かんちが》いらしい。あんたが殺《ころ》したのは本物《ほんもの》の蛇だったんだな？」また義足《ぎそく》の先《さき》でビルを押《お》したが、今度《こんど》は押し方《かた》が優《やさ》しかった。「どうなんだ、ぼうや？　本物の蛇だったんだな？」

ビルは弱々《よわよわ》しくうなずいた。脈打《みゃくう》つ心臓《しんぞう》の音《おと》に合《あ》わせて、一筋《ひとすじ》の希望《きぼう》の光《ひかり》が揺《ゆ》れている。だが、もう意識《いしき》をつなぎ止《と》めることができないところまで来ていた。

「そうは言っても、あんたたちはあいつにしゃべるかもしれない」

「そんなこと絶対《ぜったい》にしないよ」パッチが言った。

大男はまた少《すこ》し考えた。「ほんとかね？」そのあと、彼《かれ》は意《い》を決《けっ》した。「おれは危《あぶ》ない橋《はし》を渡《わた》るつもりはない。あんたたちはしゃべらないかもしれないが、その気になればしゃべることができる。その状況《じょうきょう》に変《か》わりはない」大男は立ったまま、二人を見下《みお》ろした。「だから、悪《わる》いが、しゃべれないようにさせてもらうよ」それ以上《いじょう》は何も語《かた》らず、大男はかがんでパッチの腕《うで》をつかむと、ずだ袋を引きずるように細《ほそ》い体を引《ひ》っ張《ぱ》って小屋《こや》の外に出て行った。

　ビルはパッチを助《たす》けるため、必死《ひっし》で体《からだ》を起《お》こそうとしたが、体は動《うご》かなかった。次《つぎ》は自《じ》分《ぶん》の番《ばん》であることも覚悟《かくご》していた。サンタはいないかと見回《みまわ》すと、飼《か》い主《ぬし》を追《お》って、小屋《こや》から飛《と》び出《だ》していったあとで、甲高《かんだか》い耳障《みみざわ》りな声で必死《ひっし》に鳴《な》いている。ビルは、激《はげ》しい頭《ず》痛《つう》と動悸《どうき》に見舞《みま》われながら、パッチの身《み》に何が起《お》ころうとしているかを気も狂《くる》わんばかりに考《かんが》えていた。やがて、バシャーンという水音《みずおと》が聞こえた。

　川だ！

　戸口《とぐち》にふたたび大男《おおおとこ》が現《あらわ》れ、小さな小屋に差《さ》し込《こ》む光《ひかり》が巨体《きょたい》に遮《さえぎ》られた。ビルは弱《よわ》った体でもがこうとしたが、運《うん》が尽《つ》きたことはわかっていた。サンタも急《いそ》いで戻《もど》ってきて、哀《あわ》れな声で訴《うった》えている。だが、猫《ねこ》は、ビルがもうパッチを助《たす》ける役《やく》には立たないことを悟《さと》ったようで、くるりと向《む》きを変《か》えて小屋から出て行った。大男は赤子《あかご》のように軽々《かるがる》とビルを担《かつ》ぎ上《あ》げて小屋から運《はこ》び出《だ》した。川縁《かわべり》には暖《あたた》かく優《やさ》しい日《ひ》の光《ひかり》が降《ふ》り注《そそ》ぎ、ひんやりした風《かぜ》を受《う》けて木々はささやき合い、巨大《きょだい》な一つの足と、詰《つ》め物を革《かわ》で包《つつ》んだ義足《ぎそく》の先《さき》が、容《よう》赦《しゃ》なく迫《せま》ってくるなか、花々は草《くさ》むらで恐怖《きょうふ》に身《み》を縮《ちぢ》めている。担ぎ上げられたビルは、ちょうどこの地点《ちてん》で川が穏《おだ》やかな流《なが》れから急《きゅう》な流れへと変《か》わり、大きな岩《いわ》を縁取《ふちど》るように

担《かつ》ぎ上《あ》げられたビルは、ちょうどこの地点《ちてん》で川が穏《おだ》やかな流《なが》れから急《きゅう》な流れへと変《か》わることがわかった。

進《すす》んで、何百年もかけて岩《いわ》をすり減《へ》らして作《つく》り上《あ》げた狭《せま》い海峡《かいきょう》へと注《そそ》ぎ込《こ》むことがわかった。そのあとのことは、わからなかった。太《ふと》い腕《うで》に体《からだ》を持《も》ち上《あ》げられたかと思うと、うめき声とともにほうり投《な》げられ、体は川面《かわも》めがけて急降下《きゅうこうか》した。

冷《つめ》たいさざ波《なみ》がビルの体を覆《おお》った。

大男《おおおとこ》は立ち止《ど》まろうともしなかった。背《せ》を向《む》けると、自分《じぶん》の足と義足《ぎそく》とが作るいつものリズムを刻《きざ》みながら、木立《こだち》の中を戻《もど》っていった。ガツンコトン、ガツンコトン、ガツンコトン……。だが、それを聞いている者《もの》はいない。木々と草花《くさばな》と川と——怯《おび》えた一匹《ぴき》のシャム猫《ねこ》をのぞいては。

第十一章

この世界《せかい》にもう二度《ど》と静寂《せいじゃく》が訪《おとず》れることはないように思われた。渦巻《うずま》く水の中で体《からだ》がぐるぐる回転《かいてん》し、急流《きゅうりゅう》に吸《す》い寄《よ》せられていく。ビルは栓《せん》を抜《ぬ》いた洗面台《せんめんだい》の水に落《お》ちたハエのように、自分《じぶん》ではどうすることもできなかった。岩《いわ》に打《う》ちつけられて傷《きず》やあざだらけになり、全身《ぜんしん》の力《ちから》がすっかり潰《つい》えそうになったとき、突然《とつぜん》、とがった部分《ぶぶん》のある湾曲《わんきょく》した物《もの》に乗《の》り上《あ》げた。大きな洗面器《せんめんき》のような形《かたち》をしたキャンバス地製《じせい》の物だ。ビルはその縁《へり》に覆《おお》い被《かぶ》さったが、疲労困憊《ひろうこんぱい》し、ひどい吐《は》き気《け》がこみ上《あ》げてきた。冷《つめ》たい水や体への衝撃《しょうげき》がよい方《ほう》に機能《きのう》したようで、ビルは朝食《ちょうしょく》や昼食《ちゅうしょく》、フィッシュペースト・サンドイッチ、それに毒物《どくぶつ》を嘔吐《おうと》した。

そう、毒物が吐《は》き出《だ》された！

すでに気分《きぶん》はよくなっていた。冷たい水のおかげで頭《あたま》はすっきりし、毒が胃《い》から吐き出されて急《きゅう》に眠気《ねむけ》が吹き飛《ふと》んだ。パッチを捜《さが》してあたりを見回《みまわ》すと、疲《つか》れ切《き》った様子《ようす》で二つの大きな岩《いわ》に挟《はさ》まれているのが見えた。水面《すいめん》のすぐ上で頭《あたま》を何度《なんど》も上下《じょうげ》に動《うご》かしている。今《いま》ごろはパッチの胃《い》も空《から》になっているにちがいない。ビルは浅瀬《あさせ》に膝《ひざ》を打《う》ちつけ、衣服《いふく》から水を滴《したた》らせ、苦労《くろう》しながら懸命《けんめい》にパッチに歩《あゆ》み寄《よ》ると、ぐったりしたパッチの体《からだ》を半《なか》ば引《ひ》きずるようにして、さっき自分《じぶん》が打《う》ち上《あ》げられた場所《ばしょ》に連《つ》れて行った。どっと疲れが出て、ビルは日《ひ》の当《あ》たる川縁《かわべり》の草地《くさち》に倒《たお》れ込《こ》んだ。そして、眠りに落《お》ちた。いつまでも眠り続《つづ》けた。

夢《ゆめ》の中で、ビルは奇妙《きみょう》な音《おと》を聞《き》いた。懐《なつ》かしい、甲高《かんだか》い、しゃがれ声だ。夢の中だというのに、その声を聞いて幸《しあわ》せな気持《きも》ちになった。ビルはびくっと上体《じょうたい》を起《お》こした。目の前に、大きな青《あお》い目が二つ、ビルの顔《かお》をのぞき込《こ》んでいる。その声は執拗《しつよう》にこう訴《うった》えていた。

「もう何か食《た》べる時間《じかん》よ！」

サンタは、自分《じぶん》の飼《か》い主《ぬし》たちが、浮《う》いたり沈《しず》んだり転《ころ》がったりして川の流《なが》れに運《はこ》ばれていくのを追《お》ってきたのだろう。岩《いわ》から岩へと打ちつけられる二人を心配《しんぱい》そうに見ながら、丈《たけ》の高《たか》い草《くさ》のあいだを走《はし》り抜《ぬ》け、二人が眠っているあいだも、暑《あつ》い日差《ひざ》しの中でじっと傍《かたわ》らにすわっていた。とはいえ、頭の中で一番《いちばん》に考《かんが》えているのは自分の腹具合《はらぐあい》のことだった。

今《いま》、日差《ひざ》しは強《つよ》く、太陽《たいよう》は高《たか》いところにある。そろそろおやつの時間《じかん》にちがいない。日差しのおかげで、二人の服《ふく》は脱《ぬ》いで乾《かわ》かしたのと同《おな》じくらい乾いていた。あとは、鉄格子《てつごうし》の上の聖《せい》ラウレンティウス〔ローマ時代《じだい》の聖人《せいじん》。殉教《じゅんきょう》の際《さい》、生《い》きながら熱《ねっ》した鉄格子の上で火あぶりにされたが、途中《とちゅう》で「こちら側《がわ》は焼《や》けたから、ひっくり返《かえ》してもよい」と伝《つた》えたと言われる〕のように、体をひっくり返すだけでよかった。二人は今、とても気分《きぶん》がよかった。明《あか》るく、心《こころ》がはずみ、安堵《あんど》に満《み》たされ、新《あたら》しい勇気《ゆうき》がわいてきた。二人は死《し》と直面《ちょくめん》し、笑《え》顔《がお》で生還《せいかん》した。パッチが悪党《あくとう》の一味《いちみ》ではないことを打《う》ち明《あ》けたとき、二人のあいだに新しい真《しん》の友情《ゆうじょう》が生《う》まれ、もう一度《ど》最初《さいしょ》からやり直《なお》したいと思った。

おかしなパッチ——こんなトラブルを全部《ぜんぶ》自分《じぶん》たちで背負《しょ》い込《こ》むなんて。あのとき警察《けいさつ》に行っていれば、問題《もんだい》は警察が解決《かいけつ》してくれたはずなのに。ところが、そうはしなかった。いたずらっ子のパッチはビルを小屋《こや》に閉《と》じ込《こ》めた。ビルは今、眼帯《がんたい》をしていないほうの褐《かっ》色《しょく》の瞳《ひとみ》がおもしろがっているような、いたずらをしているような、冒険《ぼうけん》を楽《たの》しんでいるような輝《かがや》きを放《はな》っているのを目にした。パッチはまた危険《きけん》に飛《と》び込《こ》んでいくのが待《ま》ちきれないらしい。そして、そこから脱出《だっしゅつ》するのが。今が三時か四時だとすると、〈ヴァイオリン〉と〈にやついた若者《わかもの》〉が待《ま》ち合《あ》わせ場所《ばしょ》に到着《とうちゃく》する時刻《じこく》の午前《ごぜん》一時から三時まで、十二時間を切《き》っている。自分たちが今どこにいるのか、どのくらい遠《とお》くまで行かなくてはならないのか、そこまで行くのにどのくらいの時間《じかん》がかかるのか、どのようにすれば行くことができるのか、二人はそのどれもがわからなかった。

「誰《だれ》かの車《くるま》に乗《の》せてもらうのはもうやめたほうがいいね」褐色《かっしょく》の瞳《ひとみ》を輝《かがや》かせながらそう言って、パッチが立《た》ち上《あ》がった。

ビルも続《つづ》いて立ち上がると、それまで土手《どて》に覆《おお》い被《かぶ》さるように生《は》えている草《くさ》で半分隠《はんぶんかく》されていた物《もの》が、足もとで動《うご》いた。互《たが》いに相手《あいて》にしがみつき、気がついたときには土手から離《はな》れて、また川を流《なが》れ始《はじ》めていた。パッチは必死《ひっし》で叫《さけ》んだ。「サンタ！」間一髪《かんいっぱつ》でビスケット色《いろ》の物体《ぶったい》が宙《ちゅう》を飛《と》んで、危《あや》うく飼《か》い主《ぬし》をまた川に突《つ》き落《お》としかねない勢《いきお》いで肩《かた》に着地《ちゃくち》した。それから、二人は花のおしべのように中央《ちゅうおう》でくっついたまま、この奇妙《きみょう》な丸《まる》い舟《ふね》でくるくる回《まわ》りながら川を下《くだ》り始《はじ》めた。「コラクルだよ」パッチが驚《おどろ》きと喜《よろこ》びと興奮《こうふん》の入《い》り交《ま》じった歓声《かんせい》を上げて笑《わら》った。

コラクルは、柳《やなぎ》で編《あ》んだフレームにタールを塗《ぬ》ったキャンバス地《じ》を張《は》った、水に浮《う》かぶたらいのような舟《ふね》だ。ちょうど巨大《きょだい》なクルミの殻《から》のように見える。最初《さいしょ》に土手に流れ着《つ》いて岸《きし》に上がったときに、ビルはこの上に乗《の》ったにちがいない。そのあと、パッチを引《ひ》きずって同《おな》じ場所《ばしょ》に戻《もど》った。それから、二人で土手の端《はし》にすわって足をぶらぶらさせていたとき、知らないうちに係留索《けいりゅうさく》が緩《ゆる》んだのだろう。パッチは言った。「これで行くのもいいね」二人はバランスを取《と》りながらキャンバス地《じ》の中央《ちゅうおう》に腰《こし》を下《お》ろした。コラクルは一人用《よう》に作《つく》られているので、重心《じゅうしん》を一点《てん》に置《お》かなくてはならない。

ビルはコラクルについて聞いたことがあった。かつては魚釣《さかなつ》りに用《もち》いられていたが、今《いま》でもイングランドのシュロップシャーやウェールズの数少《かずすく》ない川で使用《しよう》されている。たいへん軽《かる》いので持《も》ち主《ぬし》が自分《じぶん》で持《も》ち運《はこ》びでき、陸上《りくじょう》で移動《いどう》する際《さい》はコラクルを背負《せお》う。おかしな形《かたち》をした丸《まる》みのあるキャンバス地の大きな傘《かさ》から頭《あたま》だけを突《つ》き出《だ》している姿《すがた》は、さながら亀《かめ》のように見える。場所《ばしょ》によっては、コラクルを所有《しょゆう》していることがその川で魚《さかな》を釣《つ》る権利《けんり》を意味《いみ》するところもある。特《とく》にコラクルをよく見かけるのはテイフィ川で、この川はカーマーゼンシャーとカーディガンシャーの境界《きょうかい》を流《なが》れ、さらに下流《かりゅう》へ行くとペンブルックシャーとカーディガンシャーの境界線《きょうかいせん》と重《かさ》なり、やがてカーディガンの町《まち》のすぐ南《みなみ》で海《うみ》へと注《そそ》ぐ。

回《まわ》りながら川を下《くだ》るにつれて、ビルは頭がくらくらしてきた。「ヘンランっていう小さな町の手前《てまえ》に急流《きゅうりゅう》の多《おお》いところがあって、そこにはコラクルがたくさんあるんだ。ここがそうじゃないかな。もし、そうなら、カーディガン湾《わん》から十から十二マイルぐらいの位置《いち》になる」

「車《くるま》でも何マイルか移動《いどう》してるはずだよね」パッチが言った。

「そうだね。ひどく眠《ねむ》くて、まわりの景色《けしき》なんかぜんぜん目に入《はい》らなかった……」

「ぼくもだよ」パッチはさらに続《つづ》けた。「あいつは待《ま》ち合《あ》わせ場所《ばしょ》に向《む》かっていたはずだ。方向《ほうこう》はこっちで間違《まちが》いないよ」

「そうすると……今《いま》いるのはスウォンジーから数《すう》マイルのところだな。ガワー海岸《かいがん》のはずはない」

「あいつはわざわざぼくたちを遠《とお》くまで連《つ》れてきたのかな」

「死《し》にそうになるのを見計《みはか》らっていたんだろうな」ビルは言った。「あるいは、あの小屋《こや》の存在《そんざい》を知《し》っていたのかもしれない。ぼくたちを放置《ほうち》するのに最適《さいてき》だと思ったんだろう。目的地《もくてきち》に着《つ》く前に、ぼくたちが死《し》んでしまうなら、そこが待ち合わせ場所に近《ちか》かろうと遠かろうと関係《かんけい》ないからね」

「ところが、結局《けっきょく》、ぼくたちは生《い》きている。まあ、ここがどこか、本当《ほんとう》のところはわからないけど」

「見当もつかない《ノット・ア・クルー》！」

「新《ノヴェル・クルー》しいヒントもない」メッセージの解読《かいどく》できていない部分《ぶぶん》を引用《いんよう》しながら、パッチは声を上《あ》げて笑《わら》った。「とんがり岩《いわ》の先《さき》にある島《しま》の入《い》り江《え》。こちら側《がわ》ノヴェル・クルー。ノヴェルは〈小説《しょうせつ》〉かもしれない。あるいは〈新《あたら》しい〉かな……」

「本《ほん》のヒントのこちら側――」

「小説本のこちら側、つまり『こちら側のヒントは本の中にある』と理《り》解《かい》できるかもしれない」ビルが言った。「なんの本かわかれば……」

「メッセージのどこかほかのところにヒ《キ》ン《ー》トは隠《かく》されていないかな」そうつぶやいたとたん、パッチはビルの腕《うで》をつかんだ。二人は舟《ふね》の中で興奮《こうふん》した。「クルーはキーのことかもしれない。パズルを解《と》くヒ《キ》ン《ー》ト……わかった！　汽《き》車《しゃ》に飾《かざ》られていたあの写真《しゃしん》だ！　わかったぞ。ええと……ええと……」小舟《こぶね》はくるくる回《まわ》ってすばやく流《なが》れに乗《の》り、巨礫《きょれき》をうまくかわしながら進《すす》んでいく。土手《どて》にぶつかり、また巨礫のほうに戻《もど》され、いつもと異《こと》なる重心《じゅうしん》で大きな蓮《はす》の花が旋回《せんかい》する。突然《とつぜん》、低《ひく》く重《おも》い轟音《ごうおん》を耳《みみ》にし、二人は急流《きゅうりゅう》がわずか数《すう》ヤードに迫《せま》っていることを察知《さっち》した。

鮭《さけ》がより内陸部《ないりくぶ》の静《しず》かな場《ば》所《しょ》に産卵床《さんらんしょう》を作《つく》るため、水面《すいめん》から体《からだ》が出るほど跳《と》び上《あ》がりながら、川の流《なが》れに逆《さか》らって懸命《けんめい》に遡上《そじょう》している。コラクルが危《き》険《けん》なほど傾《かたむ》き、二人はさっ

二人はさっと両手《りょうて》を出《だ》してごつごつした岩《いわ》への衝突《しょうとつ》を避《さ》けた。

と両手《りょうて》を出してごつごつした岩《いわ》への衝突《しょうとつ》を避《さ》けた。間隔《かんかく》の狭《せま》い巨礫《きょれき》のあいだを通《とお》り抜《ぬ》けるためにあちらへこちらへと舟《ふね》を傾《かたむ》け、水の渦《うず》に引《ひ》き込《こ》まれそうな場所《ばしょ》では、しばらく旋回《せんかい》を続《つづ》けた。両岸《りょうぎし》の土手《どて》がどんどん後《うし》ろへ飛《と》んで行き、その速《はや》さに頭《あたま》がくらくらし、当惑《とうわく》する思いだったが、妙《みょう》に気分《きぶん》が浮《う》き立《た》っていた。

ふいにビルが叫《さけ》んだ。「橋《はし》だ！」舟《ふね》が低《ひく》いアーチ橋《きょう》をかすめて通《とお》っているあいだ、二人は頭を引《ひ》っ込《こ》めて身《み》をかがめ、橋を抜けて川幅《かわはば》が広《ひろ》くなると得意満面《とくいまんめん》になった。橋の上から歓声《かんせい》が上《あ》がり、二人が振《ふ》り返《かえ》ると、身を乗《の》り出《だ》してコラクルの疾走《しっそう》を眺《なが》めている人々の姿《すがた》が目に入《はい》った。幼《おさな》い少年二人が元気《げんき》いっぱいに声援《せいえん》を送《おく》り、小さな少女は危険《きけん》なほど身を乗り出して、カーブに差《さ》しかかって舟が見えなくなるのを見送《みおく》っていた。男も一人いる。静《しず》かにたたずみ、コラクルが通り過《す》ぎるのを眺《なが》めていた。小舟《こぶね》が流《なが》れの穏《おだ》やかなところに出て、危険が過《す》ぎ去《さ》ったころ、車《くるま》の動《うご》き出す音が聞こえてきた。

二人は現実《げんじつ》を認《みと》めようとしなかった。いやな事実《じじつ》を直視《ちょくし》できなかったし、しようともしなかった。あの恐《おそ》ろしい音楽家《おんがくか》が今《いま》また二人を追《お》いかけてきていることを。カーブを過ぎて流れが落《お》ち着《つ》くと、二人はこの珍《めずら》しい小舟でしばらく旋回《せんかい》を楽《たの》しんでから、これからどうすべきかを考《かんが》え始《はじ》めた。

「ともかく、どこへ向《む》かえばいいかはわかってる」水の中に手を入《い》れ、小さな滴《しずく》が太陽《たいよう》の光《ひかり》を受《う》けて火花《ひばな》のようにきらめくのを見ながら、パッチは言った。「新《あたら》しいヒントのこちら側《がわ》、つまり、ニューキーのこちら側だ。カーディガンシャーの北部《ほくぶ》に、ニューキーという小さな港町《みなとまち》がある」

そして、二人はテイフィ川にいる。テイフィ川はカーディガンで海《うみ》に出る。

コラクルを漕《こ》ぐには、奇妙《きみょう》な平《ひら》べったいオールが使《つか》われる。二人はそれを探《さが》しだして、弱々《よわよわ》しく水をかき始《はじ》めた。「前のほうでバシャバシャやると、くねくね進《すす》みはじめるんじゃないかな」ビルはコラクルについての豊富な知識《ちしき》を披露《ひろう》した。二人はそうやってオールを小刻《こきざ》みに動《うご》かしながら、なんとか舟《ふね》を前に進《すす》めた。サンタは、魚《さかな》が群《むら》がっている水の中を不満顔《ふまんがお》で見つめ、この中の一匹《いっぴき》でも水から跳《と》び出《で》て、硬《かた》い背骨《せぼね》をはずして三枚《まい》に下《お》ろし、おいしく料理《りょうり》されてくれないだろうか、と思った。ビルとパッチも耐《た》えがたい空腹《くうふく》を感《かん》じていた。「食《た》べ物《もの》さえあったら、この舟旅《ふなたび》ももっと楽《たの》しめるのに」と、ビルは言った。二人は、日差《ひざ》しを浴《あ》びながらゆっくりと小舟《こぶね》を進めていた。「もうじき別《べつ》の村《むら》に出るよ。クナルスっていうんだ。あそこで何か買《か》えるかもしれない……」

けれども、橋《はし》の上では歓迎委員会《かんげいいいんかい》が準備《じゅんび》をおこなっていた。「コラクルに乗《の》った二人の少年なんです」まさにその瞬間《しゅんかん》に大柄《おおがら》な男が言った。「親愛《しんあい》なる友だち！　わたしたちの友人たちです！　うっかりこの包《つつ》みを忘《わす》れていきましてね。コラクルが橋《はし》の下を通過《つうか》するときに、上から落《お》として渡《わた》してもらいたいんです……あいにく、わたしは旅《たび》を続《つづ》けなくてはならないもので」

小さな包みだったが、ずっしりして変《か》わった形《かたち》をしている。「ぼくたちが受《う》け取《と》って、川の中まで歩《ある》いて行って渡したほうがいいんじゃないのかな」ウェールズ人の少年たちは怪訝《けげん》そうに包みを見て言った。

「いやいや。あの子たちは舟《ふね》を止《と》められたくないんですよ。橋の下まで来たときに上から投《な》げ落《お》とす、と二人に話はつけてあるので」包み紙《がみ》を突《つ》き破《やぶ》って、金属製《きんぞくせい》の小さなピンが飛《と》び出《だ》している。「ただ、このピンはわたしのために残《のこ》しておいてくださいよ。いいね、ぼうやたち。わたしが戻《もど》ったときに、みんなに五シリングずつあげるから。ただし、ピンを抜《ぬ》くのは最後《さいご》の最後だよ。栓《せん》みたいなもので、フラスコ瓶《びん》の中身《なかみ》が全部《ぜんぶ》飛び出てしまうから」そう言って、男は大きなフェルトの帽子《ぼうし》を振《ふ》り、少年たちは大きな金属製の鉤爪《かぎづめ》を見て、震《ふる》え上《あ》がった。しかし、それが男の狙《ねら》いだった。鉤爪を印象《いんしょう》づけておけば、頭上《ずじょう》から放《ほう》り投げられた爆薬《ばくやく》によって、コラクルに乗《の》った少年二人が爆死《ばくし》した事件《じけん》の捜査《そうさ》に警察《けいさつ》が来《き》たとき、両手《りょうて》のある片足《かたあし》の男には興味《きょうみ》を示《しめ》さないだろうから。男は大きな帽子《ぼうし》を振《ふ》って車《くるま》に乗《の》り込《こ》み、慌《あわ》ただしく走《はし》り去《さ》った。

川の流《なが》れは落《お》ち着《つ》いて舟《ふね》もゆるやかに進《すす》んでいたが、二つ目《め》の急流《きゅうりゅう》に近《ちか》づくと、ふたたびコラクルは加速《かそく》した。小舟《こぶね》はいくつもの渦《うず》の中で旋回《せんかい》し、岩《いわ》のあいだを弾《はず》みながら進《すす》む際《さい》、柳《やなぎ》の骨組《ほねぐ》みが軋《きし》み音《おん》を立《た》てた。こうなると、手にしたオールも用《よう》をなさなかった。コラクルが橋《はし》の下を通《とお》り抜《ぬ》けるとき、二人はまた姿勢《しせい》を低《ひく》くして、サンタを抱《だ》いたまま身《み》を寄《よ》せ合《あ》った。コラクルが橋の川下側《かわしもがわ》に出ると、二人は橋を見上《みあ》げ、男の子たちに勝《か》ち誇《ほこ》ったように手を振《ふ》った。

少年たちは身を乗り出して包《つつ》みを投《な》げ、狙《ねら》いどおり二人のあいだの舟底《ふなぞこ》に落《お》ちた。

コラクルのスピードが上がった。

橋の上の少年たちは笑顔《えがお》で見守《みまも》った。半《はん》マイル川下《かわしも》では、車《くるま》を路肩《ろかた》に寄せ、大男《おおおとこ》が聞《き》き耳《みみ》を立てて待《ま》っている。おかしな形《かたち》をした白《しろ》い包《つつ》みはタールを塗《ぬ》ったキャンバス地《じ》の上に落ちた……。

少年たちはじっと見守っている。大男も川を見つめ、耳をそばだてた。

三十秒《びょう》ほどたったころ、それは起《お》こった。激《はげ》しい爆発音《ばくはつおん》は水のせいで抑《おさ》えられていた。

空高《そらたか》く水柱《みずばしら》が立《た》ち、日《ひ》の光《ひかり》を受《う》けてきらきら輝《かがや》いている。車《くるま》の中《なか》で静《しず》かに待《ま》っている大男《おおおとこ》は、目の前で実際《じっさい》に起《お》こっているかのようにその様子《ようす》を思い描《えが》いた。やがて水柱は小さくなり、なんの痕跡《こんせき》も残《のこ》さず穏《おだ》やかな水面《すいめん》に戻《もど》る。水柱の立ったところにはわずかに小さな渦《うず》ができるが、それもしだいに収《おさ》まっていく。何か具体的《ぐたいてき》な残骸《ざんがい》が川を流《なが》れてくるのではないだろうか？　大男は車《くるま》を降《お》り、カーブしている道路《どうろ》の下の土手《どて》へ行ってみることにした。両腕《りょううで》を不規則《ふきそく》に揺《ゆ》らして巨体《きょたい》を運《はこ》び、藪《やぶ》を抜《ぬ》け、岩《いわ》の上を歩《ある》いて川岸《かわぎし》へ行った。

何もない。爆発《ばくはつ》を示《しめ》す物《もの》は何もなかった。コラクルの骨組《ほねぐ》みの一本も、衣類《いるい》の切《き》れ端《はし》も、猫《ねこ》の死体《したい》すらなかった。魅力的《みりょくてき》な特徴《とくちょう》であるビスケット色《いろ》のちぎれた肢《あし》が、穏《おだ》やかな流れに乗《の》って運《はこ》ばれてくることもなかった……。

そのとき、コラクルが視野《しや》に入《はい》った。うれしそうな表情《ひょうじょう》をした無傷《むきず》の少年二人が乗っている。青《あお》い目を輝《かがや》かせた猫《ねこ》は、精一杯《せいいっぱい》の大きな声で訴《うった》えていた。「食《た》べ物《もの》をちょうだい！」

二人のあいだに白《しろ》い紙《かみ》が広《ひろ》げられていて、サンドイッチとウェルシュケーキと厚切《あつぎ》りの硬《かた》そうなチョコレートが載《の》っていた。紙《かみ》には子供《こども》らしい文字《もじ》でこう書《か》かれていた。「きみたちの知《し》り合《あ》いからプレゼントを投《な》げ入《い》れるようにたのまれたんだ。その人は、ぼくたちが手《しゅ》りゅうだんを見たことがないと思っているんだね。じっさい、ぼくたちのお父さんはみんな、戦地《せんち》に行っているか民兵《みんぺい》として村《むら》を守《まも》っているんだよ。手《しゅ》りゅうだんの代《か》わりに、食《た》べ物《もの》を分《わ》けてあげるよ。幸運《こううん》を祈《いの》ってる！　きみたちが通《とお》り過《す》ぎたあとで、手《しゅ》りゅうだんを投《な》げてみるね、どうなるか見てみたいから」

二人はこれほどおいしい食べ物を、これまで食べたことがなかった。

第十二章

それからしばらくたって、二人は男の子がいっぱいいる野原《のはら》に差《さ》しかかった。笑《わら》ったり、おしゃべりをしたり、遊《あそ》んだり、サンドイッチを食《た》べたり、瓶《びん》から直接《ちょくせつ》、飲《の》み物《もの》を飲んだりして、実《じっ》に楽《たの》しそうだ。コラクルがゆっくり近《ちか》づくのを目にして、何人かが今《いま》やっていることを中断《ちゅうだん》して見に来た。クナルスより下流《かりゅう》ではめったにコラクルを見かけないからだ。コラクルに飽《あ》きると、少年たちはサンタに注目《ちゅうもく》した。黒《くろ》っぽい耳《みみ》をぴんと立ててすわり、上品《じょうひん》な淡《あわ》いビスケット色《いろ》の体《からだ》から生《は》えた黒い尻尾《しっぽ》をくねらせ、美《うつく》しい青《あお》い目で見つめている。ウェールズの少年たちはこれまでシャム猫《ねこ》を見たことがなかった。

「その動物《どうぶつ》は何？」ウェールズ訛《なまり》の高《たか》い声で訊《き》いた。「猿《さる》？」

「猿はおまえだろ！」別《べつ》の少年が笑い飛《と》ばした。

「猫だよ。わかんないのか？　猫だってことぐらい誰《だれ》でもわかるさ」

それから、少年たちはビルとパッチに、もっとよく見えるように土手《どて》の近《ちか》くまで来てくれと言った。岸《きし》に近づくと、サンタは大きく跳《と》んで草《くさ》の上に着地《ちゃくち》し、サンドイッチのあいだから取《と》り出《だ》したサーディンをありがたく頂戴《ちょうだい》した。少年たちはサンタのまわりに集《あつ》まってきた。

「うわあ、ほんとにきれいだね。あの目を見て。こんな目、見たことある？　おいで、猫《ねこ》ちゃん。ほんとにきれいな猫だ！」サンタクロースはどんなコラクルよりも人気《にんき》が高《たか》かった。

「きみたちはピクニックに来てるのかい？」ビルとパッチは、バンズやチョコレートを受《う》け取《と》った。

「これからキャンプに行くんだよ。ボーイズクラブのね。ぼくたちはクラングランノグの谷《たに》のほうから来て、これからエルズ〔青少年《せいしょうねん》にさまざまな体験《たいけん》に参加《さんか》する機会《きかい》を提供《ていきょう》しているウェールズの青年組織《そしき》〕のキャンプ場《じょう》へ行くんだ」

「それはどこにあるの？」特《とく》に関心《かんしん》があるわけではないが、何か言ったほうがいいと思って、ビルは訊《き》いた。

「ニューキーのすぐ南《みなみ》だよ。カーディガン湾《わん》にあるんだ」

ニューキーのすぐ南《みなみ》。新《あたら》しいヒントのこちら側《がわ》。自分《じぶん》の耳《みみ》が信《しん》じられない思いで、パッチは重《かさ》ねて尋《たず》ねた。「それは――ええと、とんがり岩《いわ》のある……」

「そうだよ、ザ・カレグ・ビカ」

「それから――島《しま》があるんだよね？　入《い》り江《え》のある……」

「うん、トラス・アル・アネス。〈島の入り江〉という意味《いみ》なんだ。ウェールズ語でアネスは島。Y'sはU'sみたいに発音《はつおん》するんだよ。アネスってね」

ビルとパッチはその発音がZの発音だろうとかまわなかった。ついに、待《ま》ち合《あ》わせ場所《ばしょ》が判明《はんめい》したのだ。どう見ても、自分たちはその途上《とじょう》にいる。

「きみたちはこれからそこへ行くんだね？」

「もうすぐバスに戻《もど》るんだ。今《いま》、待《ま》ってるところだよ」

派手《はで》な大型《おおがた》バスが野原《のはら》の向《む》こうに停《と》まっているのが見えた。「夕食前《ゆうしょくまえ》の遊泳時間《ゆうえいじかん》までに着《つ》けるといいんだけど……。いっしょにおいでよ。猫《ねこ》を連《つ》れて」

「引率《いんそつ》の大人《おとな》たちが許《ゆる》してくれないだろう」

「わかりっこないよ」少年たちは笑《わら》い声《ごえ》を上《あ》げた。「バスに戻ったときに点呼《てんこ》をとるようなら、みんなで騒《さわ》げば、誰《だれ》が誰だかわからないさ。行こうよ、みんなも猫といっしょに行きたがってる」
少年たちが誰《だれ》を一番同行《いちばんどうこう》させたがっているかは明《あき》らかだが、ビルもパッチも気にならなかった。待《ま》ち合《あ》わせ場所《ばしょ》へ行ける。幸運《こううん》のひとかけらがひょんなことから転《ころ》がり込《こ》んできた。

少年たちはいっせいにバスに乗《の》り込《こ》んだ。引率者《いんそつしゃ》が点呼《てんこ》のために名前《なまえ》を呼《よ》びはじめたが、車内《しゃない》のあちこちから返事《へんじ》があったり、質問《しつもん》や意見《いけん》、くだらない返答《へんとう》が飛《と》び交《か》ったりして、あきらめてしまった。少年たちは誰一人欠《だれひとりか》けていなかったし、休憩《きゅうけい》のために下車《げしゃ》したときより人数《にんずう》が二人多《おお》くなっているとは思ってもいないようだ。ふだん、テイフィ川沿《ぞ》いの野原《のはら》で少年たちが雨後《うご》の筍《たけのこ》のように増《ふ》えることはなかったから。サンタは少年から少年へと渡《わた》り歩《ある》き、みんなに喉《のど》を鳴《な》らして甘《あま》えた。いつもは知らない人に愛嬌《あいきょう》を振《ふ》りまくことはないのだが、こうすることが乗車料金代《じょうしゃりょうきんが》わりになるとわかっているらしい。引率者には警戒《けいかい》して近寄《ちかよ》ることとなく、視界《しかい》に入ることさえ上手《じょうず》に避《さ》けていた。「サンタはなんでもわかってるんだね」パッチは目を細《ほそ》め、誇《ほこ》らしい気持《きも》ちを抑《おさ》えられなかった。

両側《りょうがわ》に高《たか》い生《い》け垣《がき》のある、坂《さか》の多《おお》い細道《ほそみち》をバスは進《すす》んでいった。ときおり車《くるま》がクラクションを鳴《な》らして通《とお》り過《す》ぎ、すぐさま夏《なつ》の白《しろ》い埃《ほこり》の中に姿《すがた》を消《け》した。この日は朝《あさ》から太陽《たいよう》が容赦《ようしゃ》なく照《て》りつけていた。ほんの一日前、ビルが暗《くら》い霧《きり》の中で寒《さむ》さに震《ふる》え、もう二度《ど》と暖《あたた》かな日差《ひざ》しを見ることはないのではないかと思ったのが嘘《うそ》のようだ。さっきバスを抜《ぬ》かしていった車《くるま》に追《お》いついた。のろのろ進《すす》んでいたバスがスピードを上《あ》げていたらしいとわかって、少年たちは歓声《かんせい》を上げた。だが、パッチとビルは、バスが追《お》い越《こ》したとき、先方《せんぽう》の運転手《うんてんしゅ》がサイド・ウィンドウから興味津々《きょうみしんしん》でこちらに顔《かお》を向《む》けていたのが気になった。その車はふたたびバスを追い越そうとしないばかりか、追いつこうともしない。くねくねとした細道《ほそみち》をゆっくり進んでバスを尾行《びこう》しているのではないか、少《すこ》したってからそんな考《かんが》えが頭《あたま》をよぎった。運転手の顔は見えなかった。今《いま》のところ、身《み》の危険《きけん》はなさそうだ。

海《うみ》に面《めん》したキャンプ場《じょう》でバスを降《お》りたときには、五時をまわっていた。半《はん》マイルほど先《さき》に高《たか》い崖《がけ》が海岸《かいがん》まで延《の》びている。少年たちはわくわくした様子《ようす》で、バスの外に整列《せいれつ》し始《はじ》めた。ほかのバスからも少年たちが次々《つぎつぎ》に降りてきて、誰《だれ》もが興奮《こうふん》して意気盛《いきさか》んだった。あちこちから高音《こうおん》のウェールズ訛《なまり》でしゃべる声が聞《き》こえてくる。ウェールズ語《ご》で話《はな》す者《もの》も何人かいたが、たいていは文《ぶん》の語尾《ごび》を上《あ》げるウェールズ独特《どくとく》のイントネーションで英語《えいご》をしゃべっていた。パッチはサンタをジャケットの中に隠《かく》して、点呼《てんこ》のためのジグザグした列《れつ》に並《なら》んだ。引率者《いんそつしゃ》が名前《なまえ》を確認《かくにん》しながらゆっくりとこちらへ進んでくる。パッチが耳元《みみもと》でささやいた。「もし、別《わか》れ別れになったら、例《れい》のところで落《お》ち合《あ》おう、ええと……」

「ザ・カレグ・ビカだね」ビルも声をひそめた。

「そう、そこ。海岸沿《かいがんぞ》いにあるはずだから」

それには、なんとかして海岸へ行かなくてはならない。このキャンプ場《じょう》から誰《だれ》の目にも触《ふ》れずに抜《ぬ》け出《だ》すのはそう簡単《かんたん》ではなさそうだ、と二人は思い始《はじ》めていた。引率者《いんそつしゃ》が二人の前で足を止《と》めた。「名札《なふだ》はどうしたんだね？」

口を開《ひら》いたらおしまいだ、とビルはわかっていた。ウェールズのボーイズクラブにイングランドの少年が参加《さんか》しているはずはないからだ。それに、あの車《くるま》もいる——船《ふね》のあとを追《お》うサメのように、のろのろしたスピードでバスの後《うし》ろからついてきた車。二人がこの親《しん》密《みつ》な仲間《なかま》に守《まも》られた安全地帯《あんぜんちたい》から放《ほう》り出《だ》されるのを、忍耐強《にんたいづよ》く待《ま》っている。そうなったら……。ビルは、しゃべってはいけないとわかっていた。口を開いて、自分《じぶん》たちの正体《しょうたい》をばらすようなことをしてはならない。

ウェールズ訛《なまり》の甲高《かんだか》い声が聞こえた。「あのね、ぼくも名札なんかないよ。あそこで待ってたんだ、ほかのみんなといっしょに。だけど、誰《だれ》も名札を渡《わた》してくれなかった。ぼくにも、友だちのこいつにも。だから、二人とも名札はないんだ」

「きみはどこから来たんだね？」

「ぼくはカーディフだよ」つぶらな褐色《かっしょく》の瞳《ひとみ》を見開《みひら》いて、パッチは言った。「こいつはスウォンジー。恥《は》ずかしがり屋《や》だから人前《ひとまえ》で話《はな》すのが苦手《にがて》なんだ」

「それでも、わたしには話をしてもらわなくてはならない」引率者《いんそつしゃ》は言った。「話してくれたまえ。きみはスウォンジーのどのあたりから来たのかね？」二人に疑《うたが》いの目を向《む》けた。

ビルはもごもごと思い浮《う》かんだ最初《さいしょ》の言葉《ことば》をつぶやいた。「なんだって？」引率者は聞き返《かえ》した。

「こいつはね、スウォンジーの――ええと……」パッチも口ごもった。「こいつはスウォンジーのマーケットプレイスから来たんだ。マーケットプレイスのあたり……」スウォンジーは古《ふる》い町《まち》だから、マーケットプレイスがあるにちがいない。

「今《いま》もそこに住《す》んでいるのかね？」

ビルはうなずいた。

「ほう。スウォンジーのマーケットプレイスは爆撃《ばくげき》ですっかり焼《や》け落《お》ちてしまったはずだが」そう言って、唇《くちびる》に笛《ふえ》を当《あ》てて吹《ふ》いた。

つやつやした淡《あわ》い色《いろ》の何かが、あんぐり口を開《あ》けている少年たちの列《れつ》を猛《もう》スピードで駆《か》け抜《ぬ》け、テントの張《は》られたキャンプ場内《じょうない》を横断《おうだん》した。パッチが甲高《かんだか》い声で叫《さけ》んだ。「猫《ねこ》だ！」一瞬《いっしゅん》にして、少年たちみんながいっせいに声を張り上げた。引率者《いんそつしゃ》はふたたび笛《ふえ》を吹《ふ》いたが、役《やく》には立たなかった。サンタは、自分《じぶん》のスピードを披露《ひろう》するチャンスを得《え》たことに気をよくして、行儀《ぎょうぎ》よく並《なら》んでいる少年たちの列《れつ》を掻《か》き乱《みだ》し、自由自在《じゆうじざい》に駆《か》け回《まわ》った。まもなく敷地内《しきちない》は大混乱《だいこんらん》となった。引率者たちは額《ひたい》を拭《ぬぐ》い、匙《さじ》を投《な》げた。「そのうち、収《おさ》まるだろう。そうなってから、収拾《しゅうしゅう》に乗《の》り出《だ》すことにしよう」ともかく、少年たちは厳格《げんかく》な統制《とうせい》のもとに押《お》さえつけられることはなく、愉快《ゆかい》な時《とき》を過《す》ごした。

よく通《とお》る声がした。「こんにちは、みなさん」

大男《おおおとこ》だ。大きな頭《あたま》にフェルト帽《ぼう》を浅《あさ》く被《かぶ》り、ぶかぶかのグレーのスーツを着《き》た体格《たいかく》のいい男。愛想《あいそ》のいい大きな顔《かお》に、満面《まんめん》の笑《え》みを浮《う》かべている。小わきにヴァイオリンケースを抱《かか》え、一見《いっけん》したところ音楽家《おんがくか》だ。片足《かたあし》が義足《ぎそく》だった。

引率者三人がその男に視線《しせん》を向《む》けた。「こんにちは」

「協力《きょうりょく》をお願《ねが》いできないかと思いましてね。実《じつ》は、二人の少年を捜《さが》しているんですよ。人《ひと》当《あ》たりのいい子供たちなんですが……片方《かたほう》の少年に伝《つた》えなくてはならないことがありましてね。気《き》の毒《どく》に母親《ははおや》が……」ため息《いき》ともつかない息をもらし、悲《かな》しげな雰囲気《ふんいき》を演出《えんしゅつ》しようとした。

「何か問題《もんだい》でも?」

「あの子たちは家出《いえで》をしたんですよ。もちろん理解《りかい》できます、男の子は男の子ですから。たぶん、愛情深《あいじょうぶか》い家族《かぞく》に囲《かこ》まれた揉《も》め事《ごと》もない家が退屈《たいくつ》だったのかもしれません。ただ、気《き》の毒《どく》な母親《ははおや》が悲《かな》しみに打《う》ちひしがれておりまして……」大男《おおおとこ》は悲しんでいる母親がどうなったのかを具体的《ぐたいてき》には言わなかった。黄色《きいろ》の手袋《てぶくろ》をした手に持《も》ったハンカチで、目のまわりを押《お》さえた。

「わたしのグループに二名少年が紛《まぎ》れ込《こ》んでいます」引率者《いんそつしゃ》の一人が口を開《ひら》いた。「身分《みぶん》証明《しょうめい》の名札《なふだ》も持《も》っていないし、こちらに着《つ》いてバスを降《お》りるまで、二人の姿《すがた》を見た覚《おぼ》えもありません。二人はもともとわたしに割《わ》り当《あ》てられた生徒《せいと》の中にはいなかったにちがいありません。それに、今思《いま》うと、しゃべっていたのは片方《かたほう》の少年ですが、本当《ほんとう》にウェールズ人なのかどうか疑《うたが》わしいですね」笑《わら》いながらこう付《つ》け加《くわ》えずにはいられなかった。「しゃべりかたはウェールズ人そのものなんですけど」

「わたしが捜《さが》しているのはイングランドの少年たちです」

そのころになると、少年たちもいくらか落《お》ち着《つ》いてあちこちで適当《てきとう》に集《あつ》まり、敷地《しきち》の中《ちゅう》央《おう》で引率者《いんそつしゃ》たちに話《はな》しかけている見知《みし》らぬ大男《おおおとこ》を眺《なが》めていた。ちょうど向《む》こう端《はし》で、パッチがサンタを抱《だ》いて黙《だま》って立っているのが、ビルの目に入《はい》った。また必要《ひつよう》になれば、すぐにもサンタを放《はな》して追《お》いかけっこをさせようと考《かんが》えているのだろう。ビルは周囲《しゅうい》に視線《しせん》を向《む》けた。キャンプ場《じょう》は土手《どて》や茂《しげ》みに囲《かこ》まれ、自然《しぜん》の洗面器《せんめんき》のような形《かたち》になっている。だから、誰《だれ》の目にも触《ふ》れず、追いかけっこをすることもなく、ここを立《た》ち去《さ》るのはまず無理《むり》だ。逃《に》げ道《みち》はない。ビルは大男からパッチへと視線を移《うつ》し、それからもう一度《ど》キャンプ場全体《ぜんたい》を見渡《みわた》した。大男がこう言うのが耳《みみ》に入った。「少年たちは青《あお》いシャツを着《き》ています。二人ともです。髪《かみ》が縮《ちぢ》れ毛《げ》でかなり目立《めだ》つ青いシャツを着て……」突然《とつぜん》、ほかの少年たちがみんなグレーや茶《ちゃ》のシャツを着ていて、青いシャツを着ている少年も、縮れ毛の少年もこの中にはいないようにビルには思えた。大男や引率者、少年たちみんながきょろきょろしている。

何かしなくてはならない。

ふいに、ビルは何をすべきかを思いついた。一番近《ちか》くの少年のほうに身《み》を乗《の》り出《だ》して何かささやく。その少年も向こう隣《どなり》の少年へと同《おな》じことをする。誰《だれ》もが近《ちか》くの仲間《なかま》に伝《つた》えていき、あっというまにキャンプ場内《じょうない》に広《ひろ》がった。「ずっとここにいなくちゃならないよ」

メッセージが伝《つた》えられていく。「こんなばかげたことのために待《ま》たされていたら……日《ひ》が沈《しず》む前に海《うみ》に入《はい》れなくなる。さっさと水着《みずぎ》に着替《きが》えて海辺《うみべ》へ走《はし》って行こう……」そして、すぐさま上着《うわぎ》を脱《ぬ》ぎ、シャツをたくし上《あ》げて脱《ぬ》ぎ捨《す》てると、鞄《かばん》から水着《みずぎ》を引《ひ》っぱり出した。ビルが最初《さいしょ》にささやいてからさほど時間《じかん》がかからないうちに、少年たちは手のつけられない家畜《かちく》の群《む》れと化《か》してキャンプ場《じょう》を飛《と》び出《だ》し、崖《がけ》を下《お》り、先《さき》を争《あらそ》って曲《ま》がりくねった細《ほそ》い小道を駆《か》け下りて海辺へ向《む》かった。

ビルも青《あお》いシャツを堂々《どうどう》と脱いでわきに抱《かか》え、みんなといっしょに走って行った。パッチの姿《すがた》は見失《みうしな》ったが、待《ま》ち合《あ》わせ場所《ばしょ》は決《き》めてあるし、機転《きてん》の利《き》くパッチならどんな状況《じょうきょう》でもなんとかするだろう。ビルはほかの少年たちと崖側《がけがわ》の小道を駆け下り、砂浜《すなはま》を横切《よこぎ》ってリーダーたちといっしょに海に飛《と》び込《こ》み、うれしくて飛び跳《は》ねた。濡《ぬ》れてぺたっとした髪《かみ》の半裸《はんら》の少年を〈青《あお》いシャツを着《き》た縮《ちぢ》れ毛《げ》の少年〉だと誰《だれ》が認識《にんしき》できようか。目の前には、かなり高《たか》い先《さき》のとがった湾曲《わんきょく》した岩《いわ》がある。ザ・カレグ・ビカだ。ビルはうれしくて、もう一度《ど》海に飛び込んだ。

少年たちのあとを追《お》ってきた引率者《いんそつしゃ》たちは、秩序《ちつじょ》が乱《みだ》されたことに憤《いきどお》ったが、輝《かがや》く陽光《ようこう》を受《う》けて最初《さいしょ》の遊泳《ゆうえい》を楽《たの》しみ、興奮《こうふん》している少年たちの姿《すがた》に、いつまでも仏頂面《ぶっちょうづら》を続《つづ》けて

はいられなかった。三十分ほど、水を掛《か》けあったり泳《およ》いだり潜《もぐ》ったり砂浜《すなはま》でかけっこをしたりしたあと、幸《しあわ》せいっぱいの少年たちは、また不規則《ふきそく》な列《れつ》になって、夕食《ゆうしょく》のために勇《いさ》んで崖《がけ》の小道を登《のぼ》っていった。少年たちは全員揃《ぜんいんそろ》っていた——紛《まぎ》れ込《こ》んでいた二人と猫《ねこ》をのぞいて。引率者《いんそつしゃ》たちにとって二人が消《き》えたのはありがたいことでしかなかった。ビルは用《よう》心深《じんぶか》くとんがり岩《いわ》の海側《うみがわ》にしがみついて少年たちが立《た》ち去《さ》るのを見送《みおく》ったあと、腰《こし》を下《お》ろし、パッチが現《あらわ》れるのを待《ま》った。うまくキャンプ場《じょう》から離《はな》れることができたと感じていた。パッチが現れて、脱出《だっしゅつ》の成功《せいこう》を祝《いわ》ってくれるのは時間《じかん》の問題《もんだい》だろう。ただ待っていればいい。

しかし、ずいぶん時間《じかん》がかかっているように思われた。夕方《ゆうがた》の弱《よわ》い日差《ひざ》しの中で硬《かた》い岩にくっつき、濡《ぬ》れた下着姿《したぎすがた》で波《なみ》しぶきを受《う》けていると、体《からだ》が震《ふる》えた。見えるのは海《うみ》のうねりと村《むら》の上にそびえる崖の曲線《きょくせん》だけだ。実際《じっさい》に岩のところで待《ま》っていなくても、服《ふく》を着《き》て、岩が見えるところにいればいいのではないか、とビルは思い始《はじ》めた。衣服《いふく》を置《お》いてある乾《かわ》いた岩陰《いわかげ》に戻《もど》って包《つつ》みを取《と》り、洞窟《どうくつ》に入《はい》ると、血行《けっこう》を促《うなが》すための乾布摩擦《かんぷまさつ》をしてから衣服を身《み》につけた。さっき泳いでいた入《い》り江《え》は崖下にある二番目の入り江で、村の主要《しゅよう》な入り江ではないため、ほとんど人影《ひとかげ》はなかった。人が通《とお》り過《す》ぎる音《おと》が聞《き》こえたように思ったが、

片方《かたほう》だけの大きな足跡《あしあと》と、ステッキで突《つ》いたにしては大きすぎる深《ふか》いへこみ。

パッチの軽快《けいかい》な足取《あしど》りではなかったので、気にも留《と》めなかった。ビルは洞窟《どうくつ》から出て、とんがり岩《いわ》に向《む》かって元気《げんき》よく歩《ある》き出《だ》した。

途中《とちゅう》で足を止めた。砂浜《すなはま》に、暴《あば》れ回《まわ》っていた裸足《はだし》の少年たちがたまたま踏《ふ》み荒《あ》らしていない場所《ばしょ》があり、そこに足跡《あしあと》が残《のこ》っていた。厳密《げんみつ》に言うと、片方《かたほう》だけの大きな足跡と、その足跡と足跡のあいだに残る、ステッキで突《つ》いたにしては大きすぎる深《ふか》いへこみがくっきりとついている。小さな入《い》り江《え》の向《む》こう側《がわ》の黄色《きいろ》い砂にも、いくつもの足跡があった。ビルは深く残っている形《かたち》を注意深《ちゅういぶか》く見つめた。少年たちが走ったり跳《と》んだり揉《も》み合《あ》ったりした裸足の足跡を縫《ぬ》うように、先《さき》のとがった細《ほそ》い靴《くつ》の形《かたち》が残っていた。〈ヴァイオリン〉と〈にやついた若者《わかもの》〉が待《ま》ち合《あ》わせ場所《ばしょ》に来たのだ。

第十三章

急《きゅう》に、あたりが静《しず》まり返《かえ》り、寒《さむ》くなってきた。日《ひ》は沈《しず》み、さっきまで青《あお》くきらめいていた海《うみ》が陰気《いんき》な灰色《はいいろ》に変《か》わり、少《すこ》しひんやりする風《かぜ》が吹《ふ》いていた。ビルは陽気《ようき》な冒険者《ぼうけんしゃ》から、一人の少年に戻《もど》った。怒《おこ》って顔《かお》をしかめたような崖《がけ》の下、一面《いちめん》に広《ひろ》がる色《いろ》のない砂浜《すなはま》にたった一人たたずみ、間近《まぢか》には結託《けったく》してビルに襲《おそ》いかかろうとする恐《おそ》ろしい敵《てき》二人が待《ま》ち構《かま》えている。凍《こお》りつくような恐怖《きょうふ》にみぞおちのあたりが締《し》め付《つ》けられ、ビルはぼんやり足跡《あしあと》を見つめた。砂浜を横切《よこぎ》り、曲《ま》がりくねった険《けわ》しい坂道《さかみち》を崖の上まで登《のぼ》っていく無数《むすう》の足跡を。後《うし》ろに下《さ》がって、崖の縁沿《へりぞ》いの小道を見上《みあ》げた。すると、人影《ひとかげ》が二つ、並《なら》んで動《うご》いているのが見えたように思った——大きな黒《くろ》い帽子《ぼうし》と都会的《とかいてき》な茶色《ちゃいろ》の帽子が。ビルは身《み》を隠《かく》そうと崖の陰《かげ》に移動《いどう》した。

そのとき、突然《とつぜん》、パッチが現《あらわ》れた。あらゆる恐怖がたちまち鎮《しず》まった。まるで体内《たいない》で飛《と》び回《まわ》っていた無数《むすう》の蝶《ちょう》が、それを合図《あいず》に静《しず》かに落《お》ち着《つ》いて、ビルを煩《わずら》わせるのをやめたかのように。パッチはふざけて笑《わら》い、肩《かた》の上のサンタは美《うつく》しい青《あお》い目でじっとこちらを見つめている。太陽《たいよう》はふたたび明《あか》るく照《て》りつけ、波打《なみう》つ海《うみ》に無数《むすう》のスパンコールを撒《ま》き散《ち》らしていた。砂浜《すなはま》は銀色《ぎんいろ》に輝《かがや》き、波の向《む》こうから吹《ふ》く風《かぜ》は暖《あたた》かく、優《やさ》しかった。パッチが帰《かえ》ってきたおかげで、すべてが明るい雰囲気《ふんいき》に戻《もど》り、これから出会《であ》うだろう数々《かずかず》の危険《きけん》にもいっしょに立《た》ち向《む》かっていけそうな気がした。ビルは笑顔《えがお》で砂の上の足跡《あしあと》を指差《ゆびさ》した。

「わかってる」パッチは言った。「やつらが崖《がけ》の上へと登《のぼ》っていくのを見たよ」

「島《しま》のほうへ？」

「うん。岬《みさき》を回《まわ》ったところから見えるよ。数百《すうひゃく》ヤードも離《はな》れてない。陸側《りくがわ》を監視《かんし》するつもりらしい」

「どうやってキャンプ場《じょう》から逃《に》げてきたんだい？」

「あそこにいたんだよ」パッチは声を上《あ》げて笑《わら》った。「みんなが海へ駆《か》け下《お》りたあと、引率者《いんそつしゃ》と〈ヴァイオリン〉も追《お》いかけていった。だから、誰《だれ》もいなくなるまで、サンタといっしょに土手《どて》にすわっていたんだ。そのあと、村《むら》へ行ってきたよ」

「なんのために？」ビルは訊《き》いた。

「来てごらん」パッチは背《せ》を向《む》けると、先《さき》に立って歩《ある》き出《だ》した。

Llangranogは、クラングランノグと発音《はつおん》する。始《はじ》めのLをCのように発音し、大半《たいはん》のウェールズ語《ご》の単語《たんご》と同《おな》じように最後《さいご》から二つ目《め》の音節《おんせつ》にアクセントを置《お》く。クラングランノグは小さな漁村《ぎょそん》で、入《い》り江《え》に面《めん》したところに数軒《すうけん》の家《いえ》が建《た》ち並《なら》んでいるほか、谷《たに》を抜《ぬ》けて海《うみ》まで下《くだ》っている長《なが》い通《とお》り沿《ぞ》いにも点在《てんざい》している。海辺《うみべ》には、まだ何組《なんくみ》かの家族《かぞく》がラグにすわっていた。ピクニック用《よう》のバスケットや、ラウンダーズ〔野球《やきゅう》に似《に》た子供の遊《あそ》び〕のバットやボールが置かれ、水着《みずぎ》は濡《ぬ》れて砂《すな》だらけになったまま放《ほう》り出《だ》されていたり、近《ちか》くの岩《いわ》の上に広《ひろ》げて乾《かわ》かされたりしている。道《みち》が海沿いへ曲《ま》がるところに、〈ペントレの紋章亭《もんしょうてい》〉というパブ〔食事《しょくじ》や酒《さけ》を提供《ていきょう》する店《みせ》。宿泊施設《しゅくはくしせつ》を備《そな》えるところもあり、その場合《ばあい》はインとも言う〕があり、その入《い》り口《ぐち》にオーナーのミセス・ジョーンズが立っていた。パッチがサンタを肩《かた》に乗《の》せ、ビルを連《つ》れて近《ちか》づいて行くと、彼《かの》女《じょ》は笑顔《えがお》で迎《むか》えてくれた。「よかったわね、お友だちと会《あ》えて。さあ、入って、夕食《ゆうしょく》をどうぞ」

なんとすばらしい夕食だろうか。きのうからほとんど何も食《た》べていない二人の少年にとって、実《じっ》にすばらしい食事だった。最初《さいしょ》に、ほんの一、二時間《じかん》前に釣《つ》れたばかりの鯖《さば》が出された。おいしいウェルシュ・バターをたっぷり使《つか》って焼《や》き、表面《ひょうめん》がつやつやしている。

そのあとの大量《たいりょう》のベーコン・エッグには、フライドポテトとバターを厚《あつ》く塗《ぬ》った分厚《ぶあつ》いパンが添《そ》えてあった。大きなマグカップに入ったココアを飲《の》み、最後《さいご》のデザートは大きく切《き》ったウェルシュ・フルーツタルトが何切《なんき》れもあり、緑色《みどりいろ》のスグリの実《み》がどっさりのってい て、甘《あま》くて食べ応《ごた》えがあった。ビルはおなかをぽんぽんと叩《たた》いた。「これだけ食《た》べたら、とても動《うご》けないよ」

「だったら、動かなくていいじゃない」ミセス・ジョーンズの二人の娘《むすめ》のうちの一人が言った。娘たちは少年たちの食べっぷりを最初《さいしょ》から眺《なが》めていた。「二階《にかい》のベッドでゆっくり寝《やす》んだらいいわ」

「あなたたちに必要《ひつよう》なのはそれでしょ」もう一人の娘が言った。「このお兄《にい》さんが話《はな》してくれたことが事実《じじつ》なら……」

ビルは、パッチがこの親切《しんせつ》な人たちに事実を話したとは思えなかった。これまでも、必要に迫《せま》られて創造力《そうぞうりょく》を発揮《はっき》するのを何度《なんど》も見てきた。ともかく、ビルはゆっくり体《からだ》を休《やす》めたかった。

「二時間《じかん》ぐらいは眠《ねむ》ってもだいじょうぶだよ」パッチはそう言って、アイダーダウンの羽《う》毛布《もうぶ》団《とん》に潜《もぐ》り込《こ》んだ。「そのあとで……」最後《さいご》まで言い終《お》わらないうちに眠り込《こ》んでしまった。布団《ふとん》の隅《すみ》からソックスをはいたままの足がのぞいているのが不憫《ふびん》だ。二人は今夜《こんや》の冒険《ぼうけん》に備《そな》えて、服《ふく》を着《き》たままベッドに横《よこ》になっていた。

ビルはパッチよりも五分ぐらい長《なが》く目を開《あ》けていた。母《はは》が――イングランドの安全《あんぜん》な屋《や》敷《しき》にいて、甘《あま》やかされた息子《むすこ》が今《いま》、どこで横になり、その息子の身《み》に何が待《ま》ち受《う》けているかを想像《そうぞう》すらしていないだろう母が――タフタという生地《きじ》のドレスを持《も》っていたのを思い出していた。あの生地は、母が動《うご》くたびに衣擦《きぬず》れの音《おと》がした。今《いま》、窓《まど》の下に聞こえる海《うみ》の音はタフタのドレスの音によく似《に》ている。うとうとしながら、その音が近《ちか》づいているように思った。たしかにドレスの衣擦れの音がして、母が前かがみになってささやいている。美《うつく》しい〈レデヴンの花〉が盗《ぬす》まれてしまったので、取《と》り返《かえ》してもらいたいと頼《たの》んでいる。すぐに起《お》きて取《と》り戻《もど》してきて、と。今すぐ起きて、取り返しに行ってもらいたい、と。今すぐに！　今すぐ、起きないとだめだよ！　起きるんだ！　ビルはふいに目を開けた。隣《となり》でパッチがかがみ込《こ》んで、早く起きろと急《せ》かしている。

「真夜中《まよなか》を過《す》ぎてるよ」パッチは言った。「長《なが》く寝過《ねす》ぎたね」

ここは二階《かい》だ。この小さな村《むら》で出歩《である》いている者《もの》は一人もいないので、簡単《かんたん》に窓《まど》から出て地面《じめん》に降《お》りることができた。こぢんまりしたインの忙《いそが》しい夜《よる》が終《お》わり、トム・ジョーンズとミセス・ジョーンズ、それに子供たちも眠《ねむ》っている。少年たちは静《しず》かに村《むら》を抜《ぬ》け、崖《がけ》をめざして険《けわ》しい坂道《さかみち》を登《のぼ》った。頂上《ちょうじょう》に着《つ》くと、一息《ひといき》ついて互《たが》いの顔《かお》を見た。

二人の北側《きたがわ》に、小さな漁村《ぎょそん》ニューキーがあるのがわかっている。クラングランノグとのあいだには、崖《がけ》の端《はし》に沿《そ》った小道があり、その道をどんどん進《すす》むとやがて道はなくなり、原野《げんや》に生《は》えた草《くさ》を食《は》む羊《ひつじ》が少《すこ》しいるだけの未踏《みとう》の地《ち》となる。だが、その途中《とちゅう》、クラングランノグから二百ヤードほどのところに、急《きゅう》に海《うみ》に突《つ》き出《だ》した岬《みさき》がある。ここでは崖の道がゆるやかな下《くだ》りとなって、一番低《ひく》いところはせいぜい五、六十フィート〔一フィートは約《やく》三十センチメートル〕だ。岬の一部《いちぶ》に、波《なみ》や風雨《ふうう》によって削《けず》られ、今《いま》では陸地《りくち》から数《すう》フィートだけ離《はな》れた島《しま》になっているところがある。潮《しお》が引《ひ》くと陸続《りくつづ》きになる。ちょうどケーキの端《はし》に四分の三までナイフを入れたら、その部分《ぶぶん》が崩《くず》れてしまったような感《かん》じだ。島は中《ちゅう》くらいのクリケット場《じょう》ほどの大きさで、両端《りょうたん》が海のほうへ急《きゅう》な角度《かくど》で傾斜《けいしゃ》し、頂上《ちょうじょう》は全体《ぜんたい》がハマカンザシに覆《おお》われている。この花は小さなピンクのカーネーションに似《に》ていて、乾《かわ》いた繊細《せんさい》な茎《くき》の上でかさかさと音を立てていた。島では無数《むすう》の海鳥《うみどり》が巣《す》を作《つく》り、崖の縁《へり》に沿《そ》って降《お》りると、海によって陸地が削《けず》られてできた小さな入《い》り江《え》がいくつかある。

崖の縁を慎重《しんちょう》に歩《ある》いて行くと、後方《こうほう》にザ・カレグ・ビカが立《た》っている。月《つき》の光《ひかり》を受《う》けてとがった岩《いわ》の形《かたち》を黒々《くろぐろ》と浮《う》かび上《あ》がらせていた。

「ニューキーのこちら側《がわ》、ザ・カレグ・ビカの先《さき》にある島《しま》の入《い》り江《え》に、金曜の午前《ごぜん》一時から三時のあいだ」

ここが待《ま》ち合《あ》わせ場所《ばしょ》だ。その時刻《じこく》まであとほんの少《すこ》し。岬《みさき》に、金網《かなあみ》に囲《かこ》まれた丸《まる》い小屋《こや》があった。二人はこの格好《かっこう》の避難場所《ひなんばしょ》にこっそり近《ちか》づき、その陰《かげ》に身《み》を潜《ひそ》めてじっと島を見つめた。体《からだ》が冷《ひ》えていたが、恐怖《きょうふ》からではなかった。月《つき》の光《ひかり》は冷《つめ》たく澄《す》みきって美《うつく》しいが、日差《ひざ》しと違《ちが》って暖《あたた》かくはない。海《うみ》はゆったり動《うご》く黒《くろ》い大きな塊《かたまり》で、一《ひと》すじの銀色《ぎんいろ》の光に照《て》らされている。動きとともに絶《た》え間《ま》なく奏《かな》でられる音は、二人の耳《みみ》に悲《かな》しげにも、また身の危険《きけん》を知らせる警告《けいこく》のようにも聞こえた。ときおり、ハマカンザシのあいだで夢《ゆめ》も見ずに眠《ねむ》っている羊《ひつじ》が鳴《な》き声《ごえ》を上《あ》げたり、驚《おどろ》いた海鳥《うみどり》が鳴いたりする。それ以外《いがい》は、まったくの静寂《せいじゃく》だ。ところが、突然《とつぜん》……。

突然、島の上に灯《あか》りがついた。さらにもう一度《いちど》。そのあと、赤《あか》い目が開《ひら》き、脅《おど》かすように海を凝視《ぎょうし》し続《つづ》けた。それから、別《べつ》の黄色《きいろ》い灯《あか》りがともった。その近くで緑《みどり》の灯りもついた。海鳥の鳴き声と羽《は》ばたきが聞こえる。光の前を二《ふた》つの人影《ひとかげ》がよぎり、月光《げっこう》に照らされて黒《くろ》いシルエットがしばらく立ち尽《つ》くしていた。やがて、ゆっくりと島を横切《よこぎ》って崖《がけ》のほうに消《き》えた。パッチがささやいた。「海辺《うみべ》へ降《お》りて難破船《なんぱせん》の漂着《ひょうちゃく》を待《ま》つんだね」

「あっちに入《い》り江《え》があるのかな?」

「小さいのが一《ひと》つある。岩に囲《かこ》まれているけど。島《しま》がほとんど陸地《りくち》とつながっているところなんだ。狭《せま》い割《わ》れ目があってね。そこに、緑《みどり》と黄色《きいろ》のランタンが置《お》かれてる。バーグルじいさんとブランドンは、島を回《まわ》るつもりでいるが、実際《じっさい》は、その狭い割れ目に船《ふね》を乗《の》り上《あ》げることになる。岩場《いわば》で座礁《ざしょう》して船は壊《こわ》れてしまう。〈ナイフ〉と〈ヴァイオリン〉は宝石《ほうせき》を奪《うば》って、持《も》ち逃《に》げするつもりだね」

「それが二人の計画《けいかく》か」ビルは言った。

「それが二人の計画だよ!」

「赤一《あかひと》つの灯《あか》りは無視《むし》すること。緑《みどり》と黄色《きいろ》の灯りが同時《どうじ》にともったところで舵《かじ》を切《き》り、緑の灯りが三《みっ》つともった場所《ばしょ》で錨《いかり》を下《お》ろせ」だが、バーグルじいさんは間違《まちが》った指示《しじ》を受《う》けているかもしれない。もう一つのメッセージでは、赤い灯りがともった場所は安全《あんぜん》だと言っている。「ランタンを置《お》き換《か》えなくちゃいけないね」ビルは言った。

「そうだよ! 黄色と緑のランタンを島の先端《せんたん》に置けば、二人は無事《ぶじ》に船の舵を切って、ニューキー側《がわ》の入り江に船をつけられる。そのあと……」そのあとは、自分《じぶん》で身《み》を守《まも》らなくてはならない。たとえ、バーグルじいさんが二人の味方《みかた》についたとしても、〈屈強《くっきょう》で邪悪《じゃあく》な三人〉対《たい》〈老人《ろうじん》と二人の少年〉という構図《こうず》になる。

パッチは海《うみ》に目を向《む》けた。「船《ふね》らしきものは見える？」

ビルも目を凝《こ》らした。「いや、まだ何も。一時から三時までのあいだならいつ現《あらわ》れてもおかしくないね」

「今、一時だよ」パッチは言った。

「ぼくたちも島《しま》へ行ったほうがいいんじゃない？　あっちでの作業《さぎょう》があるから」

「うん」パッチは答《こた》えた。「いったん海面《かいめん》まで降《お》りて、向《む》こう側《がわ》へ渡《わた》って島に上《あ》がろう。やつらはクラングランノグ側にいる。ぼくたちはこっち側にいつづけなくちゃいけない」

パッチは岬《みさき》のニューキー側をめざし、入《い》り江《え》に降《お》りる狭《せま》く険《けわ》しい小道を進《すす》んだ。

「こんな道があるのをどうして知ってたの？」ビルは小声《こごえ》で訊《き》いた。頂上近《ちょうじょうちか》くにいると、この道はほとんど見えないのだ。

「きみがボーイズクラブの子たちと楽《たの》しく水遊《みずあそ》びしてるあいだ、ぼくは無駄《むだ》に時間《じかん》を過《す》ごしてたわけじゃないんだよ」暗《くら》くて見えないが、パッチが勝《か》ち誇《ほこ》ったような笑《え》みを浮《う》かべながら小道を下《くだ》っているのが、ビルには想像《そうぞう》できた。ビルに一言《ひとこと》も言わずに、付近《ふきん》の探索《たんさく》をしてあれこれ調《しら》べ、食事《しょくじ》と仮眠《かみん》の手配《てはい》までするなんて、なかなか真似《まね》できるものではない。

パッチは本当《ほんとう》に時間《じかん》を無駄《むだ》にしてはいなかった。崖《がけ》の下に、新《あたら》しいランタンが三個《こ》、赤《あか》と黄《き》と緑《みどり》のものをそれぞれ一個ずつ、隠《かく》してあった。「やつらのランタンを移動《いどう》させるのはリスクがあるから」パッチは緑と黄色のをビルに渡《わた》して、もう一度《ど》、島《しま》へ戻《もど》り始《はじ》めた。「ランタンがちゃんとともっているかどうか、あいつらが確認《かくにん》に来たら、面倒《めんどう》なことになる。だから、そのままにしておいて、一《ひと》つずつ同《おな》じ色《いろ》のを持《も》って待《ま》ち、船《ふね》が見えたら、あいつらのを消《け》してぼくたちのを点《つ》けるんだ！　向《む》こうの二人は海辺《うみべ》に降《お》りてるはずだから、ランタンがどうなっているかは見えない。船が岬《みさき》を回《まわ》ったら急《いそ》いで降りていって、向こうの二人が来る前にバーグルに忠告《ちゅうこく》して、ブランドンと話をつける」

どうやって話をつけるかについては触《ふ》れなかったが、考《かんが》えただけでビルは全身《ぜんしん》から血《ち》の気《け》が引《ひ》いた。ダートムアの暗《くら》い霧《きり》越《ご》しに見たブランドンの顔《かお》が、どれほど冷酷《れいこく》で醜悪《しゅうあく》だったかを思い返《かえ》す。レデヴン家《け》の息子《むすこ》を車《くるま》から引《ひ》きずり下ろし、危険《きけん》だらけの荒《あ》れ地《ち》に放《ほう》り出《だ》して一晩中《ひとばんじゅう》さまよわせるなんて、どれほど情《なさ》け容赦《ようしゃ》のない男に変貌《へんぼう》したことか。あの男の強靭《きょうじん》で無慈悲《むじひ》な手にたいして、あのときのビルは無防備《むぼうび》だった。今《いま》は状況《じょうきょう》が変《か》わっただろうか？　手の震《ふる》えが伝《つた》わって、ランタンがかたかたと音《おと》を立てた。

「シィーッ！」パッチが言った。

「震えてるだけだよ――寒《さむ》さで……」

「シィーッ！」

ふいに、近《ちか》くで声がして、二人はぎょっとした。「何か聞こえなかったか？」

別《べつ》の声が応《おう》じた。「間抜《まぬ》けな海鳥《うみどり》だろう」

「まさか……あのガキどもが……」

「いつまでぼうずたちのことばかり考《かん》えてるんだ」あきれたような口ぶりだった。「あいつらはくたばったよ。おれが毒《どく》を仕込《しこ》んだって言っただろ？」

「死《し》にかけていたのを、おれが川にぶちこんでやったって言ったじゃないか。だけど、あいつらは生《い》き返《かえ》ったにちがいない。この目で見たんだ、コラクルに乗《の》っているのを……」

「ぼうずなんか何十人もいるし、コラクルだって何十艘《そう》もある……」

「一人は眼帯《がんたい》をしていて、猫《ねこ》も連《つ》れていたぞ」

「おれがナイフで始末《しまつ》しとけばよかったな」二番目《ばんめ》の男がそういうのを聞いて、ビルはまた全身《ぜんしん》の血《ち》が凍《こお》るような恐怖《きょうふ》に見舞《みま》われた。

少年二人は這《は》うようにして進《すす》んだ。この男たちから逃《に》げて、島《しま》と陸地《りくち》との割《わ》れ目《め》を通《とお》り、島の頂上《ちょうじょう》へランタンを掲《かか》げに行かなくてはならない。だが、とがった岩《いわ》によじ登《のぼ》り、ようやく膝《ひざ》の高《たか》さほどのハマカンザシが風《かぜ》に揺《ゆ》れている頂上にたどり着《つ》いたときには、一時間もかかったように思えた。

「ランタンを二つ持《も》って、突端《とったん》へ行って」パッチがささやいた。「あいつらの赤《あか》いランタンには触《さわ》らないように。ピンクの花のあいだに置《お》いて、船《ふね》が見えるまで隠《かく》しておくんだ。見えたら、赤いランタンを急《いそ》いで消《け》して、こっちのランタンを点《つ》ける。はい、このマッチで」ビルの冷《ひ》えきった手にマッチを渡《わた》しながら、パッチは言った。「怖《こわ》いのかい？」

「ちょっとね」ビルは答《こた》えた。

「恐怖《きょうふ》を感じてそれを認《みと》めるほうが勇敢《ゆうかん》だね。きみはとても勇気《ゆうき》があるな。ぼくも体《からだ》がすくんでるけど、絶対《ぜったい》にそうは言えないから」

「今《いま》、言ったじゃないか」ビルは笑《わら》い出しそうになった。月明《つきあ》かりを受《う》け、片手《かたて》に二つのランタンを提《さ》げ、もう一方《いっぽう》の手にマッチ箱《ばこ》を持《も》って立っている。一つの動《うご》き、一つの物音《ものおと》、それどころか静寂《せいじゃく》や沈黙《ちんもく》にさえ、危険《きけん》が潜《ひそ》んでいる中で。

「そうだね」パッチも笑った。背《せ》を向《む》けたが、いつのまにかそばに戻《もど》ってきて、言い添《そ》えた。「たとえ何が起《お》こったとしても、じっと隠《かく》れているんだよ。何もしないで。どんなことが起こってもね。すべてがきみにかかってるんだ。バーグルじいさんは緑《みどり》と黄《き》色《いろ》の灯《あか》りにだけ注意《ちゅうい》を払《はら》っている。正《ただ》しく誘導《ゆうどう》してあげれば、船《ふね》は岬《みさき》を回《まわ》れるんだ。何があっても、ランタンから手を離《はな》さず、船の動《うご》きを見守《みまも》ること。約束《やくそく》だよ」

「もちろん、わかってる」ビルは言った。役目《やくめ》を放棄《ほうき》し、友だちのバーグルじいさんが乗《の》った船を島《しま》と陸地《りくち》のあいだにある危険《きけん》な割《わ》れ目《め》に——死《し》と破滅《はめつ》の入《い》り口《ぐち》に——行かせてはならない。そんな事態《じたい》を起《お》こしてなるものか！

ビルは、身《み》をかがめて赤《あか》い灯りが一つともっている島の突端《とったん》まで行き、岩《いわ》とハマカンザシに隠《かく》れるように横《よこ》たわった。さっき受《う》け取《と》ったランタンは火《ひ》を点《つ》けるばかりになっている。物音《ものおと》を立てないようにじっと待《ま》った。

陸側《りくがわ》の端《はし》でも、花が小刻《こきざ》みに揺《ゆ》れたあと、動《うご》きが止《と》まるのが見えた。緑と黄色のランタンのわきで、パッチが横になったのだろう。海鳥《うみどり》が二、三羽《わ》、旋回《せんかい》して甲高《かんだか》く鳴《な》いたあと、崖《がけ》の岩棚《いわだな》にあるねぐらへと戻《もど》って行き、あたりは静《しず》まり返《かえ》った。

羊《ひつじ》が咳《せ》き込むような声を上《あ》げた。風《かぜ》がため息《いき》をつく。海はもの悲《がな》しい不安《ふあん》をささやく。ビルの動悸《どうき》が喉《のど》に響《ひび》き……。ほかには何も聞こえない。

いや、あれは音《おと》だろうか？　はるか遠《とお》く、クラングランノグの先《さき》の、南《みなみ》へカーブした崖《がけ》の沖《おき》から、かすかにエンジン音《おん》が聞こえはしないだろうか？　ビルは耳《みみ》をそば立てた。

別《べつ》の音が聞こえた。海鳥《うみどり》が一羽《わ》、高く上《あ》がって鳴《な》いたかと思うと、さらに二羽、上空《じょうくう》に上がり、けたたましい声をあげた。人の声もした。「いまいましい鳥たちめ……」下の入《い》り江《え》から島《しま》の頂上《ちょうじょう》へと登《のぼ》ってくる足音がする。

船《ふね》が村《むら》の南側《みなみがわ》の岬《みさき》を回《まわ》ると、エンジン音がはっきり聞こえるようになった。月光《げっこう》を受《う》けて、船の明《あ》かりも銀盤《ぎんばん》にセットされた小さな宝石《ほうせき》のようにきらめいている。島の陸側《りくがわ》の端《はし》に、緑《みどり》と黄色《きいろ》のランタンを両手《りょうて》に持《も》った黒《くろ》い影《かげ》が浮《う》かび上がり、そのランタンが高く掲《かか》げられた。

ビルの心《こころ》の中で恐怖《きょうふ》が渦巻《うずま》いていた。この新《あら》たな状況下《じょうきょうか》で、パッチがどうするのか、あるいはパッチに何ができるのか、ビルにはわからなかった。だが、ビル自身《じしん》がやらなければならないことははっきりしてきた——赤《あか》のランタンを消《け》し、緑と黄色のランタンを点《とも》す。最悪《さいあく》の場合《ばあい》でも、二組《くみ》の緑と黄色の灯《あか》りを目にして、バーグルじいさんは警戒《けいかい》するはずだ。

だが、万《まん》が一、〈ナイフ〉か〈ヴァイオリン〉に赤いランタンが消《き》えていることがばれたら、別《べつ》の色《いろ》のランタンに置《お》き換《か》えられなくなるのではないか？　ランタンの不具合《ふぐあい》を調《しら》べに来るかもしれない。そうなったら、船《ふね》を正《ただ》しく誘導《ゆうどう》するチャンスはゼロになってしまう。恐怖《きょうふ》と募《つの》る不安《ふあん》とで、ビルは気分《きぶん》が悪《わる》くなりそうだったが、自身《じしん》を叱咤《しった》し、最善策《さいぜんさく》を考《かんが》えようとした。ふいに、ある考《かんが》えが思い浮《う》かんだ。島《しま》にいる男には、海上《かいじょう》に向《む》けた緑《みどり》と黄色《きいろ》の灯《あか》りが見えないように、そして船のバーグルじいさんには赤《あか》の灯りが見えないように、ランタンを並《なら》び替《か》える必要《ひつよう》がある。ビルは赤のランタンを少し陸側《りくがわ》に動《うご》かしてから、あとの二つのランタンを体《からだ》で隠《かく》しながらマッチを擦《す》った。月光《げっこう》の下ではマッチの炎《ほのお》は松明《たいまつ》のように思えた。百フィート離《はな》れたところにいる男は、入《い》り江《え》でかがんでいるもう一人に向《む》かって叫《さけ》んだ。「来たぞ！　ほら、船が来た！」そう言って、二つのランタンを高《たか》く掲《かか》げ、危険《きけん》な方向《ほうこう》に誘導しようと、ランタンを振《ふ》った。

おそらく入り江の男がその言葉《ことば》を聞き取《と》るのはむずかしかっただろうが、ビルの耳《みみ》にはその声が届《とど》いた。それはよく知っている美《うつく》しい高い声だった。一瞬《いっしゅん》、銀色《ぎんいろ》の光《ひかり》が走った。残酷《ざんこく》な冷《つめ》たい金属《きんぞく》の光……。〈ヴァイオリン〉の鉤爪《かぎづめ》だ。

その瞬間《しゅんかん》、男の足もとのハマカンザシの中からパッチがいきなり現《あらわ》れ、拳《こぶし》を振りまわして男が持《も》つランタンを奪《うば》い取《と》ろうとした。

「ここを動いてはいけない」ビルは心《こころ》の中で自分《じぶん》に言い聞かせた。「約束《やくそく》したんだ。持《も》ち場《ば》を離《はな》れちゃいけない……」

しかし、パッチが一人で戦《たたか》っているあいだ、何もできずにここで身《み》をかがめてじっとしているのはつらかった。まるで〈ダビデとゴリアテ〉〔少年ダビデが巨人戦士《きょじんせんし》ゴリアテを倒《たお》すという旧約聖書《きゅうやくせいしょ》『サムエル記《き》』に出てくる話〕のようだ、とビルは思った。でも、このダビデは丸腰《まるごし》で、投石具《とうせきぐ》すら持っていない。巨人ゴリアテのほうには金属製《きんぞくせい》の鉤爪《かぎづめ》という武器《ぶき》がある。巨人は恐《おそ》ろしいうなり声とともに、月光《げっこう》を受《う》けて勇敢《ゆうかん》に立っている小さな戦士に襲《おそ》いかかっていった。パッチはひょいとかがみ、恐ろしい鉤爪は少年の頭上《ずじょう》の空《くう》を切《き》った。だが、もし、当《あ》たっていたらパッチは首《くび》から額《ひたい》まで皮《かわ》を剝《は》がれていたにちがいない。パッチは男の背後《はいご》に逃《のが》れ、巧《たく》みに足を出して、ハマカンザシの中に巨体《きょたい》を転倒《てんとう》させた。〈ヴァイオリン〉は大きな石《いし》に鉤爪を引《ひ》っかけて立ち上がり、ふたたび襲いかかった。鉤爪がパッチの袖《そで》を捉《とら》えた。金属の刃《は》がパッチの腕《うで》を刺《さ》し貫《つらぬ》いたかどうか、ビルにはわからなかったが、考《かんが》えるだけで吐《は》き気《け》とめまいがした。灯《あか》りを隠《かく》しながら横《よこ》になり、早《はや》く船《ふね》が無事《ぶじ》に岬《みさき》を回《まわ》り、自分がここを離れて助太刀《すけだち》に行けるように、と祈《いの》ることしかできなかった。恐怖《きょうふ》で動《うご》けなくなっているのではない。今《いま》、ビルが恐れているのは、手後《ておく》れになってパッチを助《たす》けられなくなることだった。

小さな細《ほそ》い体《からだ》と巨体《きょたい》とが、ぐるぐる弧《こ》を描《えが》いて回《まわ》っている。どちらも言葉《ことば》を発《はっ》することも悲鳴《ひめい》を上《あ》げることもない――きっと当事者《とうじしゃ》どうしもその理由《りゆう》はわからないだろうが。沈黙《ちんもく》の戦《たたか》いには不気味《ぶきみ》な恐《おそ》ろしさがある。パッチは袖《そで》を引《ひ》きちぎって鉤爪《かぎづめ》から逃《のが》れたが、ふたたび勢《いきお》いよく振《ふ》り下《お》ろされ、今度《こんど》は上着《うわぎ》をつかまれた。自由《じゆう》を奪《うば》い返《かえ》そうとパッチはしゃにむに太《ふと》い脚《あし》を蹴《け》ろうとしたが、届《とど》かなかった。地面《じめん》の上でランタンの炎《ほのお》がむだにちらちら燃《も》えている。一すじの月光《げっこう》の縞《しま》が描かれた一面銀色《めんぎんいろ》の海面《かいめん》に、ぼんやりした小さな船《ふね》が見えてきた。つかのま、大男《おおおとこ》は頭を振《ふ》り向《む》けて船を見やった。パッチはこのチャンスを逃《のが》さなかった。もう一度《ど》、鉤爪から体を引《ひ》き離《はな》すと、男の膝《ひざ》をめがけて小さな体全体《ぜんたい》でタックルを仕掛《しか》けた。不意《ふい》を突《つ》かれた巨体は後《うし》ろのハマカンザシの中に倒《たお》れ、気を失《うしな》って動《うご》かなくなった。

端《はし》でこの戦いを眺《なが》めていた人影《ひとかげ》が、突然《とつぜん》、音《おと》もなく静《しず》かに、その静寂《せいじゃく》の中に恐ろしい脅威《きょうい》をはらんで立ち上がった。帽子《ぼうし》をきざに傾《かたむ》けて被《かぶ》り、都会的《とかいてき》な茶《ちゃ》のスーツは小さな崖《がけ》を登《のぼ》ってきたにもかかわらず皺《しわ》一つない。〈にやついた若者《わかもの》〉は島《しま》の端《はし》に立っている。手にしたナイフがぎらりと光《ひか》った。

小さな船はどんどん近《ちか》づいてくる。

二人は長い時間立《た》ち尽《つ》くし、互《たが》いを凝視《ぎょうし》していた——都会的《とかいてき》な服装《ふくそう》の若者《わかもの》と破《やぶ》れたジャケットを着《き》、片目《かため》に黒《くろ》い眼帯《がんたい》をした少年。次《つぎ》の瞬間《しゅんかん》、男がナイフの刃《は》をパッチに向《む》けて胸元《むなもと》で構《かま》え、足を一歩踏《ぼ》み出《ふ》した。パッチは一歩下《さ》がった。すると、男はさらに一歩前進《ぜんしん》する。パッチもまた一歩下がる。二人の動《うご》きはひじょうにゆっくりとして音《おと》もなく静《しず》かだった。〈ヴァイオリン〉が重《おも》い体《からだ》を起《お》こして膝立《ひざだ》ちになり、震《ふる》える手で消《き》えている二つのランタンに火《ひ》を点《つ》けようとした。そのあいだじゅう、少年の片割《かたわ》れが襲《おそ》ってきはしないかと恐怖《きょうふ》に怯《おび》えた目で肩越《かたご》しに周囲《しゅうい》をうかがっていた。ビルは歯《は》がゆい思いで横《よこ》になっていた。二つのランタンを抱《だ》くような形《かたち》を取《と》りながら、船《ふね》を誤《あやま》った方向《ほうこう》に導《みちび》く赤《あか》いランタンの光《ひかり》を自分《じぶん》の体で遮《さえぎ》っている。〈にやついた若者《わかもの》〉は一歩一歩ゆっくりと前進《ぜんしん》していた。ゆっくりと一歩一歩。パッチはナイフの刃からあとずさりを続《つづ》ける。

ふたたび、ランタンに火《ひ》がともり、大男《おおおとこ》が両手《りょうて》に持《も》ったランタンを高く掲《かか》げた。船は戸惑《まど》ったようだが、進路《しんろ》を変《か》え、わずか二、三百ヤード先《さき》の運命《うんめい》の地《ち》へと向《む》かった。

一歩、また一歩とパッチは島《しま》を横切《よこぎ》って進《すす》んでいく。このとき、ビルはパッチが〈にやついた若者〉をわざと離《はな》れたところへ誘導《ゆうどう》してくれているのだとわかった。恐怖のおかげで着想《ちゃくそう》がひらめいた。ビルは両手で緑《みどり》の灯《あか》りを覆《おお》った。それから、高く掲げ、もう一度隠《かく》した。緑《みどり》の灯《あか》りを断続的《だんぞくてき》に点滅《てんめつ》しているように見せることで、モールス信《しん》号《ごう》を送《おく》った。トン、ツー、トン。ツー、ツー、ツー。トン、トン、ツー。ツー、トン。トン、トン、トン……。ここで曲《ま》がれ！　ここで曲がれ！　船《ふね》はもう一度進路《しんろ》を変《か》えた。

パッチはゆっくりゆっくりナイフの脅威《きょうい》から後《あと》ずさりしていく。船の安全誘導《あんぜんゆうどう》という任《にん》務《む》から解放《かいほう》されたビルは、素早《すばや》く立《た》ち上《あ》がった。だが、時《とき》すでに遅《おそ》く、パッチは端《はし》まで追《お》い詰《つ》められていた。あと一歩下《ぽさ》がれば、縁《へり》から足を踏《ふ》み外《はず》して落《お》ちてしまうにちがいない。その下には岩場《いわば》と海《うみ》が広《ひろ》がり……。あと一歩しかない！

〈にやついた若者《わかもの》〉はそれをじゅうぶん承知《しょうち》していた。残忍《ざんにん》で冷酷《れいこく》なあの笑《え》みをちらつかせているのが目に見えるようだ、とビルは思った。男はいきなりナイフを振《ふ》りかざして突《とっ》進《しん》した。パッチは勢《いきお》いよく下がり、恐《おそ》ろしい悲鳴《ひめい》とともに姿《すがた》を消《け》した。

第十四章

〈ザ・プリティガール〉号は岬《みさき》を回《まわ》った。これで緑《みどり》と黄色《きいろ》のランタンを使《つか》う必要《ひつよう》がなくなったので、リスクを減《へ》らすため、ビルは急《いそ》いで消《け》した。向《む》こう端《はし》から若《わか》い男が太《ふと》った音楽家《おんがくか》のところへ大股《おおまた》でやって来た。「何をやってたんだ、ばか者《もの》が。船《ふね》は岬を回って無事《ぶじ》に入《い》り江《え》に着《つ》き、浜《はま》に引《ひ》き上《あ》げられてるぞ」

「おれはランタンを掲《かか》げたよ」大男《おおおとこ》は不機嫌《ふきげん》そうに言った。「あのガキが消しやがった。それで、もう一人のほうはどこにいる？」

若い男はパットの入《はい》った肩《かた》をすくめ、急《きゅう》に声を張《は》り上《あ》げた。「どこにいるにしろ、皮膚《ひふ》に用心《ようじん》するように言っとけ。見つけたら、耳《みみ》から反対《はんたい》の耳まで切《き》り裂《さ》いて、次《つぎ》に顔《かお》から喉《のど》を通《とお》って心臓《しんぞう》まで切って、十字《じゅうじ》の印《しるし》をつけてやる」ふだんの口調《くちょう》に戻《もど》って続《つづ》けた。「そうすれば、あいつもおとなしくなるだろう。さあ、ブランドンに会《あ》いに行くぞ。万事《ばんじ》計画《けいかく》どおりだという顔《かお》をしろよ」

「計画《けいかく》どおりじゃないか」〈ヴァイオリン〉はすでにランタンを消《け》し、ハマカンザシの花のほうへ放《ほう》り投《な》げた。

「いや、われわれの計略《けいりゃく》とは違《ちが》う」若《わか》い男は言った。

「計画の中の計略だな」〈ヴァイオリン〉はその悪賢《ずるがしこ》い計略を褒《ほ》めているつもりだった。

「ブランドンに会ったら……」

「宝石《ほうせき》を持《も》って上陸《じょうりく》してもらおう。そのあと……」

「二対《たい》一だからな」若い男は言った。「こっちにはナイフもある」

「あっちにはじいさんがいるぞ」

「そうだな。厄介《やっかい》なことに」〈ナイフ〉はそれをちょっとした偶発事故《ぐうはつじこ》であるかのように考《かんが》えていた。ピクニックが計画通《どお》りに行かなかったとか、自転車《じてんしゃ》のチェーンが外《はず》れてしまったというのと同程度《どうていど》に。

「うまくいってたら、今《いま》ごろはいくつもの死体《したい》を片付《かたづ》けなくちゃいけなかっただろうな。途中《とちゅう》まではよかったんだが。船《ふね》は難破《なんぱ》し、ブランドンと漁師《りょうし》はくたばり、『死人《しにん》に口なし』だったはずだ。おれたちの関《かか》わりを示《しめ》す物《もの》はなく、宝石《ほうせき》も消《き》え、物証《ぶっしょう》はこの危険《きけん》な海《かい》岸《がん》で座礁《ざしょう》した漁船《ぎょせん》だけ。盗人《ぬすっと》たちは自業自得《じごうじとく》で溺《おぼ》れ死《し》に、宝石《ほうせき》は海《うみ》の底《そこ》に沈《しず》んだと判断《はんだん》されて、それ以上《いじょう》の捜索《そうさく》もおこなわれなかっただろう」

下の海岸《かいがん》から、船《ふね》を引《ひ》き上《あ》げている音《おと》がした。二人の男は動《うご》き出した。時間《じかん》はほとんどない。〈ヴァイオリン〉は最後《さいご》に言った。「盗人たちは仲違《なかたが》いして……」

「ああ」若《わか》い男は言った。

「殴《なぐ》り合《あ》いを始《はじ》めるんだな」〈ヴァイオリン〉はそう言って、喉《のど》の奥《おく》で静《しず》かで不気味《ぶきみ》な笑《わら》い声を上《あ》げた。

「二人をここへ連《つ》れてこよう」〈ナイフ〉は手短《てみじか》に確認《かくにん》した。「二人を殴《なぐ》りつけたあと、けんかを偽装《ぎそう》する。草《くさ》を踏《ふ》みつけたり、あいつらの服《ふく》を破《やぶ》ったり、あざでもつけてやるとするか……」

「そのうえで、ここに転《ころ》がしておくんだな」

「盗難品《とうなんひん》を持《も》って無事《ぶじ》にここへたどり着《つ》いたあと、取《と》り分《ぶん》を巡《めぐ》って争《あらそ》い始《はじ》め、殺《ころ》し合《あ》いになり、共倒《ともだお》れになった、と世間《せけん》は思うだろう。いい考《かんが》えだ！　もちろん、宝石の行方《ゆくえ》が話題《わだい》になるだろうが、そのころにはもう、おれたちははるか遠《とお》くへ逃《に》げちまってる」〈ナイフ〉は意《い》を決《けっ》した。「よし、それで行こう」

「あんたのナイフ捌《さば》きを披露《ひろう》できないな」横目《よこめ》でちらりと見て、大男《おおおとこ》は言った。「拳《こぶし》だけで」

「ああ、残念《ざんねん》だよ」〈にやけた若者《わかもの》〉は、そう言って島《しま》の端《はし》へと歩《ある》き出《だ》し、二人は早足《はやあし》で細《ほそ》い小道を下《くだ》り、静《しず》かな砂浜《すなはま》へ降《お》りた。そこには〈ザ・プリティガール〉号《ごう》が半《なか》ば海《うみ》から引《ひ》き上《あ》げられた状態《じょうたい》で、船体《せんたい》を傾《かたむ》けて置《お》かれていた。

一人になると、ビルは立ち上がって急《いそ》いで縁《へり》のほうへ行き、パッチが落《お》ちたあたりをのぞき込《こ》んだ。だが、月《つき》に雲《くも》がかかり、暗《くら》くて見えなかった。哀《あわ》れな猫《ねこ》の鳴《な》き声がした。足もとにサンタがいるのを見つけ、ビルはかわいい猫を両手《りょうて》で抱《だ》き上げた。「かわいそうなサンタ。飼《か》い主《ぬし》がいなくなってしまったね。ここから下まで落ちて、生《い》きてはいられないだろう。これからはぼくが飼《か》ってあげるよ。いっしょに慰《なぐさ》め合《あ》おうね」ビルは暗い気持《きも》ちで付《つ》け加《くわ》えた。「もし、うちに帰《かえ》れるなら……」今《いま》、この小さな島《しま》に味方《みかた》はいない。三人の悪者《わるもの》とけんかの役《やく》には立たない老人《ろうじん》だけだ。悪いやつらは目と鼻《はな》の先《さき》で殺人《さつじん》の相談《そうだん》をしていた。「どうすればいいのか、いい考《かんが》えが浮《う》かべばいいんだけど」ビルはなめらかな猫の体《からだ》を抱きかかえながら言った。「パッチがここにいて、どうすればいいかいっしょに考えられたらよかったのに」だが、パッチはもういない。恥《はじ》も外聞《がいぶん》もなく両目《りょうめ》からあふれた涙《なみだ》が頬《ほお》を伝《つた》った。ビルはしばらく両手《りょうて》で顔《かお》を覆《おお》い、寂《さび》しさと深《ふか》い悲《かな》しみに暮《く》れた。かわいいパッチ、愉快《ゆかい》なパッチ、あのしゃがれ声、褐色《かっしょく》の澄《す》んだ瞳《ひとみ》、いたずら好《ず》きで笑《わら》っているが、同時《どうじ》に勇敢《ゆうかん》で毅然《きぜん》としている。「ぼくも勇敢でいなくちゃいけない」と、ビルは思った。「それが……パッチとの思《おも》い出《で》に敬意《けいい》を表《ひょう》することになる」けれども、友だちのことを考《かんが》えただけで目から涙《なみだ》があふれてくることを恥ずかしいとは思わなかったし、その必要《ひつよう》もなかった。

六十フィート下の海岸《かいがん》では、四人の男が顔《かお》を合《あ》わせた。

ビルは、〈やかまし屋《や》のじいさん〉がやかましく文句《もんく》を言っているのがすぐにわかった。老人《ろうじん》は両腕《りょううで》を振《ふ》り回《まわ》しながら、大声で問《と》い詰《つ》めている。自分《じぶん》に仕掛《しか》けられたらしいいたずらに腹《はら》を立て、この夜《よる》の出来事《できごと》には何か裏《うら》があると強《つよ》く疑《うたが》っていた。ビルは疑問《ぎもん》に思っていた。ブランドンはどんな話《はなし》を持《も》ちかけて、バーグルじいさんの船《ふね》に乗《の》せてもらったのだろうか。というのも、〈レデヴンの花〉の盗難《とうなん》について、バーグルが一切《いっさい》かかわっていないのは明《あき》らかだから。以前《いぜん》のビルなら、運転手《うんてんしゅ》のブランドンもかかわっていないと信《しん》じていたはずだ。若者《わかもの》が島《しま》の小道を指《ゆび》さしているのがビルの目に留《と》まった。上で話をつけようと、ブランドンとバーグルを誘《さそ》っているようだ。ブランドンは騙《だま》されているとは思いもせず、喜《よろこ》んで歩《ある》き出《だ》した。バーグルはまだ文句《もんく》を言いながらもあとに続《つづ》いた。ビルは崖《がけ》っぷちに群生《ぐんせい》するハマカンザシの中で、さらに身《み》を低《ひく》くかがめた。四人はほんの数《すう》ヤード先《さき》を通《とお》り過《す》ぎて島《しま》の中央《ちゅうおう》まで行き、黙《だま》って立《た》ち止《ど》まった。

バーグルじいさんは険《けわ》しい小道を登《のぼ》ってきたことで息《いき》を切《き》らしている。荒《あら》い息づかいのまま、口を開《ひら》いた。「もう一度《ど》訊《き》くが、いったいこれはどういうことだね？　ブランドン、こいつらはここで何をしているんだ？　どうして、わしの船《ふね》をこんな岩《いわ》だらけの海岸《かいがん》に着《つ》けなくちゃならねえんだ？　最初《さいしょ》の話《はなし》では……」

〈ナイフ〉がくるりと振《ふ》り向《む》いた。「そいつを黙《だま》らせろ！」

ブランドンは老人《ろうじん》の腕《うで》をつかんだ。ふたたび明《あか》るい月《つき》が姿《すがた》を現《あらわ》し、数ヤード離《はな》れたところにかがんでいるビルにも、ブランドンの顔《かお》に浮《う》かぶ物騒《ぶっそう》な質問《しつもん》が読《よ》み取《と》れた。〈ナイフ〉もそれを読み取って、答《こたえ》を返《かえ》した。「まだだ。こいつに訊《き》きたいことが出てくるかもしれない。始末《しまつ》するのはあとでいい」ブランドンは老人の両腕《りょううで》を背中《せなか》に回《まわ》し、自分《じぶん》のハンカチで縛《しば》った。さらに、スカーフをはずすと、猿《さる》ぐつわ代《が》わりにしてバーグルの口を塞《ふさ》いだ。バーグルは抵抗《ていこう》したが、年《とし》をとっているうえ、不意《ふい》を突《つ》かれたのでどうすることもできなかった。

きなかった。男たちによってハマカンザシの中に投《な》げ込《こ》まれ、しばらく足で宙《ちゅう》を蹴《け》ってい
たが、まもなく静《しず》かになった。
ブランドンは立《た》ち上《あ》がって、〈ナイフ〉に言った。「言われたとおりここに来たが、混乱《こんらん》
しているようだな。何があったんだ？」
「何があったか、おまえがおれに話すのが先《さき》だろ」〈ナイフ〉は不気味《ぶきみ》な笑《え》みをちらつか
せた。
ブランドンの態度《たいど》がとたんに控《ひか》えめになった。「霧《きり》が濃《こ》くてね。どうやら、荒《あ》れ地《ち》であ
んたを見つけられなかったようなんだ。長《なが》いあいだ、待《ま》っていたんだけどね。刑務所《けいむしょ》から
脱走《だっそう》しそこねたのかと思ったよ」
「おれは失敗《しっぱい》なんか一度《ど》もしたことがない」〈ナイフ〉は言った。
「そりゃそうだな」ブランドンは慌《あわ》てて言った。ビルを霧の荒れ地に置《お》き去《ざ》りにしたとき
の横柄《おうへい》な態度《たいど》とは大違《おおちが》いだ。「あんたが脱走したのは聞いていた。だけど、大騒《おおさわ》ぎになっ
てて、おれが車《くるま》に乗《の》ってるところを見つかるのが心配《しんぱい》だったもんで。レデヴン館《かん》へ戻《もど》り、
例《れい》の物《もの》を持って一人でここへ来るつもりだったんだ」
「そこまではオーケーだ」若《わか》い男は言った。

「それで、あんたのほうは何があったんだ？」ブランドンが質問《しつもん》した。

「あんたが待《ま》っててくれなかったのがわかった」ボースタル少年院《しょうねんいん》の脱走者《だっそうしゃ》は冷《ひ》ややかに言った。ビルには、これがブランドンにとってけっしてオーケーなことではなかったのがわかっていた。「納屋《なや》へ行ったよ。そこに男の子がいて、ちゃんと合言葉《あいことば》に答《こた》えた。だから、そいつが仲間《なかま》の一人だと思って、前半《ぜんはん》のメッセージが入《はい》った上着《うわぎ》を渡《わた》してやり、代《か》わりにそいつの上着を持《も》って出た。ところが、そこにはメッセージが入っていなかった」

「そのガキには、そのあともずっと迷惑《めいわく》のかけられどおしだ」片手《かたて》の男が初《はじ》めて口を開《ひら》いた。

「おまえたちはガキのことばかり考《かんが》えてるな。おれならうまく処理《しょり》するんだが」〈ナイフ〉は話《はなし》を戻《もど》した。「おれもそいつを見かけたよ。ついでに、もう一人のガキもな。二人がメッセージを持ってたからあとを追《お》いかけた。すると、この太《ふと》っちょのばかがそいつらを見つけて、自分《じぶん》が持っていたメッセージまで渡しちまったんだ。思い込《こ》みと手違《てちが》いから、みんなでそのガキどものあとを追う羽目《はめ》になったってわけだ」

「ともかく、今《いま》はこうして無事《ぶじ》ここに着《つ》いた」ブランドンは言った。

「そうだな。宝石《ほうせき》を渡してもらおうか」〈ナイフ〉が言った。

ブランドンはためらった。が、それはほんの一瞬《いっしゅん》にすぎなかった。金属《きんぞく》の刃《は》が月明《つきあ》かりを受《う》けてぎらりと光《ひか》った。金属の鉤爪《かぎづめ》もわからない程度《ていど》にほんの少《すこ》し動《うご》いたが、脅威《きょうい》にはちがいない。ブランドンはシャツに手を入《い》れ、月の光が星《ほし》をしのぐように、金属のきらめきをはるかにしのぐ輝《かがや》きを持《も》った物《もの》を取《と》り出《だ》した。目がくらむほどの輝き、まぶしい光、美《うつく》しい色《いろ》と高貴《こうき》なきらめきを持《も》った〈レデヴンの花〉が手から手へと渡《わた》った。

ブランドンはしばらく無言《むごん》で立ち尽《つ》くしていたが、心《こころ》を決《き》めたように見えた。おそらく、ナイフの刃と鉤爪の脅威を目にして、その瞬間《しゅんかん》、彼はどんな裏切《うらぎ》り行為《こうい》が自分《じぶん》に用意《ようい》されているかを悟《さと》ったのだろう。誰《だれ》もいないこの海岸《かいがん》で、自分がこの二人の悪党《あくとう》を相手《あいて》にしても勝《か》ち目《め》がないことがわかっていた。ブランドンは言った。「やるよ」

「当《あ》たり前だ。こいつはおれの物さ」〈ナイフ〉は冷《ひ》ややかに言った。

「おれの取り分《ぶん》はいらないって意味《いみ》だよ」ブランドンは説明《せつめい》した。「あそこにはほかにもあったしな。そんなにはいただいてないが、まあ、ちょっとだけ隠《かく》しておいた。必要《ひつよう》なときにはすぐに取り出せる。そいつをおれの取り分ってことで。この〈フラワー〉はあんたたち二人で分《わ》けるといい。ほかの連中《れんちゅう》にも少し——そのへんのことにおれは関心《かんしん》ないが」

〈ナイフ〉と〈ヴァイオリン〉は無言で顔《かお》を見合《みあ》わせ、不安《ふあん》そうにブランドンを見た。

〈ナイフ〉は言った。「何かの策略《さくりゃく》のつもりか？」

「とんでもない。策《さく》を弄《ろう》するとしても、二対《たい》一だ。おれもばかじゃない。数《かず》で負《ま》けてるときに欲《よく》をかいた者《もの》がどうなるかはわかってる。おれは自《じ》分《ぶん》の取《と》り分《ぶん》だけで満足《まんぞく》してるよ。このじいさんを始末《しまつ》して……」うつ伏《ぶ》せになり、足で宙《ちゅう》を蹴《け》っているバーグルを指《さ》し示《しめ》した。「ここを立《た》ち去《さ》ろう。金《かね》を使《つか》い果《は》たしたころ、また別《べつ》の仕事《しごと》で会《あ》おうじゃないか」

ビルは心《こころ》が沈《しず》んだ。この三人は結託《けったく》していたのだ。少年一人で三人に立《た》ち向《む》かったところで勝《か》てる見込《みこ》みはどれほどあるだろうか。唯一《ゆいいつ》チャンスがあるとすれば、ブランドンに彼《かれ》への裏切《うらぎ》り行為《こうい》があったこと——この二人が船《ふね》を難破《なんぱ》させようと画策《かくさく》していたこと——をなんとか伝《つた》えられた場合《ばあい》だ。それがわかれば、少なくともそのときは、ブランドンが味《み》方《かた》してくれるのではないか。そのあとどうなるかはともかく。立ち上《あ》がって自分の存在《そんざい》を知《し》らせるときが来たのではないか、とビルは真剣《しんけん》に考《かんが》えた。だが、賭《か》けに出るにはあまりにも危険《きけん》だ。

そのとき、バーグルが口を開《ひら》き、強《つよ》いデヴォン訛《なまり》で言った。「岬《みさき》のところで、赤《あか》い灯《あか》りが点《つ》いていたのはどういうわけだ？」

全員《ぜんいん》が振《ふ》り向《む》いた。最初《さいしょ》は腕《うで》を縛《しば》られて猿《さる》ぐつわを噛《か》まされた老人《ろうじん》を見つめ、次《つぎ》に船を間違《まちが》った方向《ほうこう》に誘導《ゆうどう》するために〈ナイフ〉と〈ヴァイオリン〉が置《お》いた赤《あか》いランタンに視《し》線《せん》を移《うつ》した。

月明《つきあ》かりの中で、ブランドンの表情《ひょうじょう》が険《けわ》しくなった。「そうだ、あれはどういうことだ?」

「それに、ほかにも灯《あか》りがあったぞ」老人《ろうじん》はなんとか体《からだ》を起《お》こして、今《いま》はすわっている。

「緑《みどり》と黄色《きいろ》の灯《あか》りが二組《くみ》あった……」

〈ナイフ〉は乱暴《らんぼう》な口調《くちょう》で言った。「おい、こいつの口を塞《ふさ》いだんじゃなかったのか!」

「そんなことはどうでもいい」ブランドンが言った。「灯りのことは本当《ほんとう》だ。あれはどういうことなんだ?」

「にいちゃん、こいつらはわしらを罠《わな》にかけようとしたんだ」バーグルじいさんは背《せ》すじを伸《の》ばして、結《むす》び目《め》を引《ひ》っ張《ぱ》った。「船《ふね》を難破《なんぱ》させようとしていたんだ。灯りを使《つか》って間違ったほうへ誘導して……」

〈ヴァイオリン〉はバーグルを蹴《け》りつけようとしたが、老人はなんとか腕《うで》の自由《じゆう》を取《と》り戻《もど》していて、さっと片手《かたて》を出して伸《の》びてきた足をつかんだ。大男《おおおとこ》の体はものすごい音《おと》を立てて背中《せなか》から地面《じめん》に倒《たお》れた。ブランドンはチャンスと見て、すかさず〈ナイフ〉に向《む》かっていった。側頭部《そくとうぶ》に強烈《きょうれつ》な一撃《げき》を食《く》らって、若者《わかもの》もまた、ハマカンザシの中にぶざまに倒《たお》れた。月《つき》の光《ひかり》を受《う》け、ハマカンザシはこの夜《よる》の恐《おそ》ろしい出来事《できごと》に激《はげ》しく揺《ゆ》れてかさかさ音《おと》を立てている。海鳥《うみどり》は旋回《せんかい》しながら鳴《な》き声を上《あ》げ、寝《ね》ぼけた羊《ひつじ》が驚《おどろ》いて目をさまし、あまり賢《かしこ》くはない頭《あたま》を起《お》こした。すると、小さな人影《ひとかげ》が、揺《ゆ》れるハマカンザシの中から立《た》ち上《あ》がり、潜《ひそ》んでいるビルに駆《か》け寄《よ》った。「さあ、行こう！」

パッチだ！

あれこれ訊《き》く時間《じかん》はなかったが、ビルはわき上《あ》がる喜《よろこ》びを抑《おさ》えきれないまま、激《はげ》しい戦《たたか》いの場《ば》へと駆《か》けていった。これまでの経緯《けいい》から乱闘《らんとう》になることはビルもわかっていた。パッチが叫《さけ》んだ。「バーグルを解放《かいほう》して！」ビルはかがみこんでバーグルじいさんの結束《けっそく》を解《と》いたが、猿《さる》ぐつわもきつく嚙《か》まされていた。当然《とうぜん》、灯《あか》りについて詰問《きつもん》できたはずはない。今回《こんかい》もパッチだ！　花の中に身《み》を隠《かく》し、いよいよというときにあの手を使《つか》おうと機会《きかい》をうかがっていたのだ。

バーグルじいさんは体《からだ》の自由《じゆう》を取《と》り戻《もど》したが、役《やく》には立たなかった。老《お》いた脚《あし》は震《ふる》え、腕《うで》はこわばり、痛《いた》みもある。地面《じめん》にすわっているのが精一杯《せいいっぱい》で、立ち上がろうと努力《どりょく》してはみるものの、長《なが》い夜《よる》に起《お》こった恐ろしい出来事にすっかり疲弊《ひへい》していた。パッチはバーグルをそのままにして、起《お》き上《あ》がろうとしている〈ヴァイオリン〉に飛《と》びかかった。大男《おおおとこ》は、まるで子犬《こいぬ》をあしらうようにものすごい力《ちから》で細《ほそ》い体《からだ》をはねのけた。ビルは勢《いきお》いよく突《とっ》進《しん》して、大男をまた地面《じめん》に突《つ》き倒《たお》した。だが、巨体《きょたい》はふたたび起き上がり、恐《おそ》ろしい金属《きんぞく》の鉤爪《かぎづめ》をぎらつかせて反撃《はんげき》に出たので、ビルは危険《きけん》を避《さ》けて後《あと》ずさりしなくてはならなかった。二人の少年は、おとなの雄牛《おうし》に執拗《しつよう》に攻撃《こうげき》を仕掛《しか》ける二匹《ひき》のテリア犬のようだ。大男はよろめいて膝《ひざ》をつき、銀色《ぎんいろ》の月明《つきあ》かりの中で鉤爪が光《ひか》った。鉤爪の脅威《きょうい》と巨体の重《じゅう》量《りょう》にたいして、二人には打《う》つ手がない。もう一度《ど》二人が攻撃し、大男はそれにたいして反撃したあと立ち上がった。

ブランドンが悲鳴《ひめい》を上げた。

〈ナイフ〉も立ち上がっていた。ブランドンの体の下敷《したじ》きになっていた右腕《みぎうで》をなんとか引《ひ》き抜《ぬ》き、素早《すばや》く振《ふ》り下《お》ろすと、光る刃《やいば》が相手《あいて》の肩《かた》を捉《とら》えた。今《いま》、レデヴン家《け》のお抱《かか》え運転《うんてん》手《しゅ》は右手で左腕を押《お》さえ、上着《うわぎ》から血《ち》を滴《したた》らせながら後《あと》ずさりしている。パッチは〈ヴァイオリン〉をそのままにして、〈ナイフ〉の脚《あし》に突進し、もう一度、若者《わかもの》をハマカンザシの中へ倒した――だが、そう長い時間ではなかった。ブランドンは後ずさりを続《つづ》ける。パッチがそれを追《お》いかけ、ビルも〈ヴァイオリン〉から離《はな》れて二人を追った。月の光《ひかり》の中で彼らは対峙《たいじ》した。凶器《きょうき》と武器《ぶき》を身《み》につけた二人の悪者《わるもの》、それにたいして負傷《ふしょう》した男と二人の少年……。互《たが》いに向《む》かい合《あ》い、ちょっとした気配《けはい》やほんの少《すこ》しの動《うご》きにも警戒《けいかい》し、無言《むごん》のまま慎重《しんちょう》に相手《あいて》の動きをうかがっている。まったくの静寂《せいじゃく》の中で。

ビルはこの争《あらそ》いの終《お》わらせ方《かた》を見出《みいだ》せなかった――たった一つの方法《ほうほう》をのぞいて。パッチと自分《じぶん》が〈にやついた若者《わかもの》〉からなんとか宝石《ほうせき》を奪《うば》い返《かえ》し、一目散《いちもくさん》に駆《か》け出《だ》して島《しま》の小さな崖《がけ》を下《お》り、陸《りく》に戻《もど》ってさらに崖の小道を走《はし》って登《のぼ》り、村《むら》への道路《どうろ》を走り……。

宝石を取り戻せなかった場合《ばあい》のことも検討《けんとう》したほうがいいかもしれない。命《いのち》が危険《きけん》にさらされている。命と天秤《てんびん》にかけたら、ルビーやダイヤモンドにどれほどの価値《かち》があるだろうか。だが、バーグルじいさんを残《のこ》して逃《に》げるわけにはいかない。じいさんは弱々《よわよわ》しく手足を動《うご》かして地面《じめん》に横《よこ》たわっている。この悪者たちのもとに残《のこ》していったら、どんな運命《うんめい》が待《ま》ち受《う》けているかは明《あき》らかだ。ブランドンはひどい怪我《けが》をしているようだ。月光《げっこう》の中でもかなり顔《かお》が青《あお》ざめているのがわかるし、右手で押《お》さえている負傷した肩《かた》から上着《うわぎ》に血《ち》の染《し》みが広《ひろ》がっている。自分《じぶん》にしてもパッチにしても、あるいは二人がかりでも、鉤爪《かぎづめ》を振《ふ》り回《まわ》す巨体《きょたい》の〈ヴァイオリン〉にかなうわけはないし、ましてやあの恐《おそ》ろしい〈にやついた若者《わかもの》〉の毒牙《どくが》のナイフに対抗《たいこう》することなどできはしない。できることはせいぜい戦《たたか》うことぐらいだが、それは結局《けっきょく》、ナイフや鉤爪《かぎづめ》に捕《つか》まってしまうことを意味《いみ》する。上空《じょうくう》で旋回《せんかい》する海鳥《うみどり》と咳《せき》をしている年取《としと》った羊《ひつじ》しかいないこの場所《ばしょ》で、たった二人で戦《たたか》わなくてはならない。そして、負《ま》ける。負ければ死《し》ぬことになるだろう。

誰《だれ》もが無言《むごん》で立《た》ち尽《つ》くしていた。あまりの静寂《せいじゃく》のなか、下の海岸《かいがん》のどこかからかすかな音《おと》がビルの耳《みみ》に聞こえた。足音ではないか？　足音だ！　脳《のう》の脈動《みゃくどう》が作《つく》り出《だ》した錯覚《さっかく》に過《す》ぎないのだろうか。足音はガツンコトン、ガツンコトン、ガツンコトンと聞こえる。義足《ぎそく》の音楽家《おんがくか》が双子《ふたご》の片割《かたわ》れのところにやって来る。そうなったら、数《かず》の上でもいよいよ勝《か》ち目《め》はない。

二人の男は少年たちを一人ずつに分《わ》けて戦う作戦《さくせん》に出て、それぞれが少年に飛《と》びかかった。

ビルは〈ヴァイオリン〉の巨体《きょたい》の下敷《したじ》きにされた。背中《せなか》からハマカンザシの上に落《お》ち、顔《かお》に相手《あいて》の重《おも》い肩《かた》が押《お》しつけられているため、息《いき》ができず、懸命《けんめい》に体《からだ》をくねらせたりよじったりして逃《のが》れようとした。大男《おおおとこ》はむくりと起《お》き上《あ》がり、体を揺《ゆ》すると、鉤爪の手を振《ふ》り上《あ》げたようだ。ビルの胸《むね》に振り下《お》ろし、心臓《しんぞう》をえぐり出すために。大きな体の下でビルがもがき続《つづ》けていると、鉤爪が木の根《ね》に突《つ》き刺《さ》さっているのが見えた。大男はそれをはずそ

鉤爪《かぎづめ》が木の根《ね》に突《つ》き刺《さ》さり、大男《おおおとこ》はそれをはずそうと、ぐいぐい引《ひ》っ張《ぱ》っている。

うと、ぐいぐい引《ひ》っ張《ぱ》っている。ビルは目の前にある満月《まんげつ》のような顔《かお》を素手《すで》で懸命《けんめい》に殴《なぐ》りつけた。大男《おおおとこ》は、痛《いた》みにうめき声を上げ、木の根《ね》に体《からだ》をのせようと、体を浮《う》かせた。その瞬間《しゅんかん》、ビルは体の自由《じゆう》を取《と》り戻《もど》した。

パッチは地面《じめん》に横《よこ》たわり、〈ナイフ〉にのしかかられていた。小さな手で男の細《ほそ》い手首《てくび》を押《お》さえ、必死《ひっし》でナイフを遠《とお》ざけようとしている。どちらも動《うご》けずにいた。しかし、ビルがちらりと見たとき、パッチの力《ちから》が尽《つ》きかけているのがわかった。ナイフを心臓《しんぞう》に突《つ》き立てるための空間《くうかん》が確保《かくほ》できるまで、パッチの腕《うで》はどんどん後方《こうほう》に曲《ま》げられていくにちがいない。大男《おおおとこ》の体重《たいじゅう》から解放《かいほう》された隙《すき》に、ビルはパッチのほうに駆《か》け出《だ》した。だが、鉤爪《かぎづめ》の手がすばやく伸《の》びてきて足首《あしくび》を引《ひ》っかけられてしまい、ハマカンザシの上に仰向《あおむ》けに倒《たお》れた。〈ヴァイオリン〉はやっとのことで起《お》き上《あ》がり、今度《こんど》こそ片《かた》をつけるため、ビルに飛《と》びかかろうとした。そのあいだじゅう、苦労《くろう》しながら小道を登《のぼ》ってくる足音《あしおと》が聞こえていた。ガツンコトン、ガツンコトン、ガツンコトン！

もう一度《ど》立ち上がるために何かつかまるものはないか、とビルが必死《ひっし》に手探《てさぐ》りすると、花のあいだに置《お》かれた物《もの》に手が触《ふ》れた。黒《くろ》くなめらかで奇妙《きみょう》な形《かたち》の物が、月《つき》の光《ひかり》に浮《う》かび上《あ》がった。ヴァイオリンケースだ。

繊細《せんさい》で曲線的《きょくせんてき》なケースは、迫《せま》りくるこの怪物《かいぶつ》を倒《たお》す武器《ぶき》としては軽量《けいりょう》で弱《よわ》すぎる。ビルは苛立《いらだ》たしげにわきにのけ、大きめの石《いし》のような、相手《あいて》に投《な》げつけられる物《もの》はないかと花の根元《ねもと》を探《さぐ》った。手荒《てあら》く動《うご》かされてヴァイオリンケースの蓋《ふた》が開《ひら》いた。それが視野《しや》に入《はい》ったとき、ビルは思わず二度見《どみ》した。

というのも、中に入っていたのがヴァイオリンではなかったからだ。木製《もくせい》の細《ほそ》い取《と》っ手《て》のついた丸《まる》みのあるずっしりした物……。細い木製の軸《じく》で、てっぺんに丸みのある重《おも》い物が金属《きんぞく》の帯《おび》で留《と》められている、と言ったほうがいいかもしれない。

そのとき、ビルはそれがなんであるかに思い当《あ》たった。

木製の義足《ぎそく》だ。

〈恐怖《きょうふ》の音楽家《おんがくか》〉は双子《ふたご》ではなかったのだ。一人なのだ。片腕《かたうで》の音楽家も存在《そんざい》しない。健常《けんじょう》な男が、都合《つごう》のよいときにだけ金属の鉤爪《かぎづめ》をつけ、本当《ほんとう》の手を隠《かく》すためにそれ以外《いがい》のときはいつも黄色《きいろ》の手袋《てぶくろ》をはめていたにすぎない。片足《かたあし》の男も存在しない。まったく正常《せいじょう》な脚《あし》を曲《ま》げ、木製の義足をつけているように見せかけていただけだ。そして、義足や鉤爪が必要《ひつよう》ないときには、小《こ》わきに抱《かか》えて持《も》ち運《はこ》んでいた――ヴァイオリンケースに入《い》れて。

それなら、不気味《ぶきみ》な音楽家が双子の片割《かたわ》れを助《たす》けに来たのだと思っていたガツンコトン、

ガツンコトン、ガツンコトンという足音《あしおと》も存在《そんざい》しないはずだ。ごく普通《ふつう》の足音だったにちがいない。それを、恐怖《きょうふ》に駆《か》られているせいで、想像力《そうぞうりょく》が聞き覚《おぼ》えのある音へと歪《ゆが》めてしまったのだろう。ごく普通の足音が意味《いみ》することは――ようやく、助《たす》けが来たということだ！

ビルは立ち上がって、声を限《かぎ》りに叫《さけ》んだ。「助けて！　助けて！　助けて！」そして、木製《もくせい》の義足《ぎそく》を両手《りょうて》で振《ふ》り上《あ》げ、目前《もくぜん》に迫《せま》ってきた敵《てき》の頭《あたま》めがけて振《ふ》り下《お》ろした。大男《おおおとこ》はうめき声とともに倒《たお》れると、今度《こんど》はそれ以上動《いじょううご》かなくなった。

パッチはまだ地面《じめん》に倒されたまま、〈ナイフ〉にのしかかられている。腕《うで》はどんどん後《うし》ろにねじり上げられていた。

ぐずぐずしてはいられない。

ビルは背後《はいご》から〈ナイフ〉の肩《かた》に飛《と》びかかり、両手を首《くび》にかけて頭を後ろに引《ひ》いた。〈ナイフ〉の手首からパッチが離《はな》れ、ビルと〈ナイフ〉は背中《せなか》からハマカンザシの中に倒れた。今度はビルが〈ナイフ〉の下敷《したじ》きになった。〈ナイフ〉は激《はげ》しくもがき、腕に痙攣《けいれん》を起《お》こしているパッチより先《さき》に立ち上がると、ふたたび目の前に立ちふさがった。ビルも飛《と》び起《お》き、パッチの横《よこ》で男を睨《にら》みつけた。少年二人と若《わか》い男。だが、男のほうはナイフで武装《ぶそう》している。

〈ナイフ〉は役《やく》に立たない仲間《なかま》に視線《しせん》を投《な》げた。草《くさ》むらに横《よこ》たわっている無力《むりょく》な老人《ろうじん》、そして、血《ち》の滴《したた》る腕《うで》を抱《かか》えて立ちつくしているブランドン。「ブランドン、もう状況《じょうきょう》がわかっただろ。おまえはこっちからあっちへ立場《たちば》を変《か》えたな。はっきり決《き》めろ。おまえはどっちの味方《みかた》だ？」

「あんたは船《ふね》を難破《なんぱ》させようとした」ブランドンは暗《くら》い声で言った。

「難破計画《けいかく》はすでにできあがっていたんだ。ひょっとすると立案者《りつあんしゃ》はおまえじゃないのか？　あの太《ふと》っちょがこいつらに渡《わた》したメッセージに書《か》いてあったんだ。灯《あか》りの色《いろ》を元《もと》に戻《もど》して、船が安全《あんぜん》に岬《みさき》を回《まわ》れるようにしてやったのはおれなんだぞ」

ビルとパッチはぎらぎら光《ひか》るナイフから距離《きょり》をおき、息《いき》を切《き》らしながら立っていた。

「こいつの話を信《しん》じちゃだめだよ、ブランドン！　正《ただ》しい灯りをともしたのはぼくたちだからね！」

「どっちみち、誰《だれ》が灯りの色を戻したかなんて問題《もんだい》じゃないだろ」〈ナイフ〉は危険《きけん》をはらんだ冷《つめ》たい口調《くちょう》で言った。「このガキどもは今《いま》、おれの手中《しゅちゅう》にある。こいつらは武器《ぶき》を持《も》ってないからな。おまえもそうだ。おれにはナイフがある。こいつらを始末《しまつ》したあと、おまえを相手《あいて》にするのは造作《ぞうさ》ないことさ。そんな怪我《けが》をしてるんだからな。さあ、最後《さいご》にもう一度訊《どき》こう。おまえはどっちの側《がわ》につくんだ？」

ブランドンは答《こた》えた。「これからは、あんたのいうことをなんでも聞くよ」

「よろしい。では、そうしてもらおうか」若《わか》い男はにやりと笑《わら》った。見る者《もの》を震《ふる》え上《あ》がらせる光景《こうけい》だった。

突然《とつぜん》、ブランドンは動《うご》いた。怪我《けが》をしていないほうの腕《うで》を広《ひろ》げて、足早《あしばや》に少年たちの背後《はいご》に回《まわ》り、二人が後《あと》ずさりできないようにした。若い男はその意図《いと》を解《かい》したことを目で伝《つた》えて、またにやりと笑い、右手を大きく振《ふ》り上《あ》げた。ナイフがまがまがしい光《ひかり》を放《はな》った。

少年たちは身動《みうご》きを封《ふう》じられた。こんなふうに命《いのち》を落《お》としたくはない。恐怖《きょうふ》の笑《え》みをちらつかせた目が、二つの白《しろ》い顔《かお》のすぐ前にある。だが、少年たちはその笑みにたじろぐことなく睨《にら》み返《かえ》した。男は言った。「おまえたちには死《し》んでもらう。殺《ころ》したいからじゃないよ。そうしなければならないからだ。そのあと、おまえの友だちの役立《やくた》たずのじじいも殺す。偽物《にせもの》の脚《あし》と鉤爪《かぎづめ》をつけたまぬけな仲間《なかま》もな。おれはこの宝石《ほうせき》をいただいて姿《すがた》を消《け》すよ。この冒険《ぼうけん》はそれでおしまいだ。次《つぎ》の冒険が始《はじ》まるまではな。おまえたち二人は最初《さいしょ》からいろいろ邪魔《じゃま》をしてくれたな。かわいそうだとは思ってないよ。おれはナイフを使《つか》うのが好《す》きでね。楽《たの》しんで殺《ころ》させてもらうよ」男が手を振《ふ》り上《あ》げ、その刃《やいば》が下《お》りかけたとき……。

突然《とつぜん》、いくつもの人影《ひとかげ》や話《はな》し声、せかせかと歩《ある》く気配《けはい》が小さな島《しま》にあふれた。

「やつらどこにいる?」

「犯人《はんにん》を見つけて、拘束《こうそく》するんだ……」

「見ろ、草《くさ》むらに男がいる……」

「少年たちもいるわ……」

「急《いそ》げ、あいつを止《と》めるんだ! やめさせるんだ! ナイフを持《も》ってるぞ! 子供たちが危《あぶ》ない!」

〈ナイフ〉はちらりと後《うし》ろを見てから、ブランドンに言った。「逃《に》げ道をふさがれた! 下《さ》がれ!」

ブランドンは少年たちの上着《うわぎ》の襟《えり》をつかんで二人を引《ひ》きずりながら、後《うし》ろに下がっていく。崖《がけ》ぎりぎりのところで、足を止《と》めた。少《すこ》し前、パッチが姿《すがた》を消《け》したあの場所《ばしょ》だった。パッチは崖《がけ》の下に小道があるのを知っていたので、巧《たく》みに敵《てき》をそちらに誘導《ゆうどう》し、崖から落《お》ちた振《ふ》りをして姿を消したのだ。しかし、〈にやついた若者《わかもの》〉は小道のことを知らない。

ブランドンは言った。「どうするつもりだ？」薄明《うすあ》かりの中、人声《ひとごえ》や足音《あしおと》が近《ちか》づいてくる。警官《けいかん》や村人《むらびと》や女性《じょせい》が……。

「これで一巻《かん》の終《お》わりなら」〈ナイフ〉は言った。「こいつらの息《いき》の根《ね》を止《と》めてやる！」肩《かた》越《ご》しに振《ふ》り返り、不気味《ぶきみ》な声で笑《わら》った。「下《さ》がれ！　一歩《ぽ》でも近《ちか》づいたらナイフを振り下《お》ろすぞ！」

小さな島《しま》じゅうの動《うご》きが止まった。話《はな》し声は消《き》え、冷《つめ》たい恐怖《きょうふ》が人々を黙《だま》らせた。

少年二人は若《わか》い男の顔《かお》を見つめている。細《ほそ》い白《しろ》い腕《うで》がナイフの刃《は》を高く掲《かか》げ、ぎらりとした光《ひかり》が下降《かこう》し始《はじ》めたとき……。

そのとき……。

うなり声と金切《かなき》り声が響《ひび》いたかと思うと、何かが二人の前を勢《いきお》いよくよぎり、男の笑顔《えがお》に飛《と》びついた。額《ひたい》や頰《ほお》や目に怒《いか》りの爪《つめ》を立て、夢中《むちゅう》で引《ひ》っ搔《か》く。男の手からナイフが地面《じめん》に滑《すべ》り落《お》ちた。男は悲鳴《ひめい》を上げ、ゆっくり背中《せなか》から倒《たお》れ、血《ち》だらけの顔から両手《りょうて》を放《はな》して大きく腕《うで》をばたつかせたあと、崖《がけ》の下に消《き》えた。五十フィートか、六十フィートか、七十フィート下の海岸《かいがん》から、鈍《にぶ》い音《おと》が聞こえた。

少年たちの足もとに何かが落ちた。淡《あわ》い月光《げっこう》の中で、美《うつく》しさそのものが放《はな》つまばゆい輝《かがや》きを持《も》った物《もの》が落《お》ちていた。
〈レデヴンの花〉は無事《ぶじ》だった。

第十五章

ビルとパッチはハマカンザシのあいだに膝《ひざ》をついた。だが、二人が感嘆《かんたん》の声を上《あ》げながら取《と》り上げたのは宝石《ほうせき》ではなかった。

「サンタ、サンタ、利口《りこう》な、最高《さいこう》のサンタクローズ。ぼくたちの命《いのち》を救《すく》ってくれたんだね。危機一髪《ききいっぱつ》のところで、跳《と》びかかって……」パッチは言った。

「やっぱりあのとき、廃墟《はいきょ》の外で、あいつはサンタを蹴飛《けと》ばしたんだね」ビルも言った。「サンタはずっとあいつを憎《にく》んでいたんだ」

二人は言った。「頭《あたま》がよくて、美《うつく》しくて、最高のサンタ！」

サンタは猫《ねこ》が話せる簡単《かんたん》な方法《ほうほう》で言った。「今《いま》すぐ、何か食《た》べようよ」

どこかから声がした。「テレサ！」じたばたしているブランドンの回《まわ》りに集《あつ》まった人々のあいだから、女性《じょせい》が一人駆《か》けてきて、パッチを抱《だ》き締《し》めた。

わたしよ。

「テレサ？」ビルは言った。「テレサじゃないよ。この子はパッチだ」

「女の子だとばかにされるなら、なんとかしなくちゃいけないでしょ」そう言って、パッチは黒《くろ》い眼帯《がんたい》をはずした。隠《かく》されていた目はもう一方《いっぽう》の目と同《おな》じくらいきらきら褐色《かっしょく》に輝《かがや》き、笑《え》みをたたえていた。さらに、くしゃくしゃになっている髪《かみ》に手櫛《てぐし》を通《とお》してカールを出した。「双子《ふたご》の兄《あに》なんかいないわ。妹《いもうと》もね。どっちもわたしよ」

「きみは女の子だったのか！」ビルは雷《かみなり》に打《う》たれたようなショックを受《う》けた。

「わたしが〈双子の兄〉といっしょにいるところを一度《ど》も見てないでしょ？」

「ポニーに乗《の》って荒《あ》れ地《ち》を走《はし》って行くのは見たけど」

「あれはそこいらの誰《だれ》かよ！　その人を見かけて、テ、テレサがタヴィストックへ出かけたことにしたの……」

村人《むらびと》たちはバーグルじいさんが立《た》ち上《あ》がるのを助《たす》けている。ブランドンは警官《けいかん》たちに囲《かこ》まれて連行《れんこう》されていった。ほかの人たちはウィリアム・フィップスを捜《さが》しに、急《いそ》いで海岸《かいがん》へ降《お》りていった。生《い》きているにしろ死《し》んだにしろ、もう脅威《きょうい》を感《かん》じる必要《ひつよう》はない。パッチは言った。「ママ、どうやってここに来たの？」

「リントンから、あなたがメッセージを残《のこ》したという連絡《れんらく》を受け取《と》ったわ。わたしたち、半狂乱《はんきょうらん》であなたを追《お》いかけてここまで来たのよ！」男性が一人近《ちか》づいてきて、両腕《りょううで》をテレサの体《からだ》に回《まわ》してハグをした。「おまえのせいで心臓《しんぞう》が止《と》まるかと思ったよ」

「リントンからのメッセージって？」ビルが訊《き》いた。

「リントンであなたを小屋《こや》に閉《と》じ込《こ》めて、なんていうか……遠回《とおまわ》しなメッセージを警察《けいさつ》に届《とど》けたの。なにもかも警察に任《まか》せるのはいやだったから。わたしたちだけで解決《かいけつ》できたらそのほうが愉快《ゆかい》だと思って」

そのほうが愉快か！　たしかに愉快だ！

「だけど、この件《けん》について何も知らせないのもよくないでしょう。もし、うまくいかなかったら、あなたのお母さまの宝石《ほうせき》が永久《えいきゅう》に失《うしな》われてしまうかもしれないんだから。そうなったら、わたしのせいだわ。だから、一種《いっしゅ》の――一種の暗号《あんごう》みたいなものを残《のこ》したのよ」

「それからずっと、わたしたちはその暗号の解読《かいどく》に四苦八苦《しくはっく》したんだよ」彼女《かのじょ》の父親《ちちおや》が言った。「テレサ、これはこれまでおまえがやった中で最悪《さいあく》だぞ！」彼は悲《かな》しそうに言い添《そ》えた。「今《いま》のところは」

「だって、パパが言ったじゃないの。レデヴン家《け》のビル坊《ぼっ》ちゃまは、女の子なんかと数日《すうじつ》間《かん》いっしょに過《す》ごすと思ったらうんざりだろうって。それで、男の子に負《ま》けないことを証《しょう》明《めい》してみせようと思ったのよ。もちろん、彼が本物《ほんもの》の〈ナイフ〉じゃないとわかってからね。かなり長《なが》いあいだ、本物の〈ナイフ〉だと思ってたわ。とにかく、助《たす》けを呼《よ》べるようになるまでいっしょにいるしかなかったから、本物だろうがそうじゃなかろうが関係《かんけい》なかったけど。実《じつ》を言うと、荒《あ》れ地《ち》のはずれにある最初《さいしょ》の村《むら》に入《はい》ったらすぐに、助けを求《もと》めるつもりだったのよ。でも……」

「その前に、ぼくが〈ナイフ〉じゃないと確信《かくしん》したんだね」

「女の子だって男の子と同《おな》じくらい冒険好《ぼうけんず》きだってことを、あなたに証明《しょうめい》したかったの」

テレサは二つの褐色《かっしょく》の瞳《ひとみ》──長いあいだ、一つだった瞳──を輝《かがや》かせて、ビルを見上げた。

「証明できたでしょ？」

「うん、じゅうぶんに証明してくれたよ」ビルは声を上《あ》げて笑《わら》った。

「それじゃ、戻《もど》って、残《のこ》りのお休《やす》みをいっしょに過《す》ごしていただけるかしら？」テレサはていねいな口調《くちょう》で言った。

「そうだな、考《かんが》えてみてもいいよ」ビルはまだ笑っていた。彼はパッチの協力《きょうりょく》で取《と》り返《かえ》すことのできた〈レデヴンの花〉を見つめた。これで過保護《かほご》なまでの家族《かぞく》の束縛《そくばく》からも永久《えいきゅう》に解放《かいほう》してもらえるだろう。これだけのことをやり遂《と》げた少年が、この先《さき》も子供部屋《こどもべや》でばあや、あやの指図《さしず》をあれこれ受《う》けなくてはならない謂《い》われはない。

月《つき》の光《ひかり》が長《なが》い海岸線《かいがんせん》を静《しず》かに照《て》らしている。貴重《きちょう》な宝石《ほうせき》を手にした少年と、つややかなビスケット色《いろ》の猫《ねこ》を抱《だ》いた少女は、全幅《ぜんぷく》の信頼《しんらい》を寄《よ》せて互《たが》いに笑《え》みを交《か》わした。

〈レデヴンの花〉をめぐる冒険《ぼうけん》はこれでおしまい。

＊*Welcome to Danger* 刊行当時《かんこうとうじ》の年齢《ねんれい》

クリスチアナ　1929年11月18日生　＊20歳《さい》

フィリップ　1931年12月1日生　＊18歳

ニコラス　1939年9月8日生　＊10歳

三人ともまだ若《わか》く、本《ほん》を読《よ》める年齢の子供《こども》がいるとは思《おも》えませんので、「テレサ」はエドワードの孫《まご》ではないと思われます。また、エドワードには妹《いもうと》と弟《おとうと》が2人ずついます。年齢順《じゅん》に

妹　エリザベス（ベティ）

妹　ローレッタ（テッタ）

弟　デイヴィッド

弟　マイケル

エドワードが1900年生《う》まれで、妹2人は1905年までに生まれています。ですから、「テレサ・アーディゾーニ」は、どちらかの弟の娘《むすめ》、つまりエドワードの姪《めい》の可能性《かのうせい》が高《たか》いのではないのでしょうか。ただし、もっと遠《とお》い親戚《しんせき》の場合《ばあい》も考《かんが》えられるので、やはりテレサはアーディゾーニの「親族《しんぞく》」とするのが無難《ぶなん》だと考《かんが》えます。

（註）献辞《けんじ》にあるテレサ・アーディゾーニについて（山口雅也）

　まず、テレサの親族《しんぞく》と推測《すいそく》されるエドワード・アーディゾーニの経歴《けいれき》を以下《いか》に記《しる》します。


　エドワード・アーディゾーニ（エドワード・ジェフリー・アーヴィング・アルディッツォーネ、大英帝国勲章《だいえいていこくくんしょう》３位授与《いじゅよ》。1900 年 10 月 16 日―1979 年 11 月 8 日）は、英国《えいこく》の画家《がか》・絵本作家《えほんさっか》。父《ちち》はフランス国籍《こくせき》のイタリア人で、母《はは》はスコットランド系《けい》イギリス人。仏領《ふつりょう》インドシナ（ベトナム）のトンキン州《しゅう》ハイフォンに生《う》まれた。1905 年、母とともに英国に渡《わた》り、サフォークで育《そだ》つ。ウェストミンスター芸術学校《げいじゅつがっこう》の夜学《やがく》に学《まな》び、1922 年に英国の市民権《しみんけん》を得《え》た。1926 年に勤《つと》めをやめ、画業《がぎょう》に専念《せんねん》する。

　1929 年にシェリダン・レ・ファニュの作品《さくひん》の挿絵《さしえ》を描《えが》き、ジョニー・ウォーカーの宣伝《せんでん》の絵《え》などを描く。1936 年に、最《もっと》も知《し》られた《チムシリーズ》の最初《さいしょ》の一巻《かん》『チムとゆうかんなせんちょうさん』を出版《しゅっぱん》する。息子《むすこ》のフィリップのために描かれた絵本だった。第二次世界大戦中《だいじせかいたいせんちゅう》は従軍《じゅうぐん》画家に任命《にんめい》され、英国軍の撤退《てったい》などを記録《きろく》した。

　戦後《せんご》はフリーとして、『ストランド・マガジン』の表紙《ひょうし》を描き、ウィンストン・チャーチルの肖像画《しょうぞうが》を描いたり、自作《じさく》のみならず他《ほか》の児童文学《じどうぶんがく》作家の絵本の絵も描いた。1956 年、『チムひとりぼっち』で第《だい》１回《かい》ケイト・グリーナウェイ賞《しょう》を受賞《じゅしょう》。

　クリスチアナ・ブランドとは仲《なか》の良《よ》いいとこ同士《どうし》であり、彼女《かのじょ》の児童物《もの》《マチルダばあやシリーズ》全作《ぜんさく》の挿絵《さしえ》・表紙絵《ひょうしえ》も手掛《てが》ける。


　次《つぎ》に訳者《やくしゃ》の宮脇裕子《みやわきゆうこ》さんにご教示《きょうじ》いただいたエドワードとテレサ・アーディゾーニの関係《かんけい》についての推測《すいそく》をご紹介《しょうかい》します。

《マチルダばあやシリーズ》の挿絵画家エドワード・アーディゾーニには子供《こども》が三人います（長女《ちょうじょ》にはブランドと同《おな》じ名前《なまえ》をつけています）。

［製作総指揮］

山口雅也（やまぐち　まさや）

早稲田大学法学部卒業。大学在学中の一九七〇年代からミステリ関連書を多数上梓し、八九年に長編『生ける屍の死』で本格的な作家デビューを飾る。九四年に『ミステリーズ』が「このミステリーがすごい！'95年版」の国内編第一位に輝き、続いて同誌の二〇一八年の三十年間の国内第一位に『生ける屍の死』が選ばれKing of Kingsの称号を受ける。九五年には『日本殺人事件』で第48回日本推理作家協会賞（短編および連作短編集部門）を受賞。シリーズ物として《キッド・ピストルズ》や《垂里冴子》など。その他、第四の奇書『奇偶』、冒険小説『狩場最悪の航海記』、落語のミステリ化『落語魅捨理全集』などジャンルを超えた創作活動を続けている。近年はネットサイトのGolden Age Detectionに寄稿、『生ける屍の死』の英訳版*Death of Living Dead*の出版と同書のハリウッド映画化など、海外での評価も高まっている。

［訳者］

宮脇裕子（みやわき　ゆうこ）

翻訳家。東京都出身。上智大学外国語学部英語学科卒業。訳書は、マーガレット・ミラー『悪意の糸』『鉄の門』、デイヴィス・グラッブ『狩人の夜』、アリサ・クレイグ『殺人を一パイント』『今宵は浮かれて』『ブラスでトラブル』（東京創元社）、パトリシア・ハイスミス『ふくろうの叫び』（河出書房新社）、キャロライン・グレアム『空白の一章――バーナビー主任警部』（論創社）、C・C・ベニスン『バッキンガム宮殿の殺人』『サンドリンガム館の死体』『ウィンザー城の秘密』（早川書房）など。

奇想天外の本棚　山口雅也＝製作総指揮

濃霧《のうむ》は危険《きけん》

二〇二三年二月十日初版第一刷印刷
二〇二三年二月二十日初版第一刷発行

著者　クリスチアナ・ブランド
訳者　宮脇裕子
発行者　佐藤今朝夫
発行所　株式会社国書刊行会
東京都板橋区志村一―十三―十五　〒一七四―〇〇五六
電話〇三―五九七〇―七四二一
ファクシミリ〇三―五九七〇―七四二七
URL：https://www.kokusho.co.jp
E-mail：info@kokusho.co.jp
装訂者　坂野公一（welle design）
印刷所　創栄図書印刷株式会社
製本所　株式会社ブックアート
ISBN978-4-336-07406-5 C0397

本書に収録した挿絵の作者William Stobbs氏の著作権継承者を捜しています。お心当たりの方は小社まで御一報下さい。